人間喜劇

胡晴舫

The Human Comedy

Contents

The Human Comedy

故事壹

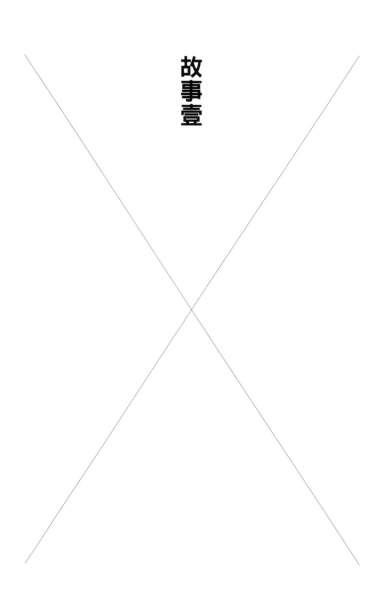

巴黎不屬於任何人

出事之後，巴黎聖潔曼德珮區的人才開始慢慢浮出印象，的確，有這麼一號年輕人生活在他們附近。

「他早上九點準時出門，跟時鐘一樣準。總是拐進來要一杯咖啡，從來不吃牛角麵包。每天，我問他要不要吃塊麵包，每天，他微笑拒絕，我們倆天天就這麼行禮如儀。依我觀察，很有主見的一個年輕人，不輕易因別人的意見而心志動搖。他喝咖啡時不疾不徐，不讀報也不跟其他人交談，靠著吧台的一角，若有所思地看著窗外人來人往的街頭。他走的時候總是留下兩角硬幣。總是這樣，一成不變。」已經在同一家咖啡館工作二十三年的柯西嘉服務生這麼描述。這間家族企業的咖啡館位居聖潔曼大街與聖父街交叉口，緊挨著大名鼎鼎的花神咖啡館、雙叟咖啡館、立普酒館，使得他們生意冷清不少。雖然他們誇口瞧不起觀光客，拒絕說英文，自豪只做當地人的生意，實情是觀光客全都湧向了聖潔曼德珮廣場的方向，不到聖父街這條路上來，他們想撈觀光客的錢也撈不到。這名柯西嘉服務生卻樂得輕鬆，因為，比起貧窮，他更討厭勞動。

「他回家時間都差不多是我關店的時候。去年冬天，有個黃昏，天氣出奇地冷，鐵門凍住了，實在拉不下來，我站在路邊，瑟縮於寒風中，不知如何是好，他從地鐵站出來，正要回家，瞧見我臉色憂慮，停下腳步來，端莊有禮地向我問好。他知道了我的困境後，自告奮勇替我檢查鐵門。他來回動了幾次開關，發現鐵門真是一動也不動，正如我所告訴他的情形，他於是乾脆捲起袖子，請我拿來梯子，動手直接把鐵門捲拉下來。不一會兒，他就搞定了。他的力氣好大喔。他告訴我說，他老家也開店，他常常幫他父母關門。之後，我們見了面就會互相打招呼。我一直在等他約我出去，可是他從來沒有。不瞞你說，我有點失望。」烘爐街上，專賣少女服飾的女店員雖然已經三十八歲了，講起他們之間的奇妙邂逅，仍然雙眼晶亮，一臉神往。她住在東邊的文森森林外，天天搭公車再轉地鐵進城，雖然談過幾次戀愛，總是分手下場。她始終不明白現代男人為何已經不懂得愛女人了，他們不再替女人開門也不再替女人付帳。她常抱怨，女權運動讓女人在男女關係裡少了很多討價還價的空間，女人的武器現在僅剩下性，於是男人只有要上床時才想到女人。眼見著年華老去，她開始激烈主張法國政府應該照顧失婚或不婚的女性，因為只要一日社會由男性主導，不在婚姻關係裡的女性就算是社會弱勢。

「喔，那個年輕人。忠實顧客。我記得。」瀚恩大街的麵包店永遠非常忙碌，站在收銀機後收錢的老闆娘永遠非常省話。就住在麵包店樓上，天天樓上樓下跑，頂多去到下一個巷口的超級市場買菜，老闆娘的生活只能用乏善可陳四個字來形容。她不休假，也不改變她的髮型，日復一日站在那架收銀機後面，五官堅毅，突出的長下巴始終屹立不搖，讓人感覺她的年紀比羅馬的萬神殿更老。

「一個周日早晨，輪到我家藥房值班。巴黎藥房有個規矩，大家輪班周末休息，確保總有一家開門營業，以防有人急需藥品卻買不到。我記得，那個周末天高氣爽，空氣充滿了花香，我喝了咖啡，讀了報紙，信步穿過盧森堡花園，從聖修比斯大教堂前走過，一路呼吸新鮮空氣，我那陰霾已久的心情終於逐漸開闊——請原諒，因為我私人最近也經歷了一些生命的波折。當我來到位在波拿巴街的藥房，一個臉色蒼白的年輕人抱著肚子蹲在門口，他看見我，搖晃著身子想要站起來，卻沒有辦法。他說他昨晚在蒙帕納斯大道上吃了生蠔，回家後隨即上吐下瀉。剛開始還能躺在床上，後來因為腹瀉頻繁，怕來不及去浴室，乾脆留在浴室，整晚抱著馬桶睡覺。他抱怨浴室地板冷，恐怕讓他著了涼。天亮後，他腹瀉情形沒有改善，還多了頭痛和高燒。他哀聲求我趕緊給他幾顆藥丸，讓他舒服一點。我急急忙忙開了門，從櫃台後面的高櫃子拿了止瀉片、整腸劑、頭痛丸和退燒藥，他一直沒走進來，全身捲曲一團，像隻可憐兮兮的流浪貓蹲在門外的消防栓旁。我拿了這四種藥給他時，他問了價錢，又退給我頭痛丸和退燒藥，說他通常喝過咖啡就不頭痛了，至於高燒，他會回家多穿點衣服睡覺逼逼汗應該就會沒事。所以他只拿了止瀉片和整腸劑，彎腰駝背地走了。我當時的直覺是，他這個年輕人要不是生性節儉，就是手頭不怎麼寬裕，因為我給他的頭痛丸和退燒藥加起來不過六塊歐元。」長著一頭白髮的藥房老闆回憶道。他原本達觀自信，風格從容不迫，一輩子都生活在聖潔曼德珮區，從來沒想到要離開。世上只有一個巴黎，而巴黎只有一個聖潔曼德珮，他以為能在這塊地方生活是人生至高的幸運，是起碼三輩子修來的福氣。誰知道，六個月前，一位標緻迷人的天使走進了他的藥房，打斷了他的幸福人生。他的天使是一名年僅二十六歲的巴西女子，來巴黎遊玩，剛買的高筒靴子不合腳，痛得要她命，碰巧去他的藥房買繃帶和藥水。一兩句蹩腳的葡萄牙文以後，他博得美人笑。之後他去了兩次巴西，樂不思蜀，根本不想回來，打算把藥房賣了，搬去里約跟他的小女朋友住。買家都找了，約也快簽了，但是，女友卻忽然閃電嫁人。現在他天天咒罵巴黎，浸潤於錯失人生良機的失意裡，總在玩味著那個他不曾活過的里約人生。巴黎再美，卻沒有天使。而他恨死了沒有天使的巴黎。

「我們銀行非常大，業務遍及五大洲，全球員工近百萬。你說的這位先生，是我們銀行的員工，但我個人從來沒有親身接觸過。無論是公務還是私誼，我都跟他不曾交集。我對他所從事的不法交易毫不知情。依我初步的理解，這位先生本來是在俗稱的『後院』工作，幹的全是雜活，就是做其他銀行交易員不碰的各類瑣事。他們的工作只是處理公文、幫忙歸檔，完全沒有任何交易權。據我所知，以前，像他這類人根本不能升格為交易員，他出身外省，唸的是普通大學，不是法國高等學院的畢業生，能進我們銀行工作對他來說已是一種不易的榮譽，但永遠不可能獲得升遷。交易區與後院區之間有道嚴厲的界線，汝不可過，是一道沒有公開宣布卻被嚴格執行的教規。但，幾年前，我們總裁忽然受了美國文化的啟發，相信那一套美國夢的說法，覺得每個人都應該有平等的機會，於是破例從後院拔擢了一批低等職員，讓他們成為第一線的交易員。想想看，一個普通大學畢業的文員，忽然承擔了每日幾百萬歐元的交易責任，那是多麼嚇人的主意。我當初已經隱隱覺得不妥，但尊重長官的前提下，靜待新決策的成果。事實證明，這是錯誤的決策，我們應該立刻關掉那扇本來就不該開啟的門，從此絕不提拔背景不恰當的人選。這次經驗同樣驗證了所謂的美國企業文化一點也不適合法國社會。」這位銀行的資深董事總經理，總是服裝合宜，表情高貴，舉止充滿權威。他從來就以自己的家族傳統與高等學院文憑為榮，認為每個人都應該根據姓氏、血統與教育來分類。對他來說，不對的人就是不對的人。世上沒有什麼烏鴉變鳳凰這件事。他常說，雖然雞跟鳥都有翅膀，但是，鳥天生就要在天上飛，雞天生就要在地上跑。一隻雞就是一隻雞，就算有翅膀也沒有用，因為天空不屬於牠。而鳥兒，你不教牠如何使用翅膀，牠也是遲早要飛上青天，因為牠不屬於地面。人也是如此，你以為人都長的一樣，有手有腳，兩隻眼睛一個嘴巴，但是他們身上流的血液卻會決定他們屬於上流人還是下流人，不可能出現意外。他斬釘截鐵地相信這條「天然」法則。

馬龍檢察官坐在健康監獄的會客室裡，等著獄方去提調傑克。他邊讀著報紙上刊登的這些採訪，邊禁不住露出自娱的微笑。這年頭，新聞報導總是頗具色彩，記者的筆寫得活靈活現，把新聞都變成了娛樂，讀來如此津津有味。難怪人們再也不需要小說家了，有了記者和這個光怪陸離的時代，誰還需要虛構的故事。人們只需要閱讀他們自己的生活就夠了。

「真能扯。」馬龍嘀咕。

他又瞄了一眼標題，「他們眼中的惡棍交易員傑克」，然後嘆口氣，跟獄方工作人員要了杯咖啡，將讀畢了的報紙擱到桌面，從椅子上站了起來，走到窗前，眺望著外頭的花圃。

健康監獄座落在巴黎十四區，黑色石牆高如陡崖，連飛鳥都避開這塊連白天也顯得陰暗的地方。裡面倒是十分舒適，窗明几淨，空氣聞起來有一股清潔劑的味道。馬龍想，現在當犯人可好了，有吃有住，生病了還有醫療補助，簡直就是付稅人請你來渡假休養，比外頭為生活奔波舒服多了。他的職業倒成了社工了，專門幫這些罪犯填表申請進來住宿。健康監獄，保你健康。他真該替他們打個廣告，鼓吹那些罪犯放棄在外餐風露宿的日子，自動走進來享受一個平靜無憂的生活，這樣一來能省他不少力氣。

咖啡端來時，他指指桌上的報紙，跟工作人員說玩笑話，「看來我們的記者先生們幫我們把工作都做完了！」

檢察官馬龍喝一口咖啡。咖啡真好。這究竟是什麼監獄，連咖啡就這麼香醇。他又拿起報紙讀了兩行。他用肚臍眼想也知道咖啡館服務生、女店員、麵包店老闆娘、藥店老闆以及銀行主管之中，只有藥房老闆說的是真話。其他人根本都在胡謅。巴黎人最拿手的就是說故事。再平淡無奇的枝節小事，巴黎人也能講得生動有趣，賦予最深刻的哲學意義，彷彿世界因此翻轉過來，太陽明天真的會打西邊出來。他們必須如此，不然他們的生活怎能饒富傳奇色彩，為世人所稱羨。畢竟，巴黎可是世界之都，而他們可是巴黎人啊。

但馬龍不需要這些故事。他自己就是巴黎人。他不相信巴黎人告訴他的話，他對他們沒說出口的話比較感興趣。他習慣觀察他們的臉，而不是聆聽他們的話。如果說巴黎人真有故事可說，那全都寫在他們的臉上，而不是長在他們的舌頭上。外來人以為巴黎人雄辯滔滔，喜好思索，其實他們只是喜歡自己說話的聰明模樣。他們腦子後面卻深藏著一套他們從不說出口的價值，才是他們祖母留給他們根深蒂固的行事準則，不管砍了幾個國王皇后的頭，都不會隨時代演化。外來者總愛指摘巴黎人言行不一致，要求他們解釋。他們總會聳聳肩，很無禮地瞪對方一眼。他們是巴黎人，天之驕子，他們才不在乎你的想法。但每一句他們沒說出來的話、每一個他們沒表達的想法，卻偷偷地在他們的臉部肌肉沉澱了下來，畫成一張張獨特的臉譜。你要知道巴黎人真正的故事，你就去省察他們的臉。至於他們嘴裡吐出來那些悅耳的法文，當作音樂聽聽就好。

馬龍啜著他的咖啡，門打開，兩個警衛帶著傑克走了進來。他個子不高，面色白皙，年紀輕輕卻已薄髮覆頂，眼鏡後面的一對灰色眼睛非常溫和，但卻骨碌碌地轉著，像一台用來偵查的攝影機，不斷進行環境蒐證並加以詳細記錄。好傢伙，馬龍想，別人以為他只是一個善良無害的圖書館員，結果他卻虧空了銀行五十億歐元，搞出一樁轟動全球的銀行醜聞。

「傑克！」馬龍檢察官堆滿笑臉，問傑克，「這是我們第三次見面了，你不介意我直呼你的名字吧？請坐請坐。」

傑克搖搖頭，拉開一把椅子，在桌子對面坐下。

「喝點咖啡嗎？還是白蘭地？」馬龍不減玩笑口吻，「我們置身於『健康』的環境之中，早上十點喝白蘭地可能早了一點。不過，哎，人生苦短，及時享樂，管他的，想喝就來一杯吧！」

傑克要了一杯水。

「你今天準備好了告訴我們誰是你的同夥了嗎？」馬龍仍是那麼笑容盈盈。

傑克顏色單調的眼神裡閃過一絲不耐，但他只問：「我的律師呢？」

「別著急，他馬上到了。路上塞車，你知道，巴黎嘛。我們等等他。」馬龍煞不住他愛耍嘴皮的性子，「除非你趕著去哪裡？」

傑克冷漠地把頭別開，不看著馬龍，說：「我當然不急。我只是怕耽誤您的時間。」

「我時間多得很。我總覺得，有錢人什麼都有，就是沒有時間，而窮人什麼都沒有，卻最有時間。你同意我的觀點嗎？」

傑克聳聳肩，勉強擠出一點笑容，「我對這方面沒什麼觀察，不能給您幫助。」

「沒關係，沒關係，我們只是隨便聊聊。反正我們要等你的律師。」馬龍隨手把那份當日的報紙推到傑克面前，「根據今天報紙的報導，你可是一個受歡迎的好鄰居哪。你的麵包店老闆娘愛你，你的咖啡館服務生感激你每天賞他兩角小費，還有個風韻猶存的中年女店員痴痴等著要嫁你。」

傑克把報紙拿到自己面前，一邊讀，一邊眼睛越瞪越大：「我根本不認……」

「根本不認識這些人？我一點都不驚訝。」馬龍聲音洪亮，平時嗜吃美食的習慣讓他氣色紅潤，中氣十足，「可是，親愛的傑克，你要理解，你現在可是名人啦！你的案子可不是一般案子。不，不，我們在這裡的要談的可不是你在地鐵順手牽羊、從珠寶商家裡偷了一把鑽石，還是大大方方走進美術館拿走兩張莫內的水蓮畫，鑽石、莫內的油畫雖然價值連城，經過你的手的錢卻起碼可以替你買下一座鑽礦，莫內的畫只是附贈的紀念品，放進購物袋裡，順道讓你帶走。你雖不是神偷，也不是大盜，他們的都市傳奇比起你的事蹟不過是小巫見大巫。你比荒野大鏢客更手腳俐落，你只在電腦上打幾個零，撥幾通電話，五十億歐元就不見了，空氣中還不留一絲刺鼻的硫磺味。在非洲，這可是某些國家一年的國民生產總額。先生，你、搞、垮、了、你、的、銀、行，不不，你搞垮了法國。沒錯，親愛的朋友，你、搞、垮、了、法、國。可是，以法國人的變態邏輯，你卻成了民族的英雄！當國王不稀奇，砍了國王的頭才是不朽的榮耀。傑克，你砍了企業這個現代皇權的頭，全法國都在頌讚你！你是我們法國人的新偶像！」

傑克繼續低頭讀報，沒有回應，原本病懨懨的嘴角卻綻出一個幾乎不明顯的微笑。馬龍看出他其實有點得意。很好，為了炫耀，也許他就會開始供出實情。

馬龍故意大聲問，「我們剛查完你全部的帳本，你向銀行隱瞞你真正的交易活動至少已經一年。一個員工要單獨瞞過一間幾十萬員工的企業，逃過成千上萬的銀行家、會計師以及祕書的檢視，而這些人全靠數字吃飯，卻一整年沒人看出任何蹊蹺。甚至電腦也不曾挑出你的帳目汙點。我相信你聰明蓋世，武功高強，但是，光靠你一個人就能隻手遮天，簡直太神奇了。應該，有人在幫你吧？」

傑克抬起頭，正眼看著馬龍，他抿緊嘴唇，眼神露出刀鋒的光芒。他準備要說話，卻久久找不到第一句話，句子在他體內翻來滾去，竟讓他坐在椅上的身體輕輕搖晃了起來。馬龍靜待著。傑克的眼珠子轉了又轉，最後卻只說，「你以為我怎麼辦到的？當然因為我根本不算犯法。如果我的所作所為算是違法，那麼我的銀行都集體犯罪了。就像你所說的，他們不可能不知道我在做什麼。我是一個交易員沒錯，但是，我也只是一個交易員而已。」

「你只是一個交易員。」馬龍重複傑克的句子。

「嗯。」

「那你怎麼輸掉了五十億歐元？」馬龍輕吹口哨，「五十億歐元，那可是一筆天文數字啊。想想不過兩百年前，還有人一年只掙五百法郎就算是生活很寬裕的人了。」

「我沒有輸掉。我們說的是投資，又不是賭博。」傑克語調短促地接話。

「好吧。投資，賭博，隨便你說，反正這兩件事對我來說都一樣。那，請問您是怎麼替銀行賠了這筆錢？」

傑克沒把目光避開，直接看著馬龍說：「投資總是有賺有賠。我曾經大賠了兩次，但之後我全賺回來了。市場本是如此。投資者就像與海搏鬥討生活的漁夫，既要藝高人膽大，也要冷靜有耐力。有時，一個對的浪潮打過來，敢於乘風破浪，就會有捕不完的漁獲。但是潮水平靜之際，甚至時逢低潮，就要耐心等待下一次風起，吹暖海水，把遠離的魚群又帶回頭。要不是你們提前打亂了我的計畫，其實再過兩個禮拜，市場又會回潮，我就將大賺一筆，不但把帳簿前頭的大洞補上，還會出現豐富的盈餘。我從來沒有打算虧空銀行五十億歐元，而是你們。你們才是史上最大銀行弊案的罪魁禍首。你們過早把我抽離了市場，害我錯失了市場漲潮的時機，因此不能幫我的銀行把錢賺回來。其實再過兩個禮拜，一切就沒事了。」

「問題是，市場已經與你背道而馳近一年時間。這一年來，你不斷在帳目假造了幾筆根本不存在的交易。交易金額如此大，連法蘭克福、布魯塞爾都已經注意到了，向你的銀行發出警訊。市場的浪潮說不定永遠不回你的海岸，你想過嗎？」

傑克急急倒抽一口氣，憋在胸腔，不覺噘嘴。哈，我們那看似善良守禮的交易員原來也是有脾氣的。馬龍自以為看出了傑克個性的破綻，悠哉悠哉地從口袋抽出一根菸，叼在嘴邊，卻找不到火，摸了幾個口袋都找不著，只好先叼著。

傑克從鼻孔舒出一口氣，語氣緩和地問馬龍：「先生，您搞投資嗎？」

「我？不。」

「那您就不懂您在講什麼了。市場總是有起有落。這是常態。當市場上，就要期待它跌，而市場下時，就表示它馬上要漲了。市場越低，其實更要進場。」

「真的？我從來不知道。我還以為市場一旦跌了，就該趕快把錢抽回來，哪有人還進場的？」

傑克微笑，「就當作是我個人免費送給您的投資建議。」

「那還真要謝謝你啦。」叼著一根菸的馬龍口齒不清地說，「要是哪天投資發財了，我馬上搬去布列塔尼，住在聖馬羅港，買艘船養老。」

「真投資發財了，您就不用去布列塔尼，可以去蔚藍海岸，買下自己的碼頭和私人沙灘。」

「蔚藍海岸不合我的口味。太時髦了點。那裡的海風聞起來不是鹹的，而全是銅臭味。」馬龍搖搖頭，「我喜歡布列塔尼。」

傑克皺了皺眉頭，「您冬天去過布列塔尼嗎？」

「沒有。只有我三十歲的那年夏天，跟我當時的女友去渡假，那邊的海岸真是詩情畫意。」

「相信我，您不會想在那裡過冬的。刮冷風，飄寒雨，凍徹骨，鎮日灰雲壓頂，說有多淒涼就有多淒涼，會把您的靈魂逼出一股哀傷的苦味。」

「我就是喜歡布列塔尼的苦味，很有靈性。」

「年輕的時候，您會欣賞憂愁，以為那是一種浪漫的趣味。等您年紀大了，就不會愛這種為賦新詞強說愁的樂趣了。更何況，布列塔尼的冬季只是壞天氣而已。壞天氣就是壞天氣，對人生沒啥用途，您只能用來詛咒上帝。等您真正住到了布列塔尼，就懂得什麼叫壞天氣是地獄、好天氣是天堂了。」

「你怎麼那麼熟悉布列塔尼？」

「因為我是布列塔尼人。您真是明知故問，檢察官先生，您一定早就調查清楚我所有底細，搞不好連我小學成績單、我的兵役退伍單和我的牙醫紀錄都已經握在手心了吧？如果您到現在還不能對我的生辰八字倒背如流，那我要好心警告您，您可能沒法把我關在這裡關太久。」

馬龍從肺部深處送出笑聲，他笑得那麼真心誠意，銜著的那根菸不由得從嘴邊掉了下來。傑克也跟著咧嘴笑了，鬆弛了他原本十分緊繃的身體坐姿。兩個人都放鬆地往椅背靠了上去，彼此對笑。

這個年輕人真是機靈。馬龍拿他如同雷射光的兩道目光掃描著傑克的臉上，猶似燈塔的光亮巡在黑暗的海面上，企圖在一片伸手不見五指的黝黑之中找出真理的船隻。他當然知道傑克的背景。他只要看一眼傑克的臉，他就什麼都知道了。他們搞警務司法的人，天天看盡人生百態，連命盤都不用，比算命師還靈驗。

是的，除了藥房老闆，其他人都在胡說八道。

實情是傑克從來不去那間咖啡館。布列塔尼的傑克一獲得升職，立刻把自己從南部郊區搬進市中心的聖父街。巴爾札克在《高老頭》中寫到，年輕人若到了巴黎沒去過聖父街和雅克布街附近鬼混，就不算去過巴黎。雖然，相較於聖日耳曼大道和瀚恩大街，聖父街早已成了一條安靜的僻巷，傑克卻毅然決然在此處落居。因為聖父街就是聖父街，無可取代。他在一家日本設計師的時裝店樓上租了頂樓公寓，心滿意足地知道沙特與西蒙波娃的花神咖啡館就在他腳下拐角十公尺處，沿著聖父街走下去僅兩分鐘就能來到塞納河畔，過了橋，對岸即是秀麗的羅浮宮，羅浮宮前是輝煌的希佛里大道，過了協和廣場是那條盛名燦爛的香榭大道。他的銀行就在香榭大道底的凱旋門附近。

從他的閣樓窗口，如果站在窗框的極右邊再把頭探出去，他就能勉強瞥視艾菲爾鐵塔的一角。當夜晚點燃了巴黎的萬家燈火，他將他的脖子伸出頂樓公寓的窗戶，充滿激情地認知，他不在哪裡，就在巴黎的中心。他的呼吸澎湃，眼眶盈滿驕傲的淚水，從布列塔尼的海濱小鎮、南西市的外省大學到巴黎市郊到聖潔曼德珮的聖父街，這條路他走了三十年。

誰說巴黎不屬於任何人。巴黎就是他的。

搬進去後的第一個周末，他擦淨他的皮鞋，穿上他最好的夾克外套，下樓去街角的咖啡館。他坐在戶外，向著聖潔曼大道，翹著二郎腿，觀賞著那些美麗的人們從他面前走過。他心情愉快，為自己身為當地居民的事實而感動，幾乎要噘嘴吹起口哨來。直到二十分鐘後，他才注意到那個長著一條長鼻子的柯西嘉服務生並不想服務他。服務生一直繞過他去詢問其他客人的點餐，並迅速端來咖啡、牛角麵包和菸灰缸。唯獨跳過他。他伸手喊了服務生幾次，服務生擺擺手表示知道了，卻仍舊不過來。

他多麼恨巴黎的服務生跟他玩這種勢利眼的遊戲。他低頭迅速打量了自己全身，想不出自己身上有哪一點洩漏了自己卑微的家世。是，他父親是小鎮的魚網商，專賣魚網給漁夫，而他母親在市政府當清潔婦，他們一生謹慎勤儉，任勞任怨，樸實而低調，只怕為別人的生活帶來一絲不便利。他們收入普通，知識不高，但他們至少活得認真而真實，不比這個在咖啡館看人臉色、靠小費生活的服務生低賤到哪裡去。

這些鎮日油嘴滑舌的服務生憑什麼以為自己在巴黎生活久了，就自然高人一等。巴黎這座城市像一個神氣活現的美麗女人，令所有路過的陌生人渾然心動，軟弱地拜倒於她的裙衩之下，她卻對陌生人想要留在她身邊為她服務的企圖野心總是嗤之以鼻，從來不假以辭色，連帶著長期在她腳下討生活的這些蟑螂也這麼仗勢欺人。

他們以為他們是誰。巴黎人，如今他也是他們的一分子。他可不再是那個成天穿著帆布鞋在碼頭亂跑的布列塔尼小子。他其實瞧不起他自己的父母，因為他認為他們太過謙遜，什麼都不敢造次，才注定一輩子受人欺壓。他可不要像他們一樣。他來巴黎，就是要當人上人。從後院黑手到紅牌交易員，他知道自己不虧欠任何人，一切都靠自己掙來的。他可不會讓一個從事都市最卑賤職業之一的服務生這麼無緣無故糟蹋他。他要站起來，抬頭挺胸，以最高傲的姿態走到那名狗眼看人低的服務生面前，提醒他清楚自己的身分，朝他臉上丟幾塊歐元，用最惡毒的話羞辱他，然後以最高貴不屑的姿態轉身離開。

他在自己腦海裡興奮地玩弄這個誘人的念頭。然而，他那謹小慎微的父母畢竟戰勝了巴黎城市。他雖然已是法國最大銀行的股市交易員，天天玩轉數百萬歐元，他仍然是他父母的兒子，從小他們給他的教育讓他放棄了抗議吵架的打算，也打消了喝咖啡的念頭，推開桌椅站起來，不為人注意地離開了那間咖啡館。從此他不曾踏足那間咖啡館一步。

他的確跟那名女店員說過話，但是，過程沒她說的那麼浪漫也沒那麼戲劇化。馬龍讓自己的想像力繼續馳騁，一個金黃的秋日，而不是她描述的蕭瑟寒冬，傑克從銀行下班回家，從地鐵站上來。他既飢又渴，急需一頓豐富的晚飯。他沿著烘爐街走，快到瀚恩大街時，一名眼袋奇大的中年女店員站在店門口抽菸，她的菸灰燒得長長一截仍未抖掉，卻突然在他經過時朝他身上彈了過去，當場灑了他一身菸灰，還差點在他的西裝外套燒出個洞來。女店員不但沒有道歉的意思，還一臉沒什麼大不了的表情。他忍不住理論了兩句，卻引來對方的高聲咒罵。女店員指控他仇視老女人，只要是稍微年長引不起他性慾的女性，他就不把對方當作人看。她工作了一整天，萬分辛苦，好不容易找了空檔出來，只想站在街邊抽根菸，享受片刻閒暇，誰也沒礙著，他卻要這麼找她麻煩。你別以為老女人就好欺負，那女店員越說越激昂，乾脆詛咒起全天下的男人。男人都是色鬼，要是覺得眼前這個女人沒什麼上床價值，他們就敵視她。只因為我不夠年輕，不夠漂亮，看起來不像能跟你上床的貨色，你就這麼糟蹋我。真是噁心，先生，你真叫我噁心。傑克以為碰上了瘋子，他怕了，當場像個強暴未遂的現行犯，臉紅心跳地逃走了。

為了避開女店員，他只好改了每天回家的路線。他不再走烘爐街，穿過瀚恩大道，走果內勒街回到聖父街，而是直接上聖潔曼大道，經過聖潔曼德珮大教堂，從波拿巴路左轉雅克布街，在雅克布街上一間不起眼的小麵包坊買上一條長棍麵包。這間麵包坊的麵包實在普通，但他實在不想去瀚恩大道跟著人擠人，雖然他聽說瀚恩大道那間麵包店的麵包外韌內軟，咬下去就會有一股香氣衝上心頭，令人幸福得想流淚。但，麵包，就是麵包。應該隨手可得，跟空氣一樣樸素實在。人們不該像排隊買名牌包一樣排隊買麵包。當一天工作到了盡頭，筋疲力盡的傑克不會有心思去張羅任何城市人的排場，馬龍忖思，傑克只想要一條簡單的麵包足以果腹，根本不可能出現在瀚恩大街上那間熱門麵包店，跟著那群把講究當道德的巴黎人後面排隊。

麵包店老闆娘、女店員和服務生都在掰故事。但，最睜眼說瞎話的人是那位銀行的董事總經理。他怎麼可能不認識傑克。每周開例會時，他們就會見面。約二十來人坐在那張橢圓形的巨大會議桌旁，傑克雖然永遠坐在最角落，而且從不發言，但是兩年來，每周一，他都與這位銀行主管遙遙相對，共處一室。他們不曾交談，因為那名銀行主管從來懶得理睬位階低的同事。他每日總要在電梯、走廊、男性洗手間碰上傑克好幾次，但他永遠把傑克當作一陣略帶人體臭味的輕風吹過。稍微覺得自己有點權勢的人走起路來都是這麼視若無人，姿態高傲冷漠，毫無笑意，彷彿笑臉迎人會使他顯得廉價，減損他的地位。但是，他畢竟是傑克的頂頭上司，就算他不認得傑克的臉孔，不願意用微笑目光認可傑克的存在，他還是要天天看傑克的交易記錄，並且在交易單上簽字。

他會辯稱，他官大位大，只掌握大原則，從不細查傑克的帳本條目，但他應該要注意到傑克異常的投資原則。一般傳統投資原則總把資本分成兩半，一半投入預期市場會傾斜的方向，再把另一半放到完全相反的方向。如此一來分攤風險，不會大虧，卻也不可能大賺，因為總有一半投資的回報會不理想。前年一月、六月兩次，當傑克深信自己的判斷時，他把公司分配給他主控的投資額全都一股腦兒地投到他預估的市場走向，狂賺了一筆，身為他的銀行主管不可能不注意到那筆數字如此驚人，如果不是違反投資常規，把錢都押注在同一個方向，根本不可能出現這種讓人嚇掉下顎的營利。他的主管卻什麼都沒說，什麼都沒問。一月分，他做了一次。六月分，他又做了一次。兩次均獲利空前。此後狀況下滑，傑克開始作假帳，他還是天天簽字。

這隻老狐狸，傑克賺錢時，他跟著分紅，卻記不住傑克的名字跟長相；傑克出了紕漏，他更不能認他了。

走思至此，馬龍莞爾一笑，主動對傑克說：「有趣的是，全世界都在跟你攀關係，你的直屬老闆卻宣稱跟你實在不熟。他不但說他對你的罪行毫不知悉，而且於公於私，都跟你沒有太多互動。你做任何交易，不都需要他簽字嗎？」

傑克的嘴唇癟了，好不容易柔和的眼神重新如鉛筆頭般削尖了，隨時準備舌槍唇戰。他極具諷刺地說：「像董事總經理那樣尊貴的先生，背上扛著一個長到拼寫不完的家族複姓，腋下夾著高等學院文憑，人品卓越，才情縱橫，高瞻遠矚，尤其擅長簽字。」

「聽你的語氣，你對他很不認同？」

「我豈敢？」傑克冷冷地說，「我只是說，他的生活比他的工作更重要。工作是留給像我這種人做，他才懶得管。他在巴黎第七區有棟他姑母遺留給他的高級公寓，擁有八個房間和三個客廳，在伯艮地省有座古磨坊改裝的住家別墅，占地八十畝。每周五中午，一過十二點，他便從辦公室消失，趕搭直升機回去鄉間，與家人團聚。透過繼承他家族、他妻子家族的遺產，他的錢多到花不完，但是，他卻很少掏錢請同事喝咖啡。他說，這不是錢的問題，而是原則問題。」

「什麼原則？」

「社交原則。跟誰喝咖啡是一種社交的決定，也就是說你請誰喝咖啡，就表示你要跟他私人交際。」

「嘩，這個人真是封建恐龍一隻。」馬龍輕輕吹了聲口哨。

「是嗎？他真是恐龍嗎？還是我們人類社會從來沒有超越這個所謂的恐龍時代？」傑克酸溜溜的語調讓馬龍聽了牙齒都酸。

「你確定這名恐龍不是你的共犯？他沒故意用簽字權限，悄悄地幫你掩人耳目？」

「怎麼可能？他可是恐龍，我什麼都不是。」

「這就是你違法操作投資的動機，對吧？因為你想證明給這些過時了的恐龍，你跟他們一樣棒，出身根本不重要。」

傑克默然不語，只是盯著馬龍看。他的目光仍是憤憤不平。半天，他迸出一句，「我說了，如果我上司簽字，就表示一切都合法。」

馬龍頭一次收緊他的花槍舌頭，正經地說，「你第一次來巴黎，帶著你年輕時所有的夢想與野心，你以為這個內在就跟外表一樣美麗的花都即將展開無私的雙臂，擁抱你的天賦與你的青春，將你放在她慷慨的庇護之下。結果，她只是只是量一量你的血統純度，掂一掂你的文憑重量，就決定你是次級品，根本不值一顧。你發現，在她令人意亂情迷的假面之下，巴黎其實是一座不折不扣的恐龍城。對她來說，你注定永遠是一個無名小卒。」

「有一陣子，我不是。當我一天賺進八百萬歐元時。」傑克表情生硬地說。

「我親愛的年輕朋友，你難道不明白？這不是錢的問題，而是社交原則。」馬龍溫柔地說。

傑克再度沉默，但他裝出冷漠的樣子，問馬龍要根菸。馬龍給他一根，卻警告他沒打火機，得問獄方要。傑克把菸遞回去給馬龍，改要了一杯咖啡，焦慮地問他的律師怎麼還不來。馬龍從他的手機撥電話給那名律師，對方沒接。可能他正忙著找停車位吧，不方便接電話。

然後，馬龍突然拋了一句：「依莎貝，她知道這件事嗎？」

傑克怔住：「依莎貝？您怎麼會知道依莎貝？」

「你忘了，我連你有幾顆蛀牙我都清楚。我怎麼可能不曉得依莎貝？」

「她跟這件事有什麼關係？」傑克不悅。依莎貝當然跟這件事有關係。她是驅使你動手的真正原因。男人若做了什麼魯莽的行動，背後都有一個美麗的女人。漂亮的依莎貝，她怎麼跟這件事沒關係。她跟這件事情太有關係了。

「我只是隨口問問。依莎貝曾經跟你交往過，說不定你把重要文件藏在她的公寓？也許我們該申請張搜索票去她公寓蒐證？」

傑克表情奇異地問：「你們知道她住在哪裡？」

「那當然。我們可是警察。難道你不知道她現在住在哪裡？」

傑克壓低下巴，漠然地說，「我們已經很久不曾連絡。」

「你是說，你很久沒見到這位……」

「依莎貝。」他口氣輕柔地吐出依莎貝的名字，彷彿那是春天吹過遍野繁花的第一道春風，又似戀人初次聽見愛情呼喚時所流下的第一顆淚珠，那般輕柔，那般甜蜜，同時又充滿瞬間即逝的哀愁，但他隨即搖頭搖掉了那股突如其來的傷感。

「根據我們的檔案資料，你們交往了六個月。不是太長呵。」

「你們的檔案資料有沒有說，這六個月中，我們一天做幾次？」傑克忍不住反唇相譏。

「這倒沒有。不過，你要跟我分享，我很樂意。別看我大男人一個，我對愛情故事比司法案件更有興趣。」

「可惜，今天您沒有愛情故事可聽。我的律師究竟來還是不來？」

「別擔心，他會來的。他會來的。我們聊天，消磨時間。告訴我，這個依莎貝，你們怎麼認識的？」

「不關您的事。」

「別這樣，你明明想談她的。你剛剛說到她名字的時候，我可以看見你的眼神都變了。」

傑克不自覺伸手要摸自己的眼睛，卻先碰到了眼鏡框，於是隨手推了推。他聲音沙啞，無力地回答：「就算你想聽，我想講，也沒什麼好說的。因為故事實在太短了。五分鐘，不，三分鐘就說完了。」

「沒關係，那就三分鐘吧。反正你的律師隨時可能走進來，故事太長，反而聽不完。」馬龍檢察官用手撐著下巴，手肘靠著桌面。

「我不知道你期待聽見什麼曲折愛情。天底下的愛情都是一樣的，一個男孩遇見一個女孩，一種不能解釋的感覺讓他們走在一起，那種感覺消失了，他們也就分手了。我們的故事沒有例外。」

「她是怎樣的一個女孩？」

「您的檔案資料應該有吧。需要我說嗎？」

「那不一樣。檔案只是一串數字，她的身分證號碼、健保卡號碼、門牌號碼、電話號碼、信用卡號碼，乃至她的出生年月日、身高、體重，都是數字。雖然我不會介意多知道一組號碼，」馬龍呵呵地傻笑兩聲，「她的三圍。數字雖然能說話，而人腦的記憶常有瑕疵，但不準確的美感往往更動人。」

依莎貝。

他要聽我描述依莎貝。這個眼角發皺、肚腩鬆垮的中年男人得往別處去找樂子，而不是坐在這裡拿我取笑作樂。我已經官司纏身，審判開庭前都還不知道是否可以交保，他卻利用我最無助的時刻讓我談依莎貝。傑克的喉嚨發漲，嚥了嚥口水。我希望他的禿頭越來越嚴重，誰叫他看起來那麼居心不良。

他要我說說妳。依莎貝。他是我的檢察官，他究竟要聽什麼，我無從說起。他難道不知道，我能有無數種方式描述妳，依莎貝。

我可以說，依莎貝喜愛旅行，夢想著有朝一日能去中南半島的湄公河畔定居，在大樹下建一間手工雕琢的木屋，收養幾個緬甸孩子，因為他們的耀黑眼神令她「心碎」。我可以說，長著綠眼睛的依莎貝有一頭柔順的棕髮，比枕頭的羽毛還輕盈柔軟，早上起床時，她會用她光亮的長髮和玲瓏的長腿一起緊緊勾住她的戀人，不讓他去上班，除非他給她一百萬的吻，而且得是真摯熱情的深吻，而不是蜻蜓點水的小啄。我還可以說，依莎貝自認是漫遊於天地之間的一縷自由靈魂，沒有誰能束縛她，她說向來只有她愛人，沒有別人愛她這回事，因為她熱愛生命，如此深深愛戀著世間一切事物，老人、小孩、鮮花、建築、巧克力、書本、動物、星星、月光、地鐵、森林、橋樑、大海、深山……，所有存在世上的活的死的，她都以最大的激情熱愛著，她愛，但她不在乎是否得到回報。她所經之地，所識之人，所觸之物，她都愛。因此，她也愛我，但不在乎我是否愛她。但我愛她。非常之深。我也可以說，三十一歲的依莎貝來自里昂，跟女室友一塊兒住在瑪黑區，從來沒有固定工作，只在雜貨店、咖啡館和酒吧打臨時工，她最響亮的身分叫業餘模特兒，但一年接不到兩件活兒，而且只是幫三流婦女雜誌拍拍服裝內頁。在她內心，她深信她其實最適合出唱片，因為她天生一副好歌喉。但，關於依莎貝，我最先想起的卻是她愛躺在床上做所有的事情。她在床上說話，看電視，吃三明治，喝咖啡，抽菸，做愛，睡覺，發呆，讀書，翻雜誌，修指甲，講電話，剔牙，唱歌，如果她能在床上洗澡刷牙，她就根本不下床了。而每個周末結束，在她離開我的公寓之後，我像個靈敏的嗅覺偵探，在我的床上到處嗅聞，偵測出所有她遺留在後的各種氣味，包括她的髮香、她的體香，也包括她吃的蘋果、喝的茶以及擦抹的玫瑰花露。根據那些氣味，我推測並細細回憶起那個周末依莎貝在我的床上做了什麼。我們倆一起在床上都做了什麼。

「她說，」傑克語氣平淡地說，「如果哪天她結婚了，她會要求她的丈夫買一張巨無霸的大床，讓她在上面做各式各樣的事情。」

馬龍樂翻了，「她真是隻小野貓，是不是？」

事情不是你想像的。傑克懶得辯駁。

「我懷疑她聽說了你的事情之後作何感想。你被收押之後，她都沒來見你？」

「我們才交往了六個月，時間並不長。而且我們已經分手很久了。」

「你一跟她分手，就開始違規操作投資了。」

「違規不違規，這個留給法官去裁決吧。」

「是跟她的分手，刺激你下手嗎？」

「您是檢察官，不是心理醫師。」

「你們怎麼分手的？」

時間到了，就分手了。從八月到十二月，從溽暑經秋涼到寒冬，花謝了，葉子掉光了，我帶她坐火車回布列塔尼過聖誕節。她見過了我的父母，我的兄弟，我的小鎮，我的海港。回來後，新年開始的第二天，我上班的第一天，我就找不到她了。她的手機換了，室友說她搬走了，而我從來不知道她有任何固定的工作地點。這個人就從巴黎消失了。我剛開始還會去我們熱戀時常去的餐廳或咖啡館，期待與她不期而遇。我不在乎她身邊是否已有新人，我只想再看她一眼。如果可能，甚至跟她握握手，話家常。如果談話氣氛不錯，我還想問問她突然離開的原因。我希望她親口告訴我，有天她坐地鐵回家，在車廂裡一個沒站穩，跌跤跌到一個陌生男子的懷裡，自此熱烈地愛上他，不能自拔。因為她是如此擁抱博愛原則，她不能抗拒那份強烈的愛意，她只好背叛了我，奔向那個生命所指給她的新方向。我想她拿那雙令我瘋狂的綠眼睛，真心誠意看著我的眼睛，跟我說她為我們戀情不能天長地久感到遺憾。我想她口氣沉重地說，她仍然還愛著我，只是她控制不了自己的善變性格。我想她甚至能夠流兩滴淚，告訴我她覺得對不起我，而我是世上她最不想傷害的一個人。她很抱歉。

嗯，她很抱歉，而我會很大方地原諒她，拍拍她的肩膀，再添兩句命運總是捉弄有情人的客套話。這樣結束就很圓滿。傑克想。

但他只是想，他沒說出口。反而，他問：「馬龍先生，您已婚？有家庭？」

「我有兩個前妻，三個孩子，和一個女友。」

「那可是很多張嘴等著您餵啊。」

「沒人說生命是容易的。我喜歡女人，跟她們有過快樂的時光，不幸地，美好日子總是不長，而且還有帳單緊跟著要付。」

桌上的馬龍的手機突兀地叫嚷起來，他接起來，只說了聲好。傑克的律師終於到了。

「你還是沒告訴我你跟依莎貝是如何相遇的。下次聊天你告訴我，我就告訴你我的第二任妻子怎麼跟另一個男人跑了的故事。」

傑克安靜地微笑，「我不確定我對您的私事有興趣，馬龍先生。」

馬龍笑得嗆了氣，整張臉漲紅。他堅持，傑克沒興趣聽，他也是要說的。這叫禮尚往來。

當天晚上，馬龍帶女友去蒙帕納斯大道上的圓頂餐廳用餐。服務生前來推薦生蠔，說是時令特色，他的女友立刻幫他們各自要了一打。他們就坐在靠門邊的紅色沙發座上，邊喝清涼的白酒，邊啖柔軟的蠔肉，邊看著高雅的巴黎食客在眼前川流而過。他們穿戴考究，注重細節，說話文雅，連微笑也那麼穠纖合度。你在其他城市見不到如此令人賞心悅目的人們。唯有在巴黎。他突然想起，藥房老闆說，一名臉色蒼白的年輕人在蒙帕納斯大道上吃了生蠔，腹痛如絞，結果躺在浴室冰冷的地板上過了一夜。

馬龍在內心對著自己微笑。當然，那肯定是傑克剛到巴黎時一次不成功的約會。他急切地想要取悅女伴，掙扎著要擺個巴黎花花公子的排場，於是在蒙帕納斯大道上的海鮮餐廳訂了一張兩人的桌子，穿著他的舊外套，花色已經過時了起碼半個世紀，帶著他好不容易約出來的女伴，先去了卡地亞美術館看了晚間的展覽，然後在冷風中散步過來。雖然已經訂了位置，但領班眼尖地瞄了一眼這對還沒有培養出任何默契的戀人，男的被冷風吹得正在流鼻水，鞋子一看就不合腳，讓人替他彆扭，女的更可怕，一臉濃妝，頭髮吹得蓬鬆如獅子狗，身上那件洋裝緊得不像話，她以為這裡是什麼場所。他們都看起來緊張不自在，好似一對誤闖叢林的小白兔。餐廳服務生給了他們一張最沒有人要坐的桌子，正對著洗手間，靠近服務生的工作檯，老有人去上廁所時不小心踢到他們的椅子，或服務生收拾碗盤時弄出許多聲響。時當節令尾聲，生蠔量少，品質也不是太好，卻仍價格昂貴，但為了裝作他們正在享受一個典型的巴黎夜晚，傑克硬著頭皮點了一打生蠔和一瓶便宜的白酒。接下來，這頓晚餐只是越發糟糕，湯送上來時是冷的，鱸魚烤得太老，醬汁還燒焦了，蛋奶酥根本沒有發泡。吃完飯，女伴想去河邊散步，他的肚子卻開始發出咕嚕怪聲，他的額頭冒出冰冷的斗大汗滴，接著，他就像女人要生產般開始陣痛。疼痛如此巨大，彷彿有人拿刀從他的腹部內部要砍殺出來，搞得他一直要彎下身子。一個精心安排的星期五夜晚，只好草草結束。那個用心打扮跟他出來、以為他們之間可能有點什麼的女人從此再也不曾答應跟他約會。

可憐的傑克。巴黎原本應該讓所有美好的事物發生。結果，事與願違。

馬龍大口飲酒，讓那股冰涼的刺感滑下自己的喉頭。坐在他對面的女友，不過二十四歲，只比他第一個孩子大個三歲，正興高采烈地吸吮多汁的生蠔。他像個慈愛的父親，以溺愛的目光縱容她享受食物的樂趣。

他跟這麼年輕的女孩兒在一起幹什麼，她又跟他在一起幹什麼。她可以是他的女兒了，他若不是她的父親也能是她的叔叔了，卻一同坐在圓頂餐廳的沙發座扮演一對心心相印的情侶，充滿愛意地互餵生蠔，彼此加溫情慾。

帶腥味的空蠔在桌上頃刻堆積如山，猶似戀人每次談完戀愛後的心情殘骸。愛情就跟生蠔一樣，馬龍自忖，沒打開前，每個人都拼命要用各種方式撬開那頑強的外殼，一嚐鮮美的滋味。一旦剝開了，有時蠔肉的確如期待中的鮮嫩多汁，有時，卻像一條平扁的鼻涕黏在殼內，教人噁心。往往一陣生吞虎嚥之後，很多人抱怨，經驗不如預期的驚豔，有股不過爾爾的悵然。

可是，這就是生蠔的妙處。它是生命的一道謎語。沒打開之前，你根本不知道裡面的內容究竟長什麼模樣。也許，不急著打開反而能夠醞釀出一顆渾圓無瑕的珍珠。

但是，我們都對自己的人生感到無聊。我們總是期待一個神祕的生蠔被打開之後，就會有萬丈光芒從中射出，伴隨著一位維納斯女神踩著貝殼出生，從此我們的人生就會煥然一新，天天有如沐浴於金黃色的陽光之下。

不用傑克告訴他，馬龍也能知道傑克跟依莎貝如何相遇。那是一個八月的周六下午，全巴黎的人都出城去渡假了。咖啡館空蕩蕩，只有兩個客人，臨時招來的服務生已經打破了好幾個咖啡杯，老闆咒聲連連。傑克露天坐著喝咖啡，另一個晚到的女客人坐在另一張緊鄰的桌子，與他並肩坐著，眺望擠滿觀光客的巴黎街頭。氣候炎熱，豔陽當空，對兩個困在城裡無計可施的巴黎客來說，時間過得特慢，難以打發。男人，女人，都在等待一個徵兆。所以他們可以宣稱生命給了他們一個暗示，讓他們去突破眼前的僵局。

是誰先開口說了第一句話。馬龍不能決定。身為男人的傑克可能說了第一句話，然而，卻不是沒有得到依莎貝第一個鼓勵的眼神之後。那句話是什麼也不重要，無論是「天氣好熱？」「妳沒去渡假？」「妳喜歡妳的咖啡嗎？」還是「我討厭全球化」，其實都能翻譯成「我覺得妳好美，我想吻妳」。重點是，他們對自身人生的無聊就夠他們想要打開一個未知的生蠔，一探究竟。

在談了一點言不及義的話之後，夏日特長的白晝變得稍微可以忍受，時間流瀉如塞納河的河水向西方奔流，當太陽終於要下山時，雙方都在試探是否要將這段談話帶到咖啡館之外繼續。

在說了一堆她對環保地球的希望之後，依莎貝撥弄著她那頭風情萬種的長髮，假裝沒注意她洋裝的細肩帶滑落肩頭，幾乎讓她半裸地坐在這名剛剛認識三小時的男人面前。女人如果喜歡一個男人，她就不在意讓他多看一點她的身體，她要討厭一個男人，就算他只是隨便瞥一眼她的耳朵，她都會覺得被冒犯。她甚至大膽地把她的長髮都撥到一邊，乾脆露出半片酥胸，語氣很不經意地問，「您不來咖啡館喝咖啡時，都在做些什麼？」

傑克沒有立即回答，他先欣賞了依莎貝為他準備的美景，然後淺淺地笑，用一種更淡的口吻說：「我在銀行工作。」

依莎貝那雙原本隨著黑夜來臨而黯淡無光的眼眸，猶如舊巴黎路邊的煤氣燈慢慢地燃燒點亮，像兩朵璀璨的光之花盛開在巴黎的夜晚。

檢察官馬龍最愛燈火輝煌的巴黎，在這裡，時光終於為人停駐，生命是一場醉人的盛宴。他不知道他跟眼前這個年輕女友還能維持多久的濃情蜜意，但今晚的生蠔真是鮮美，終生難忘。

故事貳

所謂的愛

伊戈從機場搭車進入東京，正好華燈初上。

日近薄暮，城市是一張老女人的面容，隨著年華老去逐漸暗沉下去，不復光彩；然而，失去青春的她卻巧用人工替自己抹脂搽粉，掩起憔悴，裝扮得容光鮮豔，煥發明星神韻，比先前更勾人心弦。每一個走過她閃亮街道的人都禁不住為她因夜降臨而新生的輕佻活力感到心蕩神迷。大型商城一座連著一座，商店街一條接著一條，餐廳一間伴著一間，深黑的夜空下，燈光逐一點亮，盞盞都絢爛無比，爭相出頭，不肯相讓，迫使星光必須沉默退讓，卻仍無法使那些喧囂到無恥地步的城市人群能夠稍微節制一點。

所有人，無論是長期居住還是臨時過客這座城市的人，分開來就像卑微的小水滴，帶著他們身上各自懷抱的一點念頭——無論稱作夢想也好，慾望也好，還是不過無意識的隨波逐流也好——全如浮鐵，讓東京這座大磁礦吸引了過來，聚集成汪洋人海，流竄於城市的各個角落。大大小小的十字路口上，洶湧人潮就擁在各種霓虹招牌下，一到紅綠燈轉換，立刻如浪潑灑，淹漫整條馬路。

人，人，到處都是人。

伊戈厭惡地轉過頭去，不再看著窗外。他只想要車子趕緊把他送進他的旅館，他好關上門，把整個人群留在街上，所以他能在那張暫時租來的床上安穩地睡上一覺。

東京，紐約，倫敦，香港，新加坡，法蘭克福，隨便哪一個城市，對他來說，都不是用來生活的城市，而是他必須經過的地方。生命若是一條河流，這些城市不過是他涉水過河的踏腳石。他得這麼旅行，因為他要到對岸去，雖然他也不認為對岸有什麼偉大的東西在等著他。他馬不停蹄，因為這個所謂的人生一直在背後驅趕著他。

他只能上路。沒有其他選擇，他知道。他很早以前就已經替自己的命運把了脈。

伊戈認定他只有他自己。有些人生命中總是不缺情愛，有些人輕易贏得無數友誼，有些人得以跟崇高的社會理想相伴，伊戈卻認為自己就算有了這些東西，他也照舊如此孤獨。

因為，他看透了這個世界，所以孤獨只是一個必然要付出的代價。

如果，世上每個人的人生都是一套為他量身定做的衣服，伊戈的人生就是從一大塊叫孤獨的衣料裁剪而成的。無論他怎麼穿這套衣服，他都不會感到溫暖，只會感受一股涼颼颼的寒意，不是從外面世界、卻是由他的內心底處緩緩吹出來。

他也不怕展示他的孤獨。他能在用餐高峰時間隻身走進餐廳，在成群結隊吃飯的喧譁人群之中，要一個人的位置，點一個人的飯菜，於眾目睽睽下進食。他不需要一本書擋在他面前，也不會草草結束用餐，他細嚼慢嚥，享受他的食物，偶爾抬頭回瞪周圍那些好奇打量的目光，被他眼神掃到的人不禁心頭一凜，尷尬轉頭假裝無事，好比原本想要獵取獅子的獵人以為自己躲在安全距離外觀察著獅子的一舉一動，沒料到獅子卻忽然抬眼，投以沉鬱傲慢的凝視，把他們怔住了。牠的眼神彷彿在說，看吧，你們這群平庸的動物，終日只知追求溫飽，難得你們看見也認得什麼是尊貴的生靈，就讓你們盡情看個夠吧。我不怕你們，因為我可憐你們叫做生活的那點東西。

他真厭煩了這些人。但，他無計可施。他不能活在如此人世，也不能不活。第一次跟美穗見面，他就聚攏了他那兩道濃黑的眉毛，向她傾訴他所有對世間的期望與落空，把她的心都絞了。

通常他避免與人打交道。只要是人，都引不起他的同情。不知為何，美穗從一開頭就吸引了他的注意。

到了東京的第二個晚上，他一如往常地視那些應酬晚宴為人生必要之惡，皺著眉頭穿上他那套剪裁無懈可擊的燕尾服，結上他的絲領結，套上他最好的義大利皮鞋，戴上他一貫不置可否的嘲諷表情，從飯店出發去參加一場客戶舉辦的宴會。為了推延到達時間，他捨棄計程車而改搭地鐵，引得全車的人都在觀看他的盛裝打扮，如同圍觀一個稀奇古怪的異族貴族進城。站在那些矮小的日本人中間，他顯得鶴立雞群，臉上刻意裝置的傲慢神情只讓他看起來更冷漠，更獨立，彷彿一個活得與世隔絕的怪人。帶點自鳴得意的心酸，他自忖，此刻倒是我這一生的恰當寫照。

我總是那麼格格不入。擺到哪裡，都是不對的位置。

當他走進東京帝國飯店的晚宴廳，他還沉浸於那種悲苦的自憐之中，剛剛進來不久就像是隨時準備要走。使上假意的禮貌勁兒跟客戶打過招呼之後，他隨即想要找個不起眼的角落，享受自己的孑然一身。這不容易。這場宴會是廠商年度尾牙會，城裡每個能夠出席的人都來了。他利用自己的身高，努力張望，無意間，他的眼神對上了一個正不知如何將自己的手腳擺哪裡的日本年輕人。年輕人塞在眾多賓客之中，誰也不認識，面臨著社交災難卻非常無助，因而滿眼孤寂，精神畏縮，一看見他，像是暗地認出自己的同類，立刻堆滿了笑意，想要走上前來攀談，他連忙轉身要閃。

他的人生已經夠多問題，最不需要的就是讓一個不相干的日本年輕人再問他一堆問題，像是你從哪裡來，克羅埃西亞在哪裡，是以前南斯拉夫三小國嗎，波士尼亞戰爭跟你們有關嗎，你算是基督徒還是回教徒，你還常常回去克羅埃西亞嗎。談話到後來，對方就會說有機會我希望能拜訪你的國家。什麼時候這些人才會明白，他已經去國多年，克羅埃西亞不是他的國家，至少，不是他稱為家的地方。

在他心中，他早已沒有家。

這件事，他很難跟人解釋，也不想解釋，尤其向一個素不相識的陌生人。當這個陌生人又剛好是一個有心腸的好人，那麼對方就會晾出他更受不了的同情眼神，飽含諒解，這種來歷不明的善意更令他忿恨不平，更想要伸拳揍人。上次在荷蘭開會時，就教他碰上了一個飽讀詩書的生意人，一聽見他是克羅埃西亞人，就開始滔滔不絕談論國際政治，搞得他精神抓狂。他以為忍耐聽聽一小段，很快就會沒事。沒料到對方根本沒有稍微停歇的意思，像輛防盜器遭觸動的汽車響個不停，關都關不掉。好不容易等到了個空檔，他以為能藉機轉回正題，對方卻帶著極莊嚴的神色，站了起來，慎重繞過會議桌，站到他面前，用雙手握住他的右手，態度誠懇而嚴肅。這位善心的客戶說，他為伊戈從小所遭受的痛苦不幸表示致意。他當場把手抽開，東西收收，二話不說，就離開了會議室。

只因為我出生的國家有著複雜的歷史，就表示我出生的國家不比你的國家正常嗎。只因為我是克羅埃西亞人，就表示我不比你正常嗎。

我已經離開了，就表示我不再屬於那裡。我離開了，因為我不想再討論那些人和那些事情。

這個日本年輕人如果找不到人聊天，覺得這個宴會無聊，淨可以離開，回家打遊戲機還是看色情片，他的人生可不是一部濫情的好萊塢商業片，專供幸福人士消遣一晚。

眼見日本年輕人如鯊魚逐步游近，他急忙要逃，猛一轉身，就跟美穗撞個滿懷。

他是先聞到美穗的味道，然後才看見她的人。事後，當美穗問他為什麼芸芸眾生之中，他唯獨愛上了她，他思考了片刻，回答她因為初次見面時她身上飄來的味道令他有股回到了家的悸動。

家，他這個不承認有家的男人，居然在一個女人身上用了這個字。

之後，他就昏了頭。美穗的香氣迷暈了他。他不得不承認，愛情其實是一種嗅覺。他撞上了美穗之後的細節全記不清，只知道自己整晚像隻忠心耿耿的狗兒，美穗走到哪兒，他就跟到哪兒。為了取悅美穗，贏得她的關心，他掏心掏肺地訴說，所有那個日本年輕人想問而他不想回答的事情，他全告訴了美穗。

他小的時候，還是南斯拉夫邦聯和共產制度；長大以後，柏林圍牆倒了，民族主義代替了共產主義。邦聯國裡的克羅埃西亞跟斯洛文尼亞率先公投獨立，自此，南斯拉夫邦聯從歷史上消失。他還記得，剛剛獨立之際，他的父母夜夜在自家客廳裡吵得不可開交。當年活在共產體制下，生活貧苦，鎮日精神惶恐，活了今日不知有明日，他的父母卻緊緊相靠，互相依戀，因為他們除了對彼此的愛，什麼也沒有。社會豁然開放了，市場湧進了資本，突然，他們不再是一對相愛多年、同床共枕的夫妻，而是一個信奉天主教的克羅埃西亞男人和一個信奉東正教的斯拉夫女人。國界不再畫在自然疆界上，而是畫在男女關係裡。

塞爾維亞入侵波士尼亞的那天，他的父母終於大打出手。他的父親用盡他所能記得的所有髒字，狠狠咒罵了東正教，只因血洗回教徒的塞族人也同樣信奉東正教。他的母親不甘自己的宗教受辱，同時不相信虔誠的東正教徒會幹下種族滅絕的惡行，挺身為塞族人辯護。他的父親不能容忍自己的女人竟會如此愚昧無知，在屋子裡狂走亂吼，摔碎了無數傢具，他的母親卻自始至終冷漠地坐在一把沙發上，用一種輕蔑的目光斜瞄著她的男人。不過幾年前，她還瘋狂愛著他，每天清晨醒來第一件事就是跟他做愛，現在對她來說，眼前這個大喊大叫的神經病不過是一頭野蠻未開化的異教豬，除了地獄，哪裡他也不配待。女人不打架，她只是打從心底瞧不起你，卻比男人熱血幹架的殺傷力更大。受不了妻子冷冷的鄙夷，終於，他把最後一件完整的傢具朝她的腦袋砸去，砸出一個帶血的大窟窿。

當時他在外地讀書，回到家裡，正好送他母親離開他們的家。據傳塞爾維亞在驅趕及屠殺波士尼亞境內的回教徒，克羅埃西亞的社會氣氛連帶著也仇視塞族人，對東正教徒多少不信任。表面上，他母親的日常生活並無不便，但，她不能忍受鄰居們腦子裡的那些聲音。她說，沒有說出來的意見比說出來的意見更可怕。她雖然活在自己從小生長的社會裡，周圍全是熟識的臉孔，她卻覺得恐懼。她感到前所未有地孤立，但是，她的男人已經不再打算保護她。當社會氣氛緊繃到了一個瓶頸時，跟父親離了婚的母親只得選擇離開。她不是塞族人，也很害怕塞爾維亞的種族主義，只好選了鄰近的斯洛文尼亞。那裡有一個東正教教區，住著她的一些遠房親戚。

他母親走的時候，頭上還綁著繃帶。那天晴空高掛，空氣卻很冷，在火車站月台上，她淚流滿面，抱著他吻了又吻，對他說：「孩子，記住，人類對彼此的偏見跟仇恨，是什麼也克服不了的，即使是所謂的愛。不要被人類臨時起意的善意所欺騙。當他們必須在自己與別人之間選擇時，他們永遠毫不猶疑地踐踏你而過。唯一的真愛，只有母親對孩子的愛和上帝的愛，因為只有這兩種愛才能做到真正的無私。」

就這麼一點愛，他也不能保有。

他的父親、他的鄰人和所有宣稱是他同胞的那些人為了一個看不見的神，驅走了他真實生活中的母親，彷彿她是可怕的瘟疫，讓他從此變成了孤兒。

他一有機會離開那個國家，馬上買了機票，頭也不回地走了。他寧可在外面餓死，也不要再跟那群殘忍卑鄙的鄉愿者活在一起。他們的愚蠢已經毀了他的國家，他不會再讓他們毀了他的人生。

「我就像一頭不小心活過了冰河時代的長毛象，而我之所以能逃過一劫的原因，是因為我沒有笨到追隨我的象群走向毀滅的命運。」他高聲地說，「我不怕當這個世上最後一頭長毛象，我寧可單獨死去，也不要向庸俗的群體主義低頭。」

「你恨你的父親嗎？」美穗問他時，斜傾著頭，眼睛並不直接看著他，而是往下四十五度看著他身旁那個空無一物的所在。每次她聽他說話時，總是採取相同的姿態，或許是因為如此，他感覺他能向她傾吐，因為她只問問題，卻不給評語，也不用眼神無聲地評斷他。她只是聽著，偶爾小聲地發問，彷彿她對他這個人而不是他正在講的這件事保有極大的興趣，而她的問句只不過是為了幫助對話繼續，所以他們能一同消磨時光。從他的角度看過去，他看見她潔如白瓷的側臉，纖細的鼻子，小巧的耳垂，她的頭髮永遠紮得乾乾淨淨，頸背平滑不留一絲髮縷，猶如明天地球傾斜了，她也還是這麼工整的一個人。

他想也沒想就脫口而出，「是的，我恨他，但我也恨我母親。事實上，我恨所有人，都因為他們，事情才搞砸了。他們每次搞砸了，就推託給上帝。其實，從頭到尾，都是人類自己。他們在折磨別人時就神采飛揚，神氣兮兮，以為自己就是上帝，輪到別人折磨自己時，就呼天搶地，拼命禱告，說什麼上帝遺棄了他們。我要是上帝，我起碼早已遺棄人類千百遍。因為他們活該。」

我們活該。

初次見面，不過個把小時，這個女人就像戳破一個飽飽的氣球，讓他胸中積壓了三十幾年的怨氣一口吐得精光。隔天早上起床，他幾乎以為自己是快樂的。他不知道自己是著了魔，還是終於走了運，找到了他以為不可能存在的愛情，總之，他改了機票日期，取消了接下來的商務旅程，決定留在東京。

他戰戰兢兢地打電話給她，她的聲音從電話另一端響起時，他整顆心都飛了出去。

事情畢竟不是那麼美好。這個世界從來不曾令他意外。美穗雖然同意跟他見面，但是，她含蓄地表達，她不能待太久，因為她必須趕在她先生下班之前到家。

伊戈冷冷地想，就是了，我說我怎麼會那麼幸運。他隨即彬彬有禮地道歉，宣稱自己打擾了，不想麻煩她無謂地跑一趟，希望後會有期。他不知道美穗怎麼想，他也不在乎，他直接掛掉了電話。

活該。他花了整個晚上追逐這個女人，把自己處心積慮刻意隱埋已久的靈魂密碼都掏了出來，卻忘了問她的人生是怎麼回事。最基本的，像是妳結婚了嗎。

他愣愣地坐在床邊。跟世界磨了那麼久的男人，居然妄想太陽會打西邊出來。你能怪誰，只能怪自己原來也是個意志懦弱的男人，一時軟弱，就想把自己交出去委託別人照顧，管她是上帝還是女人。

除了十七歲的少女，還相信愛情的人都是腦筋不正常的白痴。若過了四十歲還這麼天真，那就不算白痴了，只能用可悲形容。

我活該。

他穿上外套，走進東京冷冽的冬日街道。每個從他身邊匆匆走過的日本男女都打扮考究，把自己當作人形娃娃細緻地雕琢，他們能染黃了頭髮只為了跟自己的手袋配色，卻又用跳了色的足靴打破平衡，每天挖空心思，注意每環細節的搭配，務求自己像一幅畫般走來走去。這大概就是所謂的幸福吧，他想，和平繁榮已久的日本人無識戰爭滋味，不須與意識形態纏鬥，於是鎮日費盡力氣裝扮自己，拿這些無謂的枝微末節當作自己生活的全部。然而，這些可愛美形的人們跟滿街琳琅的商品，儘管閃耀著幸福的光彩，卻引不起他的興趣。他漫無目的地亂晃，覺得自己跟周圍的景象之間始終隔著一層無形的玻璃。街上充斥著各式吵雜的噪音，人群魚貫穿過他身邊，他像個穿著沉重太空衣的太空人，耳裡只聽見自己的呼吸聲，笨拙地想要找出適當的重心，以繼續行走於這個對他來說其實是陌生的星球。

當他回到飯店，他的頭腦已經冷靜，心跳穩定，嘴角恢復了慣常的嘲諷微笑，他又重新武裝了自己，可以對付全世界的無情，因為沒有人比他更懂無情。

他沒料到，美穗坐在飯店大廳等他。

像一個好教養的日本女人，她彎下腰，輕聲細語地向他賠不是。她抱歉這麼冒失跑來，又道歉以不當的方式結束早上的通話，她為自己的笨拙感到羞慚，但實在想不出什麼好法子可以給他留下一個較好的印象。他從來不後悔自己的無情，也不以為別人在意，如果他令他們生氣了或受傷了，他只會期待他們走開，從此不再連絡，這是他的人生哲學。美穗這麼耿耿於懷的表現，他一時無言以對。注意到他的沉默，她停下來，抬頭望向他。

就這麼一眼，各自都覺得彼此非是情人不可了。

人生這種時刻總是很神祕。你遇見了一個人，你就是知道你非得在當下跟這個人在一起。時間不能早一點也不能晚一點，人也不能再換一個。就是這個人，就是這時候，而你就是非得上陣了。若是逃脫了，你會恨自己一輩子。伊戈這個不認家的男人在日本東京的飯店大廳遇上了他以為他早已失去也永遠找不回的家。頭一次，他不想臨陣脫逃。

他以為他一直要逃避的東西其實就站在他的眼前。他母親可能是錯的。除了上帝和母親，世上還是有可能存在著另一個人能夠完全無私地愛你。他從美穗那雙黑眼珠看見了這個機會。她的黑眼珠又沉又暗，深不可測，表面卻泛著粼粼波光，彷彿一口深井，當你探頭往下窺探，見不到底，只能見到你頭頂太陽光的反射，井面遂成一面明亮的鏡子，將那個深埋於最底層的千古祕密藏在世人的視線之外。那個古老的祕密使得世上男人愛上女人，驅使女人生下孩子，讓看似沒道理的世界有了道理。伊戈想要接近那個祕密。

他縱身，一躍而下，跳進美穗眼裡那口井的最深處。

從此伊戈一有藉口就去東京出差。他原本冷臉告訴自己受雇的美國銀行，日本社會非常封閉，絕不可能跟外國人合作，而今他改口稱日本是全球第二大經濟體，必須積極開發，老往東京跑。他跟美穗只能在白天見面，他就把商務約會都推到晚上，反正日本客戶只約他上高級俱樂部，雙方都心知肚明不可能做生意，卻樂得以談生意的名義吃喝玩樂，讓公司買單。

他喜歡窩在飯店房間跟美穗講話。整個東京和廣大的世界都被他們推往門外，尤其外面下起滂沱大雨時，如同大水淹沒了大地，他們的房間對他來說就是一艘僅存的方舟，他和美穗是最後也是最初的亞當和夏娃，牽手廝守於舟中，等待大水退去的一天。

但願這水永遠不乾。美穗說。

她這麼說時，頭低，聲調也低。

美穗愛他愛得痛苦而絕望，卻從來不願意在他面前顯露一絲軟弱。不知為何，這讓他感到寬慰。美穗懂得這個世界的冷酷，這對他來說很重要。如果她要愛他這個人，就要理解他所經歷的一切。從東歐的共產體制到美國的資本主義，從歐洲到美洲到亞洲，從純真男孩的理想到成熟男人的領悟，一直都是他一個人單身在對抗所有人。他不能倚靠任何人，因為他們通通不值得信賴。只要是人，都隨時可能被自己的狂妄私慾所腐化。

「只有我這個不在任何體制內的人，遊走於所有社會的邊緣，誰都不要我，我也不要誰。有什麼痛苦，我都保持清醒地面對。因為我生命中沒有其他人。」他看見美穗強忍著即將滾下的淚水，又加了一句，「現在，我有了妳。」

躺在他懷裡，美穗拉緊了他的衣領，顯露她的激動，但她的聲音依然柔和：「讓我們逃走吧。」

「是的，是的，我們應該一起逃走。」

「真的？」

「當然。」

「那我們去哪裡？」

他們討論了各個地方，包括埃及、摩洛哥、祕魯、南非等等，越遠越好，總之去一個沒人認得他們的地方，重新開始生活。他當然不怕，在他生命的每個階段，哪一次不是他去到一個陌生的國度單打獨鬥。美穗也不怕，只要有他，她願意追隨他到天涯海角。他們要在陡峭懸崖上築屋而居，天天聽海濤在腳下拍打，要深居於高山養羊，冬日不藉材火而互借體溫取暖，要去偏遠海港開間漁店，早上賣魚，下午不做什麼，只牽手散步。美穗口口聲聲宣稱，她只要他，她就能活。他拉起她那雙修剪完美的蔥蔥玉手，每一根指甲都擦著珍珠閃光的貝殼色指甲油，他默默地玩著她右手無名指上的鑽戒，即使他們做愛時，她也不曾取下那枚戒子。

他心痛地想，這就是我，即便真心愛上了一個女人，這個女人也不屬於我。我們倆就像孩子般拿愛情童話哄騙自己。我若是不愛她，又何苦跟她玩這種不誠實的遊戲。

起初他們相約見面都能成行。漸漸，他們的好運不再。一次是他來東京，他的上司堅持要跟著他來，他只好整天陪著老闆四處去拜會客戶，連電話也不能撥給美穗；後來是美穗的公婆來了東京，她實在抽不開身；接著，又一次，他待在東京一整個禮拜，他們說好要去日光泡溫泉，最後美穗來了通電話，說不能去了，連理由都來不及說明就匆促掛掉。

半夜，他躺在東京市中心的高級旅館裡，外頭正燈紅酒綠，通通與他無關。他是那頭不小心活過冰河時期的長毛象。這個世界除了他這頭長毛象，再沒有其他長毛象了。他單手反折於腦後，另一隻手輕放在自己胸口，雙腳微微交叉平擺著，電視機播報著英語新聞。這時候，房門響起輕輕的啄門聲。

他以為是客房服務部來打掃，大聲喊：「沒事，我很好。謝謝。」敲門聲繼續。他只好起身。他怒氣沖沖去開門，發現美穗一臉蒼白地站在外面。沒等他讓開，她直接走進來，不坐下也不擁抱他，她的雙眸炯炯燒著兩把炙烈的小火，像是要把他整個人照亮，好把他的真心看個仔細。

「我們說過一起逃走，是吧？」

「我們是說過。」

「現在，如何？」

「我無所謂，我就是一個人。說走就走。但是，妳呢？」

「別管我。」

「怎麼能不管？妳是個日本女人。妳有很多事情要想，妳家人的感受，妳作為一個女人的名聲，妳好不容易經營起來的社會網絡……」

「我說了，你不用管。我帶著我的護照。」她從口袋掏出了紅色小本子。

「我愛妳就不能不管。妳一旦離開了日本，妳就不能回來了。這是妳要的嗎？」

「是。你呢？」

「我無所謂。倒是妳，妳確定嗎？」

她不耐煩地回答，「是，是，我很確定。」

他看著美穗那張象牙色的小臉，即使她的情緒那麼明顯地震動不安，她的膚色卻仍皎潔如月，五官細緻端莊，像尊玉石雕刻出來的東方佛像，透著冰涼的質地。他愛這個女人，因為她給了他家的感覺。可是，上一次他記得有家的時候，他得到的回應卻是失望透頂。

美穗嘴唇發了白，用一種他沒聽過的口氣發狠地說，「我跟定了你。什麼都不管了，除了你，世上沒有什麼更重要的了。你帶我走吧，越遠越好。只要我們在一起，你就永遠不再孤獨。」

永遠不再孤獨，他聽見了美穗的保證。他卻突然想起美穗那個即將被她背叛的丈夫。即使在這種時刻，那個男人還是沒有被直接當作一個主體來討論。他從來沒見過那個日本男人，出於忌妒的自我保護，也不曾過問關於那個日本男人的種種。美穗也不描述他的個性、長相、喜好，她只在必要之餘，淡淡提到他去了哪裡，什麼時候回家，所以他們倆能安排會面。那個日本丈夫不是一個有情有欲有形體的人，他沒有一張臉也沒有兩隻腿，而只是一連串的時間跟地點。一個人在對一個人擁有如此強烈情感的同時，對另一個天天睡在身旁的人卻能不抱一點憐憫，隨時就能不說再見將他拋下。他想起他的父母，為了不相識的陌生人而針鋒相對，像一對鬥雞互相啄得遍體鱗傷。因著宗教和國族的抽象信念，他們能跨越自身去愛那些他們從未見過面的人們，像愛他們從未謀面的親生手足，但他們卻不能去愛那個跟他們生養孩子的伴侶。

人性的運作方式如此奇特，他想。似乎，我們只喜歡想像中的愛，戀愛對象離我們越遠，越摸不著，我們的愛越堅定，像是遙不可及的上帝、還未相遇的戀人或是尚未出世的孩子。當那些想像中的慾望客體真實出現在我們面前時，我們只會喘不過氣來，渴望拉開距離。美穗愛他，是否因為他們其實還在現實的兩端遙遙相望。他愛美穗，是否因為他其實一直以為他們根本不可能在一起。

複雜的情緒湧進他的心海，他又一次望往美穗的深邃瞳孔，想要打破水鏡，穿透那些碎光波影，接近那個讓人類種族得以繁衍、宇宙得以運轉的祕密，那個他曾經以為失去、重新得到、現在又覺得逐漸遠離的祕密。

美穗擁有一張完美無缺的臉。或說，她的臉永遠完美無缺。她就要跟她的地下情人私奔了，她還不忘用唇筆勾出一張世上最性感的嘴，把雜眉拔乾淨，搽上睫毛膏，連胭紅也那麼恰到好處。他想像，就在她出門來旅館找他的前一刻，她還坐在她的梳妝台前，手拿整髮器捲著一絡絡髮絡，耐心地捲出她心目中的理想捲度。她看起來是那般絕色出眾，但，美穗必然未曾想過，一張美麗絕倫的臉其實看起來有股異常嚴厲的味道，非常遙不可及。

他覺得他需要開扇窗，讓清涼夜風吹醒他的腦子。

「我是個男人，我不能只為我個人的慾念，我要為我們兩人著想。妳今天這樣就走了，妳明天就後悔了。日後妳會怪我，把妳帶到一個遙遠的地方，沒有朋友也沒有家人，我很習慣這種離群索居的孤獨，因為我始終一個人，但是，美穗妳準備好了嗎？」

「我不管，我不管，我不能再過著這種沒有你的日子。明明知道你就在同一座城市，卻不能來看你，這實在太痛苦了。」說完，她嚎啕大哭。

伊戈將她擁進懷中。他的心還是碎了，他畢竟不能忍受看她痛苦。他不斷低頭輕吻著她的額頭，安慰她：「我知道，我知道，相信我，我的痛苦只會比妳更多，不會更少。但是，我們要想仔細，我們不能為了一時激情，毀了我們的未來。」

「一時激情？」美穗從他懷裡抬起頭來，「伊戈，我愛你，這不是一時激情。」

「我也愛妳。我說的一時激情，指的是因為臨時情境所造成的情緒激動，像這個禮拜，我們約好了要見面可是卻見不了，當然我們的心情會特別受到干擾。但是，我們不該因為一個周末不順心就拋開我們的腦袋，是不是？」

美穗停止了哭泣，目不轉睛地盯著他看。她的灼熱目光即將在他的臉頰燒出洞來，他一點也不喜歡，只好別開頭去。他雖仍抱著美穗，美穗卻感覺他的擁抱逐漸失去了熱度，最後，他像一堆燃燒殆盡的灰燼，陰暗，死氣沉沉。

美穗推開了他，進去洗手間補妝，他坐在床沿等她。她出來時，又是一張光鮮亮麗的臉，完全看不出剛剛哭過的痕跡。她細聲問他要不要親熱，她跟她先生謊稱最好女友失戀鬧自殺，需要她的安慰，還能待點時間再回去。他為了證明他的確愛她，就把她撲倒在床上。女人從來不能相信男人愛她，除非男人在床上真心誠意地要她。

伊戈確信美穗是心滿意足地走的。他對自己的心情卻不是那麼有把握。認識美穗之後就久違了的孤獨感如今又沿牆爬上了這棟東京高樓，滲入房間，悄悄接近他，像一塊黑布蓋住了他。他站到窗前，拉開窗簾，看見東京鐵塔在不遠處閃著紅白燈光，近十條鐵路先在鐵塔腳邊聚攏又在遠處分開，發射四方。夜色越深，溼氣加重，在都市上空形成一層肉眼可見的霧氣。明天可能是個下雨天。

他不習慣這股迷惘的都市薄霧，拉上窗簾，準備睡覺。

下雨或不下雨，明天他都要上機場去。

故事參

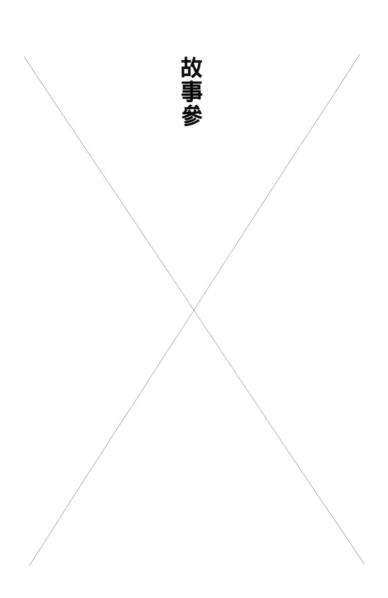

再見，印度

第一次見面，她怒罵他是個法西斯分子。三個月後，他們結婚了。

婚禮按照印度傳統習俗，大開流水席三天三夜，地點挑在宏偉堅實的遮普古堡。花園裡，繁花錦簇，綠草如茵，孔雀悠游漫步，上萬賓客穿梭其間，男人剪了鬍子、灑了香水，繡滿繁複花樣的絲緞袍子和指間貴重的指環炫耀著他們令人目眩的權勢，女人描了眼線、梳了髮絲，渾身珠光寶氣，似乎把家裡的首飾家當全都戴出了場，彷彿這還不夠華麗氣派，連身上紗麗布料都攙金穿銀，爍光熠熠。當她們移動時，個個都是鑽光四射的小太陽，滿天繁星也黯然失色。

一切都像是在做夢。公主與王子從此快樂在一起的童話結局應該就是這場豪華的甜美婚禮。什麼都恰到好處。夜空如鏡，清風沁涼，食物可口，美酒如泉，樂團不知疲倦地演奏，每位賓客都是出身印度最好的家庭，從各地飛來，同慶新人的結合。

婚禮確實美不勝收，整座花園的景色如同一幅放大了的印度纖細古畫。不過，所有人都在輕聲追問新娘的背景，她的家人又身在何處，因為舉目皆是男方的嘉賓，誰也不清楚這名氣質懾人的新娘是誰家的女兒。雖然新郎安納出身新德里的政治世家，政經人脈深廣，無論哪個印度女孩跟他結婚，大概都會被他家族的光彩比下去，但是眼下不見一名新娘那邊的賓客，不禁令這群貴客心浮氣躁，伸長脖子，到處打探。音樂隨著夜風如水流瀉，卻蓋不過熱心人的竊竊私語。

「我以為他已經跟財政部長的女兒訂婚了，怎麼跑出來這個女的？」

「沒人知道她是誰？」

「瞧那個姓氏，應該是從南部來的。」

「她那個姓氏明擺著是商人的名字，家裡搞不好是開雜貨店的。」一個刺耳而沙啞的傲慢聲音說，「哼，我說啊，這個女孩走錯了門。」

「這個年代，誰還在乎這個啊？年輕人相愛最重要。而且，聽說新娘子在美國常春藤大學拿了個政治學博士啊，真不簡單，安納非常以她為傲，說她是他見過最聰明的女子。」

「他見過的人不怎麼多嘛。」同個令人不快的聲音諷刺地說。

「那，在遇見他之前，她在做什麼？」

「她趕上網路熱末期，跟幾個朋友在紐約合開了一家網路公司，不到一年，網路退燒，公司結束。那好像是幾年前的事了。」

「之後，她待在紐約幹嘛？」

「她喜歡紐約，想繼續在紐約找工作，只是運氣不好，一直沒找到。」

「換句話說，她其實一事無成。管她拿幾個碩士博士，都只是為了釣個金主。這下，拜金女可稱心如意了。」那個譏諷的聲音從鼻子哼氣。

「卡馬思太太，您不是忌妒吧？我記得您一直希望把您家千金嫁給安納。」

那個被喚做卡馬思太太的破鑼嗓子拉高了音調，神氣活現地說：「唔，安納是不錯的年輕人，但，可不是我賣瓜自誇，我們家娜齊亞容貌出眾，身材標緻，多才多藝，同時會說英文、法文、義大利文和中文，難得的是，這麼美麗大方的女孩子個性真是老實，誰家不想迎娶這種媳婦？安納就算追求我家娜齊亞，我只能向上天祈禱，希望他不會心碎，因為我們娜齊亞的追求者可是從新印度門一路排到印度洋去呢！」

卡馬思太太的自滿之詞引得眾人臉上露出微笑，他們禁不住又把目光投射到那對光彩奪目的新人身上。今晚是他們的夜晚。安納濃卷的黑髮梳得光亮，身材挺拔，五官剛毅，一口白牙，雖然他讓他的父母選擇了印度式的宴會，他自己卻身著西式白色燕尾服，結上白色領結，白色襯衫胸前有波浪縐褶，站在旁邊的新娘子也捨棄了傳統紗麗，學西方女人挽起高高的髮髻，一襲薰衣草色的露肩新娘禮服是好萊塢影星御用設計師的作品。兩個光滑堅實的膀子在月光下閃著褐色光澤，不像一般新娘，她抖掉羞澀，昂起下顎，嘴唇厚實而性感，大方咧齒而笑，一雙黑色明眸毫不閃躲地迎視所有打量新娘的眼光。他們並排而站，面對眾人點頭行禮，私下十指交纏，緊緊相靠的身體就像連體嬰從肩膀一路黏到腳踝。

安納掩不住他的喜悅，嘴角上揚了三天三夜都下不來，不時偷偷在新娘子莉娜耳邊說上一兩句悄悄話，新娘子隨即轉頭踮腳，或在他臉頰、在他下巴、甚至在他嘴唇送上一個吻。賓客見了呵呵大笑，跟安納的父母戲謔現代年輕人表達情感的方式確實不同凡響，安納的父母沒有回應。安納的父親拉吉夫長期在政府工作，待過財政部、經濟部，也做過行政院行政部門的主管，是個典型的印度知識分子，向來以國事為重，經年累月深鎖眉心，神情莊重。他常掛在嘴邊自嘲他關心印度的前途勝過他自己兒子的前途。在他獨生兒子的大喜日子，拉吉夫依舊臉色嚴肅，不怎麼有笑容，整個晚上他都在跟幾個男人討論印度最近跟美國的外交關係，其中一個客人怪罪巴基斯坦的挑撥，另一個客人主張印度應當自立自強，不要當美國的跟尾狗，安納的父親則強調無論如何印度都不該放棄核武。

「印度一定要發展核武，試發核彈是對的。別管西方說什麼，他們說一套作一套。他們口口聲聲推廣人權民主，其實他們只忌憚武力。唯有擁兵自重，方能贏得西方的敬意。其餘，都是廢話。」拉吉夫振振有辭地說，在場賓客均點頭稱是。

突然，一個女人說英語插進來，「我不同意。我生活在美國多年，我覺得西方人滿表裡合一的，真正虛偽的是我們印度人，我們從來注重面子卻忽略裡子。發展核武就是一個絕佳例證。印度那麼貧窮，多少人連乾淨的水都沒得喝，多少孩子不能上學，政府卻把錢花在製造核彈上，真是愚蠢之極。」那滔滔不絕的聲音是新娘子，她硬生生截斷剛成為她公公不久的拉吉夫在眾人面前的言論。

喧鬧聲浪頓時消散，只剩下樂隊還在使勁地演奏，樂聲悠揚，卻仍聽見花園角落猴子爭鬧的吱吱叫聲，非常令人不舒服。

一名女客開口說，「哎呀，窮人的問題就跟他們生孩子一樣，一個接著一個，總是生個沒完。你叫他們別生了，他們還是照生。你叫他們去工作，他們偏不。然後坐擁一堆餓肚子的孩子，哭喪著臉喊窮，跟你抱怨沒法活下去。你解決不了他們的問題，因為問題在他們的生活方式、在他們的觀念。他們太無知了。」

新娘子翻著她的黑眼珠，氣勢洶洶地朝那名女賓說，「他們無知，因為他們沒有機會像有錢人一樣受教育。為什麼政府不把核武預算用於教育？教育才是當務之急，不是什麼會滅絕全球生物的鬼核彈。當西方已經對禁核有共識，印度卻如火如荼地研製核彈，實在太不文明了！」

拉吉夫眼睛望向遠方村子閃爍的萬家燈火，收緊下顎，不發一語，他本來就不怎麼開朗的臉龐越發沉鬱，一如沉重的印度歷史，壓得旁人透不過氣來。原本神采飛揚的安納收斂了笑意，緊張地注視著自己的父親。身子圓滾滾的卡馬思夫人雖一本正經地搧著扇子，卻遮不住她嘴角那一抹幸災樂禍的微笑。

拉吉夫的妻子、安納的母親塔希微是一個脾氣溫和、頭腦冷靜的女人，帶著一個古老姓氏嫁入這個家族，對丈夫的事業幫助極大。她深信婚姻代表了兩個家族在社會上的結合，其實是金錢與權力的聯盟。愛情及性向來不是婚姻的重點，那些都是在婚姻以外就能得到的東西，不必透過婚禮這麼隆重的公開形式。當她的寶貝兒子上個月前從紐約回家，帶回一個他宣稱深愛的女人，她就一直沒開口評論這件事，只極力幫忙籌備婚禮。對她來說，一場不適當的婚禮比一個不適當的新娘子更不合宜。現在她不動聲色，輕輕拍著兒子的肩膀，「我想，三天下來，你們倆都累了，你帶新娘子進去室內休息，喝點水，待會兒就要開始送客了。」

聽見母親的暗示，安納擺出紳士風度向在場每個客人致意告退，托著新娘的肘彎，他護送著莉娜進去城堡裡，上了二樓的沙龍。這間沙龍原本鋪滿柔軟地毯，供人抽水菸休息，中間建了一座華麗的迷你噴泉，地底直接抽上來的清涼泉水從大理石噴嘴不斷湧上來，客人可隨時以手掬取，用來喝飲或淨臉醒腦。然而，堡主家族在上世紀的七〇年代為了趕迪斯可流行，把這間沙龍重新裝潢，仿造當時紐約時髦場所，於是購置了黑白相間的豹紋沙發，換上現代圖案的羊毛地毯，天花板掛上碎鑽燈球，一打亮就會在屋子各處撒滿點點星光。原來噴泉還在，只是泉水不再流，被當作裝置藝術品放著。

安納希望還有新鮮活水可以讓他拍拍臉，清醒一下。多蠢，噴泉沒有了泉水，就失去了意義，就跟這個位居印度北部的紐約沙龍一樣淪落成贗品。他皺起眉頭，環視四周的媚俗裝飾，莉娜卻驚呼起來。

「啊，紐約。他們真可愛，在印度古堡搞了個紐約的沙龍。多酷。我不知道這個家族這麼趕時髦，有機會我們應該見見他們，他們看起來會是我們的朋友。」她邊說，邊東摸摸西摸摸，驚嘆每一個細節。

「他們就在我們婚禮上，你沒看見他們嗎？」

「喔，我不認得他們。沒人幫我介紹。」

「有人會幫妳介紹的，如果妳不是忙著跟我父親——也就是妳的公公——頂嘴的話。」

莉娜停了她的動作，疑惑地看著安納：「你這是什麼意思？我跟你爸爸頂什麼嘴？」她很快醒悟過來，「你指的是剛剛那場關於核武的討論嗎？」

安納沒有直接回答，只把雙手一攤，神情無奈。莉娜由迷惑轉為震怒，她的怒氣衝進她全身的血液裡，全部裸在外面的皮膚都漲紅發燙，額頭中央爆起一條明顯的血管，她揚起聲音說：「那我真是抱歉了，我只是真實說出我的想法，我不知道那稱作頂嘴。」

「寶貝，這是結婚的場合，不適合談政治。」

「又不是我先談的，是你爸爸自己先提的。」

「那妳聽聽就好了，又何必那麼認真呢？」

「因為他的言論我實在聽不下啊，簡直可笑之極。」見了安納臉色鐵青，莉娜收嘴沒往下說，但補了一句，「我想你爸爸貴為政府官員，應該有雅量偶爾聽取一下小老百姓的意見吧。」

「莉娜，妳不是小老百姓，妳是他的媳婦。」安納的聲調也稍微提高了。

「喔，是嗎？你要開始跟我說，我是你太太，所以一切都聽你的？安納，婚禮還沒結束，你已經要露出你的沙豬本色了嗎？」莉娜氣呼呼地說，「你這個法西斯分子！」

她說完這句話，兩人都怔住了，有幾秒時間他們都沒說話，然後同時爆笑出來。

第一次見面在紐約，她正幫一間美國智庫撰寫關於印度國會制度的報告，他雖在紐約銀行界工作，但因為出身印度政治世家，周圍的人都很有默契地相信他總有一天會回國接收父母的政治資源，成為明日之星。透過朋友牽線，她主動約他喝咖啡，請他評論當前的印度國會制度。他們約在哥倫比亞大學附近一間以糕餅著名的匈牙利咖啡館，安納沒一會兒就把盤裡的蛋糕掃光，咖啡一杯杯接著，一身黑的莉娜卻一口水也沒沾，也不碰蛋糕，短髮攏在耳後，雙手盤胸，紅唇緊蹙，一雙美眸冷若冰霜，從一碰頭就沒停止過批判他。他不自覺地想要討好眼前這個容貌姣好的年輕女人，想讓她高興。他不斷督促她嚐嚐紅莓餡餅，她卻始終無動於衷。什麼樣的人會拒絕一塊麵皮金黃酥脆、果餡口感濃馥、而且剛剛烤好上桌的紅莓餡餅呢，尤其紐約正值秋天這麼浪漫到令人心碎的季節。安納不由得深深同情起眼前這名看似堅強獨立、卻不知為何必須將自己深藏在聲張虛勢的敵意之後的女子。

他們談到印度社會需要加速現代化。政治世家出身的安納說，每段歷史都有階段性任務，現階段的印度需要一個強而有力的政府和一個專業的菁英階級，帶領整個社會走過現代化過程，就像中國的共產黨政府，雖然不民主卻很有效率。莉娜當場像一壺水在爐子上燒開了般沸騰，怒罵安納簡直不可理喻，為了一時的經濟指數犧牲基本人權原則，是典型的法西斯分子。

「納粹就是這麼開始的！」她氣呼呼地說。

安納聽了，只是沉著地望向她，並不厲聲辯駁。他只是把他沉黝的眼珠對著她微笑。這個男人很是奇特。很少印度男人可以忍受一個女人跟他當場意見不同，指著他的鼻子貼他標籤，還不發怒也不旋風般起身離開。她怔住，抬眼看進對方的眼睛，想仔細研究他的心態，卻看見一張長相大方的男人的臉，鼻樑端正，眉宇比例均衡，皮膚健康，而他的眼神亮如太陽底下的閃閃湖光，注解了一顆不甚防備的純真之心。驀地，她心底一動，臉上立即泛起灩灩紅潮。

外面街道人多了起來，鞋跟走動聲劈哩啪啦地響著，她這才注意到天已經黑了，人們正在下班回家或去餐廳赴會。不知不覺他們已經談了這麼久。此時，方才一直不吭一聲的安納伸長了身子，橫過桌面從她盤子裡取走一塊她的糕點，塞進自己口裡，氣定神閒地咀嚼，彷如交往多年的情人那般自在。

之後，他們天天見面。秋天的紐約氣候完美，藍空高照，空氣乾爽，中央公園裡落葉紛紛，放眼全是詩意，正適合散步。

不到一個月，安納就求婚了。

安納學那些美國電影裡的西方男人，去最跩的珠寶店挑了一只歐洲王室流傳下來的古董戒指，從最好的花店買了九十九朵紅玫瑰，在最貴的餐廳訂了一張桌子，要侍者冰上一瓶最棒的香檳，安排三個樂師在他們吃完甜點時來到他們桌旁唱上一首莉娜最喜愛的情歌，然後，他在眾目睽睽下單腳下跪，捧出那只綴滿寶石的戒指，問她那個人生最重要的問題。她驚呼一聲，左手護住胸口，另一隻手伸出來讓他替她戴上戒指。他們親吻，整個餐廳的人都拍手為他們的愛情祝福。

求婚時，他問她：「我已經知道妳是個堅定的女性主義者、激進的民權分子和時髦的紐約客，我想進一步知道的是，妳可能考慮嫁給一個印度的法西斯分子嗎？」

她眼裡閃著淚光，柔聲回答：「我透露一個祕密給你聽，你的敵人通常是你最愛的人，因為愛恨向來都是同一體。我愛你，你這個法西斯分子。」

在印度古堡的紐約七〇年代風格沙龍裡，新郎安納向前去抱住新娘子莉娜的身子，「是，我是法西斯分子，可是妳就愛法西斯分子，不是嗎？」

莉娜嗤地笑出來，放鬆了她全身緊繃的筋肉，撒嬌地說，「有其子，必有其父。你是個法西斯分子，你爸爸一定也是。不過，你不是說你家風氣自由，任何討論都很歡迎嗎？」

「是啊，可是，今天場合不同。你想想看，在場的人都是他的朋友、親戚、長官和下屬，你一個新進門的媳婦跟他公開辯論，他們會怎麼想？親愛的，我們不在紐約啊，我們已經回到了印度。這些人是印度人。」

「我早就說了嘛，我們應該留在紐約。」

「我們不是討論過了嘛？我以為我們已經彼此同意，印度經濟正要起飛，回來印度比留在紐約更有發展。運氣好，紐約總部派我回來主管印度市場，這是大好機會。妳自己也說妳在美國十年，回來印度也是換個生活方式。」

莉娜閉口不說話。她的臉上又是那副冷冷的表情，眼光閃著冰塊的光芒。剎那間，她又是千里萬里地遙遠。天啊，她怎麼能這麼美麗又如此冷漠，怎麼能離我這樣近又如此遠。她看起來真是美。美得令人心悸。安納實在無法不讓自己不愛上她。從一開始，他對她的愛情就揮不掉這股奇怪的絕望感，她越拒人千里之外，他就越想把她抱在懷裡。為了愛她，他成了一個愛情的受虐狂。只要她一個不願，他就立刻低頭。他到現在也不完全明白她這個人，他只曉得他沒有她就不快樂。他是一個染上毒癮的人，而她是他的海洛因。他知道他周圍的親友都覺得這段感情發生得很不自然，因為他不像以往的自己。但是，天啊，這不就是他一直在尋找的愛情嗎，那種天旋地轉的暈眩感，那種一切都超乎理性範圍之外的強烈失控，那種什麼都顧不上的衝動，這不是愛情，那什麼才算。他理智了一輩子，就等那麼一天有個女人會出現，把他搞得六神無主。

他看著眼前這個光彩耀人宛若女神的形體，從今以後就是他的妻子。關於她的一切，卻仍是一個未解的謎。她宣稱她出身南部一個小村落，說是地方望族，他就信了。她說，因為路途遙遠，不必要請她的父母來參加婚禮，雖不尋常，他也依了。她要求不跟他的父母一起住，要自己另租一層殖民風格的英式公寓，不顧家庭壓力和經濟預算，他點頭了。她捨棄了世界聞名的印度地毯和印度手工傢具，拉著他飛往全球各地，從紐約訂製沙發桌椅，去德國挑選衛浴設備，到巴黎購買窗簾寢具，他心裡雖覺得浪費金錢又沒有必要，但只要能讓她高興搬回來印度跟他一起生活，他什麼都願意做。他只覺得他愛她就夠了。

只是，不知道她是不是同等想法。在三天三夜狂歡慶祝他們的婚禮之後，他目不轉睛盯著這個美若天仙的女人，她的眼睛卻失神地望向前方那片不知名的虛無。明天開始，他們就要一同在他們那間裝滿昂貴傢具的豪華公寓的那張超級大床的棉麻混紡床單上轉醒過來。天亮之後，他們兩人睜開眼睛，將會看見什麼。從她的視窗看出去的景象是否與他的一模一樣。兩個人結婚，因為他們分享同樣的人生視野所以恩愛相親，還是因為他們見解不同所以互相刺激成長。他一點具體想法也沒有。

他甚至不知道他應該擔憂害怕、還是興奮期待那個明天的未知。其實，每天早上眼睛睜開之後，前個夜晚入眠前再狂野的想像往往像清晨的霧，經太陽一曬立刻消散無影。婚禮的隔天早晨，安納發現自己的擔憂多餘了，日子按照先前討論過的計畫平靜地進行。

安納前往公司在新德里的分部報到上班，莉娜把她那些昂貴的藝術品以及講究的傢具安置好後，隨即報名騎馬班學騎馬，去高爾夫俱樂部打球，三不五時在游泳池畔跟其他太太喝茶游水。

這些在俱樂部的太太們個個來頭不小，不是部長的太太、銀行家的妻子就是鉅富大亨的女兒，她們成天不做什麼，只是享受她們的丈夫及父親所累積的財富。別人分四季過一年，她們分城市過一年，春天在巴黎，夏天去羅馬，秋天到紐約，冬天回新德里，等她們繞完一圈地球，一年也就過去了。雖然整日穿梭不同時區的城市，她們的生活方式卻有個固定模式，無論去到哪裡，她們總在購物、做美容、身體按摩，去有錢人聚集的俱樂部喝茶閒聊，找同一批朋友。儘管她們這麼揮霍，她們的資產卻永遠日增月累，好像在集信用卡點數似地，花得越多，賺得越多。錢滾錢，富者恆富，這點可恨的說法似乎有點道理。

莉娜十分興奮結識這批新朋友，為她們顯赫的身世與國際化的生活方式而痴醉神迷，成天在安納耳邊吱喳著要辦一本印度的《浮華世界》雜誌，報導這群上流人的極品生活。「我們印度新德里的權貴名人可一點不輸美國的紐約！」她整張臉閃閃發亮，安納從來沒見過她神情這般天真可愛。他喜歡她興致勃勃，彷彿她的腎上腺素早已準備好分量供她明天就去征服世界最高的聖母峰。

「那當然。印度有一些家族的歷史比紐約市還古老。遠在紐約市立下第一塊磚石之前，有些印度家族已經統治了許多城市好幾個世紀。」安納鼓勵莉娜做這本報導社交圈子的雜誌，保證她會輕易從幾個家族朋友那裡得到贊助。

「你真的覺得他們會給我資金辦雜誌嗎？」

「妳是我所認識的人之中最聰明有品味的，只要認識妳的人都會像我一樣相信妳的能力。」安納盛讚自己的妻子。

莉娜於是雄心萬丈地宣布：「我覺得我的責任就是讓印度在世界舞台上光芒四射，讓大家都知道印度有一個全世界最世故的上流社會。」

她立刻著手做商業計畫書，安納幫她遞給家族長輩與有錢朋友，尋求他們的資金贊助。一次次茶宴，一場場聚餐，她不斷又不斷地描述她對印度上流社會的觀察及她對雜誌事業的遠景抱負。許多微笑因之綻放於水晶玻璃杯緣，許多讚美滿溢於空氣之中，許多擁抱不吝嗇地給予，許多建議慷慨地分享，但一兩個月過去了，莉娜終於意識到這些所謂的長輩也好、朋友也好，誰都不會真正投資她的計畫。他們只是喜歡跟她談，因為談話本是他們的生活消遣之一。他們談理想、創意、夢想，因為他們喜歡這些字眼在他們嘴皮上滾動的聲音，就像慈善、藝術、世界和平一樣，讓他們自覺高貴而神聖。不像一般俗人需要從事苦役餬口，忙得沒閒喝一口茶，這些有錢人有大把時間需要打發。談話，就像購物、旅遊、運動，是用來填補賺錢以外的空檔，不是正事。

他們不會投資她的另一個理由，她很快就從俱樂部下午茶的氣氛嗅出來。那些人在公開場合親吻她的臉頰、握她的手，當著她先生的面答應要照顧她，殷切地邀她在她先生出差時一個人去他們鄉下別墅過周末，到了她獨自去喝茶的時間，卻紛紛以最優雅的姿態道歉，給她各種理由解釋為何他們不能跟她同坐一桌，因為他們早就約了某某太太要談些私事，不方便請她加入。往往，她的那幫子新女友就齊坐在茶室的一角，她一人坐在另一邊，她們就是不邀她過去坐。她們臉上的微笑就跟她們的口紅一樣是畫上去的，用自以為掩飾很好的幽默語調說，她們全是些無聊女人談些無聊的話題，她這個智商高的女人一定不能忍受她們的庸俗，還是不打擾她為宜。

在女更衣室裡，她們的刻意保持疏離更明顯。一次游完水後，她坐在梳妝台前吹乾她的頭髮。等她換好衣服、準備離開時，她聽見一個女人要求服務員立刻換掉她剛剛坐過的那把椅子。她回頭看見，那個自負的矮胖女人卡馬思夫人和她那美貌馳名的女兒正以高度不滿的腔調喝斥那名服務員。

卡馬思夫人以確保莉娜一定會聽見的音量對服務員說，「你以為我們是誰？我們的信仰、我們的價值，尤其我們的階級地位，都不允許我們與身分不對等的人共用東西。拿走，拿走這把椅子，我要求你現在就拿走，立刻拿張新椅子來給我。」

莉娜簡直不能置信。你能拿這種女人怎麼辦。她們的氣燄如此囂張，態度如此惡劣，居然在光天化日下羞辱人也不當回事時，明理的人反而不知所措了。莉娜不知是否該上前理論。遲疑了一下，她還是決定假裝沒聽見，迅速離開了俱樂部。一出來，馬上置身於雨季將來前的特有悶熱空氣裡。她佇在路口，一時不曉得何去何從。

瞪著路邊大樹，偶爾車輛經過，一會兒，她才聽懂旁邊有計程車在問她要不要搭乘。她搖搖頭，甩開腿走路。

真是鄉下人。莉娜邊走，邊氣憤地想，不管卡馬思夫人這種人家多麼富有，旅行過多少地方，穿戴多少名牌，仍是一群心胸狹窄的井底蛙。莉娜走得渾身冒汗，卻氣得手腳冰冷。好強如她可不會輕易就倒下去。更何況，這種荒謬的階級遊戲看在她這個受美式教育的女人眼裡，不僅落伍，簡直野蠻。她們真以為她們還活在十六世紀的封建印度裡。

要是跟安納說這件事，他的下巴一定會吃驚得掉下來。居然我們周圍還活著一群不知今夕是何夕的古人。她在腦子裡描繪安納的反應，機智如他必定會使用最尖銳的語詞嘲弄這些可笑的有錢婦女，然後他們會一同為了他的犀利玩笑而捧腹大笑。

想到這裡，她的腳步停了下來。

她驚愕地發現，自己其實不應該告訴安納這件遭遇，因為她對安納可能的反應一點把握也沒有。

她堵在路中，汽車來往，發出刺耳的喇叭聲，警告她走開，她渾然不覺。她被這個突如其來的主意嚇到了。

的確，她其實不確定安納會如何接納這件事。

她從來不認識這個俱樂部跟他們的會員，跟卡馬思夫人向來沒有關係，如果今天只是她跟那些女人，當她聽見卡馬思夫人口吐那些瞧不起人的穢言，她會毫不猶疑上前對質，當場狠狠修理那個倨傲無禮的婦女。因為這個姓氏為卡馬思的女人和她的女兒，根本不跟她同一國。她們來自兩個截然不同的國度，信仰完全對立的價值，即使她們享有同一膚色，說同一語文。

她們本來就不是相同俱樂部的一群人。

但是，安納卻不然。他從小就去這間依英式殖民建築風格蓋成的白色俱樂部吃飯，游泳，打球，消磨時光。卡馬思夫人從他一出生就認識他，而娜齊亞跟他一起在這間俱樂部長大，裡面的會員全是他們共同的熟識親友。他們不光是屬於同一俱樂部，甚至可以說，這棟白色的英式殖民房屋是他們共同的家。

今天她之所以沒有冒失地與卡馬思夫人起衝突，也就是因為出於一股對自身夫婿的尊重，她尊重這個俱樂部，並不是因為她喜愛那個巴洛克花式的游泳池，也不是因為她欽慕那些貴氣十足的會員，而是她看重她丈夫的兒時情感，珍視任何組成今日他這個人的元素。這間白色俱樂部是他的一部分。

然而，雖然她忍氣走掉了，這件事情並沒有結束。

莉娜忽然明白，整件事情才正要開始。瞧不起一個男人的妻子，就是瞧不起這個男人。因為我，這個做妻子的，安納遭到娜齊亞跟她的母親的鄙視。

她覺得自己全身都軟了，差點要在塵土撲天的馬路一屁股坐下來。一輛車子在她面前緊急煞車，司機滿臉怒氣探頭咒罵，她什麼都不管就慌張跑掉了。

她趕緊鑽進鄰近的小巷子。隨即發現自己迷失在一個密麻擁擠的布市裡。一條條顏色鮮豔的布料從高空垂吊下來，隨風飄揚，商販叫賣，沿街攔人，她像是走在一個五彩繽紛的夢境裡，周圍全是聲音、氣味、人影。她走著，走著，怎麼也走不出去。

不，她不能跟安納說任何事情。他們已經回到了印度，不再是拿鐵咖啡、慢跑鞋、猶太麵包，而是奶茶、紗麗裝和烤餅。

這裡不是紐約，她不是一個拿了政治學博士的女知識分子，而是一個讓丈夫在俱樂部失面子的印度妻子。

這裡是新德里。

此時，一名抱著嬰兒的年輕乞婦忽然抓住她的手腕，向她討錢。莉娜作夢般恍惚回頭。她沒能聽進對方的低聲哀求，只與這名穿著破爛的乞婦木然對看。沉黑的眼珠，暗黝的皮膚，深褐的髮色。她以為眼前見到的這張印度婦人的臉是她自己的臉。

良久，在她能夠自制之前，她的眼淚已經像串珍珠撲簌簌掉下來。

那天起，她的心情一天比一天低落。做什麼都提不起勁。她不再去俱樂部，也很少出門，因為無論去到哪裡，她覺得別人的目光總在無情地挑剔她。

她成天站在家裡鏡子前，沮喪地端詳自己的相貌。她這輩子從來沒有發覺自己這麼不漂亮，鼻子太大，皮膚太黑，手臂太粗，耳朵也不對勁，膝蓋縐褶過深，更別提那雙大腿，不過才三十二歲怎麼就肌肉鬆垮如豆腐。她想到那傲慢的卡馬思夫人的出色女兒，長髮如雲，小腹平坦，胸部高鼓，手腳頎長，渾身上下一點斑點都沒有，無論是清晨還是傍晚遇見她，都撞不見她披頭散髮或驚慌失態，她永遠如同剛拆裝從盒子拿出來的新洋娃娃，一個星期七天、一天二十四小時都像在競選世界小姐。原來有錢人家的小姐是這樣精心培養出來的藝術品，而她以前所有的教育都只是教導她如何雕塑她的大腦。

藝術品的目的就是公開讓人仰慕，她的大腦再怎麼美麗卻只能藏在她自己的頭殼裡。

於是，莉娜老往購物中心奔去，狂撒重金，買各式昂貴的衣物和保養品，提著大包小包回家。她的憂鬱卻更深了。她揮不去那個自覺醜陋的念頭。她要美容師來家裡幫她做身體美容，做完之後，她會容光煥發，覺得整個人輕飄飄地，如天上雲端的仙女，能夠跟卡馬思小姐一決上下。個把小時之後，站到浴室鏡前，她卻總是能在自己身上立刻發現以前沒發現的新缺點，情緒旋即又墮入深谷，爬不出來。

她實在嫌惡鏡中反映的那個女人，但她更厭惡她在生活中必須扮演的另一個女人。但她不得不穿起假皮，假裝是另一個女人。

因為她不能當她自己。

因為她自己不夠好。比不上另一個女人。如果她不像另一個女人，她就不配去那些俱樂部，不配當安納的妻子。

然而，任憑她脫掉舊衣穿上新裝，再怎麼裝扮自己，她還是不能除去那股自我嫌棄的惡感。

她這輩子從來沒有這麼恨過當她自己。

安納渾然不覺他妻子的變化。搬回印度後的日子飛逝如箭。他以為他離家已久，對印度一切都已疏遠，結果不用一個禮拜的工夫，所有舊日子的習慣和人際關係全部歸於原位，運行如儀，彷彿他從來不曾離開過。一切家庭聚會，各種人情託故，他被他的父母及親友團拽來拽去，彷彿他是他們的獨門收藏品，做什麼都要拿他出來獻獻寶，他自己都被轉得失去方向感，根本顧不上莉娜作何感想。他的公司也剛剛啟動，百廢待舉，他雖貴為公司的總經理，卻要親身去找辦公室、去政府部門跑文件、跟室內設計師討論裝潢、應徵人員，他天天早出晚歸，難得在莉娜醒著的時候碰見她。他只能在每晚上床前，摸摸她已然沉睡的臉，算是安慰了她。他雖然結了婚，卻忙得像名沒有家累的單身漢。

如同所有的忙碌丈夫，總要等到出了事，他們才猛然驚覺自己沉默的妻的存在。結婚四個月之後，莉娜狠狠提醒了安納，什麼叫有了家室。

安納收到美國總公司的一封信。他們原要用安納的名字申請註冊印度分公司的法人，卻意外發現安納的銀行信用有問題，法律禁止這項安排，他們將被迫採取其他方案，請安納注意這項新變化。被這麼一塊天外飛石擊中腦袋的安納急急忙忙打電話到自己的美國戶頭詢問詳情。電話一掛，他覺得一枚蓄勢待發的飛彈就要從他的胸腔炸出來。他撥莉娜的手機號碼，對方關機，他等不及，人就從辦公室衝出去找她。她不在俱樂部，不在美容院，不在她常去的咖啡館，也不在她宣稱新朋友的聚會。

下午五點，她人會在哪裡。

他胸口這枚導熱飛彈，滿城尋找莉娜的身體熱度，需要立刻找到它的標的物，將之當場炸毀。當他終於在家裡找到她時，他的心情的確就像飛彈終於爆炸般猛烈。

「妳為什麼不告訴我？」他一進門就大吼。

「什麼事？」正在看片子的莉娜一臉無辜，她腳上的指甲油還沒有乾，衛生紙還塞在指頭間。她一時還站不起來。

「什麼事？什麼事？妳明知道是什麼事！」

「我不知道，我不知道！」她也吼了起來。

「她不知道！」滿臉通紅的安納轉頭，彷彿在跟第三個在場的人說話，「她說她不知道她在紐約宣告破產這件事！」

莉娜啪地關上電視，顧不得腳上油漆未乾，猛然從沙發蹦起，接著，好像地面發燙，她只能滿屋子跳來跳去，「我不認為此事跟你有關。這是我的個人私事。」

「個人私事？」這是她的答案，她就只能給他這個爛答案。安納覺得他全身都在發抖，他轉頭又跟那個隱形的第三者聊了起來，「你聽見了嗎？她說是她的個人私事。喔，她的私事，那我們這些外人當然不宜置喙。只不過，有件無關緊要的小事，她好像忘了，那究竟是什麼小事呢？你記得嗎？我一時也想不起來，嗯，喔，對了，我跟她結婚了！」

「你少在那裡說話帶刺！結婚又怎樣？你還是你，我是我。我們兩人還是獨立的個體。我不需要跟你報備任何事情！」

「報備？誰說要妳報備，妳少來那套女權運動的抹黑手法，我說的是打招呼，打聲招呼總可以吧？」

「你不需要知道的事情，你就不需要知道。」

「我不需要知道？妳把我害慘了，妳知道嗎？妳不覺得要拖累一個人時，最好跟他打個招呼嗎？」

「我怎麼可能想要害你？我要真的想拖你下水，又何必向你隱瞞這件事？我大可以像個小女人跟你撒嬌，向你要錢還債。我並沒有。我自己的破產，自己承擔。」

「莉娜，妳懂什麼叫婚姻嗎？婚姻是……」

「我不需要你來……」莉娜打斷他。

他馬上再打斷莉娜，「婚姻是法律關係，妳懂嗎？妳的腦袋只裝了愛情的浪漫想法，可是，我告訴妳，婚姻不是愛情，婚姻是法律！妳嫁給我的那一天，妳的債務就是我的了，妳宣告破產的那一天，妳也毀了我的銀行信用。」

「那怎麼可能？你是你，我是我……」

「不要再來這套你是你我是我的廢話了！我們是夫妻，對法律來說，我們已經被視為一體，在法庭上，妳是不可以作證反對我，因為妳就是我，我就是妳。妳欠下三萬美金，而且擅自宣告破產，完全沒有通知我做必要的法律安排。我在還毫不知情的情況下，跟著破產！現在我公司想用我做分公司的法人，卻發現我這個人完全不可靠。這是妳的女權思想考慮過的問題嗎？我們不是情人，我們是夫妻，妳懂這點區別嗎？」安納激動得不能控制，用盡全身力氣，聲嘶欲裂地加了一句：「妳是我太太！妳到底懂不懂？」

安納一對噴火的眼睛幾乎要把她全身的水分都燒乾了，莉娜覺得口乾舌燥，頓時頭暈了起來，身子晃了一下，但安納還只是怒氣沖沖地瞪著她，並沒有要扶持她的意思。過了一會兒，她發現自己站在廚房門口，於是推門進去替自己倒杯水，安納還留在客廳。喝了水，她止了渴，卻止不住內心的惶恐，她覺得剛剛有人在她心口上轟開了一個口子，她低頭往下望，望不見血也望不見底，只是一個深黑的洞。她一直都認為自己不可能犯錯，因為她能替自己負責。頭一次，她不只是一個有能力打點好自己的女人。她變成了別人的妻子。她不能想像後面還要跟著來的孩子。那些身子柔弱、哭起來卻比打雷還嚇人的小生物。她突然充滿了害怕，她不知道自己的無能還會牽連更多的人。

當天晚上，他們在沉默中各自上床，彼此都意識到他們的關係過了一個重要的轉折點。他們原先如同一對相依為命的走唱二人組，天底下只有對方才是最有默契的搭檔，有一天無意間走入一條巷子，還在快樂地吟唱甜蜜情歌之際，卻發現前方其實是條死巷，歌聲戛然中止，音符從空中掉落滿地，他們想重新再來過，卻再也不能從地上撿起那些零零落落的音符。忽然之間，他們就再也唱不出一句歌聲，只能無聲地往回頭路走，在找到下一個轉口前，他們都不知道該做什麼。

接下來的日子裡，幾次安納企圖找莉娜談破產的事情，卻只得到對方頑強的反應。她仍堅持那是她自己的私人事務，她很樂意配合簽些文件做夫妻財務分割，安納解釋夫妻共同承擔本是自然的道理，莉娜卻似乎更堅定要走自己的路。幾次討論都以互相大吼作為結束。

他們已經到了這個地步，連話都不能好好說了，令安納心驚膽戰。

他睡眠品質很差，精神緊繃，白天還要工作，只得拼命灌咖啡提神，但，再多咖啡也不能真正澆融他心頭那塊沉重的石頭。每當晚上要回家之際，他的心口就像被人用手一把揪住，緊緊地，讓他喘不過氣，簡直要暈過去。於是他工作越來越晚，甚至開始在公司過夜。

一天，他以為莉娜不在家，躡手躡腳回家洗澡換衣服，沒料到，門一打開，莉娜就坐在客廳喝咖啡、整理雜物。他奇怪她為什麼這陣子都不再出門去社交了。但他沒有多問她的狀況，一心想快快溜進浴室做他回家想做的事情。進浴室之前，他隨口裝作關心她在幹嘛，她模糊帶過，沒有正面回答。他心頭有鬼地說昨晚加班，回來洗個澡就要回去公司，莉娜沒說什麼。他於是趕緊去沖澡修面，換上乾淨襯衫，又要出門前經過客廳，莉娜已經不在那裡。

他用眼光四處找了一下她的身影，想要道別，本能要拉開喉嚨喊她的名字，臨時一念，決定留張紙條。紙條上寫，我先去上班了，有事寫信到我的黑莓機給我。

他就走了。

當天晚上，他的黑莓機收到莉娜的一封短信。信很短，不過問他何時回家，但，在末尾，她簽上「你永遠的，我」。他不禁激動起來，很快地回信，「即刻」。他草草關上電腦，東西文件散落一桌，拿了車子鑰匙和黑莓機，就飛奔而去。

回家時，推門打開，他的呼吸幾乎停了。跟早上冷清蒼白的家庭氣氛剛好相反，家裡點滿了大大小小蠟燭，所有傢具都像鬆上一層油彩，煥著暈黃的光澤，打開的窗戶吹進一股夜風，隨即在屋內造成深深淺淺的陰影，閃爍不定，跟客廳緊臨的飯廳裡，桌上擺了那些銀叉白瓷和水晶酒杯，是別人送他們的結婚禮物，廚房飄來飯菜的香味，他頓時飢腸轆轆。莉娜聽見他進門的聲音，從房間出來迎接他。他的眼睛為之一亮。

她燙了她一向平直的短髮，捲上睫毛，擦了灰色眼影，身上裹著一件式碎花洋裝，襯托出她那玲瓏有致的身材。她又是那個性感動人的莉娜，充滿自信，隨時準備征服世界。她向他走來，想要開口說點什麼，但他根本不給她機會，一把攬住她的細腰，深深地往她的嘴唇吻下去。當他們滾到地上纏綿時，他才知道自己原來這麼思念她。在蠟燭完全燒盡之前，他們疲憊的身體早已因深深的滿足感而在彼此的懷裡沉沉睡去。

第二天早上，又是全新的一天。

安納神清氣爽，覺得自己全身的感官都敏銳了起來，他似乎能聽見全世界的鳥叫聲。他那美色絕倫的妻子一路送他到門口，直到他不得不趕緊上班的最後一刻，他們仍捨不得地互相親吻。

「那麼，再見了。」莉娜把他輕輕推開，努嘴叫他上班去。當他不情不願地開車從巷口轉上大路時，他從後視鏡看見他的妻子仍用充滿愛意的眼神遠送他的背影。

喔，多麼美好的一天。

安納工作得十分起勁，心情高亢，對誰都笑容滿面，講起電話也笑聲連連，但他其實恨不得早點趕緊下班回家。等他手頭工作稍微能告一段落，他馬上駕車衝回家去。他的車子開進巷口時，他的心就跟顆氣球般浮了起來，在印度的初夏，他卻聞到去年紐約秋天當樹葉如雪片紛落時的潮溼香氣。他不由得大吸一口氣，覺得整個胸膛裝滿空氣，隨時能飄上天去。

他還沒來得及找鑰匙，先按了門鈴，以為莉娜也同等焦躁等在門後。結果她沒來應門。這給了他時間拿出鑰匙，開了家門。一進門，跟昨晚一樣，他立刻察覺到氣氛的異常。他邊走進每個房間，邊呼喚莉娜。不見她的身影。他狐疑地站在臥房中央，說不出哪裡不對勁。他沉靜地佇立著一會兒。終於，他注意到莉娜的梳妝台上空蕩蕩，一瓶女人家擦擦抹抹的乳液也沒有。他驚恐地一把拉開櫥櫃，裡面也是空的。他衝到書房的保險櫃，發現莉娜把她婚禮收到的珠寶包括他們家的傳家戒指全部帶走了。

不、能、相、信。

她說，「那麼，再見了。」

昨晚，隨風搖動的燭影，微笑的眼神，四唇交纏的親吻，他在她身體裡時聞到她頭髮的香味。他們是那麼那麼地相愛。是嗎，他站在莉娜人去樓空的公寓裡，已不再那麼確定前個晚上的恩愛。她叫他回家時，早已預謀要離開他。但他搜索他的記憶，想不起任何莉娜已經打包行李的蛛絲馬跡。他只記得她那該死的身體味道，她那該死的美麗眼睛，她那該死的柔軟胸脯，她那該死的細緻背脊。其餘細節，他都不記得。

他以為她會留張紙條給他。他上上下下在家裡找遍了，卻只在廚房找到半張有莉娜手跡的紙頭，她在上面列了食物清單。那是她準備昨夜晚餐的材料。黑夜從廚房窗口爬了進來，沒有食物正在烹煮的廚房總是顯得特別淒涼，他手裡抓著那張輕薄紙片，終於忍不住哭了起來。

原來，她真的早就打算離開他。

她不是一時興起，也不是吵架衝動。她像在準備她的商業計畫書一樣，規劃大綱，條列細目，而且她有耐心等待，冷靜如一個職業殺手，眼睛直直盯著她的目標，就等一個恰當時機，她毫不遲疑扣下手槍板機。但，在那個完美時機來臨之前，她凝住不動如雕像，連呼吸都不曾大喘一口。

她一定很恨他。只有在恨的時候，一個人才會有如此大的耐心。當愛的時候，每個人都像春天蠢動的兔子，恨不得立刻跳到愛人身上，一刻都不能等。

而且他一定會找不到她。當莉娜如此聰明絕頂的女人打定主意要消失的時候，她不會被輕易找到。安納以為他只能等。絕望地等。不知道明天何時會來地等。

但他的信用卡公司卻輕易地替他找到了莉娜。在全球化時代裡要離開一個愛人，原來並不容易。他的信用卡公司打電話通知他，有人用他的卡號住進歷史悠久的紐約華道夫飯店，他們想要確認是否是他本人。他的心雀躍了一下，有一秒，他考慮報復莉娜。他也可以給她難堪，如同她沒替他思量所有的社交尷尬，就突兀地離開他。但是，他畢竟還抱著希望，認為她會回到他身邊。他決定跟她玩一會兒貓捉老鼠的遊戲，看看她要幹嘛，於是他告訴信用卡公司他本人正在紐約。

而，他的確就要去紐約。電話掛掉，他就要去機場。他要去把她找回來，像一名熱戀中的男人把他生命的真愛接回來。橫跨半個地球，只更顯他的誠意。但，他還沒來得及出發，他又接到第二通電話，是莉娜在紐約的律師朋友露絲打電話來。他在紐約時見過這名猶太女子，身材豐滿，滿頭卷髮，架著一副琥珀色鏡框的眼鏡，說起話來從不用換氣，因此不留任何縫隙讓人插句話。

電話上她說：「莉娜清晨飛抵紐約，她讓我告訴你一聲，不必找她了，她不會回去你身邊了。她要求離婚，從現在開始，我是她的代表律師，我建議你也馬上找一位律師，給他我的連絡方式，我好把離婚協議書寄給他。關於雙方財產分配，我也需要跟你的律師協商。我們有很多工作要做。」

「我要跟我太太說話。」

「你跟我說即可。我能代為轉達。」

「我要跟她說。」

「安納，你們像成年人般結婚，就要像成年人般好好分手。離婚對一個女人來說已經夠艱難了，不要再為難莉娜了。」

「我沒有為難她的意思，事實上，我根本沒有要離婚，所以我才想找她好好談談。」

「事情已經到了這個地步，沒什麼好談了。」

他氣憤反駁，「對不起，露絲，我不懂事情已經到了什麼地步，說實在話，我也不覺得妳有什麼資格告訴我事情到了什麼地步。這是我的婚姻，我說結束了才算結束。」

露絲沉默了一下，「莉娜警告過我你是個法西斯分子。安納，你在印度也許是養尊處優的天之驕子，我們在美國可不吃這一套。我勸你趁早想清楚，態度和緩一點，大家好聚好散。」

他覺得他的腦子都快氣爆了，他對著話筒大喊：「叫莉娜跟我談。我不需要跟妳談。我要跟我的妻子說話。」

「你只能跟我對話。有什麼你想告訴莉娜的話，你跟我說。不過，我警告你，任何你現在說的話，都會上離婚法庭當作成呈堂證據。」

安納怒不可遏，「那，妳就告訴莉娜，要我簽字離婚可以，先跟我當面坐下來好好談談。」

「這可由不得你。依我的建議，莉娜提出的離婚理由為不堪精神虐待，只要法官認定我們所提的證據有效，就會批准離婚。我們不需要你的簽字。」

「什麼？」安納覺得自己的腦子爆炸之後，心臟也要停了，他全身都在冒冷汗，「什麼叫精神虐待？我怎麼精神虐待莉娜？」

「得了吧，安納，你是印度男人，全世界都知道你們這些亞洲封建社會的男人是怎麼回事。」那名猶太女人自以為了不起地嘲諷安納，世上有人就是能拿文化偏見當作高見般發表，還沾沾自喜，渾然不覺從自己嘴裡吐出的全是不值得一再覆誦的陳見。安納想要反駁，對方完全不給他機會，她嘰哩呱啦地要他務實一點，趕快找一個律師，她們那邊都準備好了，隨時能簽字離婚，隨即不道一聲再見，她嘟地一聲掛掉電話。安納馬上撥電話回去對方在紐約的辦公室，卻只得祕書機械式的答覆，律師出去開會了。

他不明白到底怎麼回事。事情怎麼會演變成如此。他開始給莉娜不斷寫電子郵件，先跟她傾訴他的疑惑，又向她道歉，接著在下一封辱罵她的不仁不義。對方始終沒有回信，就像他們初次見面時她始終不去動眼前的紅莓餡餅。他現在才知道那其實是一種驚人意志力的表現，她不是不懂享受生命，她是在征服生命。她要生命按照她的方式烘焙她的糕點。

他人雖還去上班，但坐在辦公室裡卻心思不安，魂魄不知游向何處。對方的離婚協議書裝在很大的牛皮袋裡，很快就寄來了，莉娜要求根據美國法律均分財產。他擱在桌上，假裝不去注意那個大信封。他知道他遲早要告訴他的父母，遲早要面對他的社交圈子，他不用腳趾頭想也知道他們一定會告訴他本來就不該娶這個女人。

他不怕面對他們，他真正難以面對的是他的愛情已然失敗。

怎麼可能。

他們相愛是千真萬確的事情，而，愛，應該是宇宙間最偉大的力量，能戰勝一切。他不敢相信他們真心發誓要天長地久的愛情會這麼輕易就被打敗。他就是不信邪。他還想頑強地奮力挽回他的婚姻。

轉眼已是秋天，他們相遇一周年的紀念日即將來臨。他在巴黎麗茲飯店定了雙人套房，把一張紐約到巴黎的機票寄到莉娜律師的紐約地址，約莉娜十天後在巴黎見面。在沒有得到對方回覆的情況下，他又開始跟莉娜寫郵件，「我愛妳。其餘都不重要了。告訴我世上任何一個地點，我馬上飛去見妳。沒有妳，我真的活不了。我需要知道我們仍擁有紐約的秋天。永遠是妳的，我。」

巴黎機票快遞寄出後，在離家兩個月後，一直用他的信用卡住在紐約華道夫飯店的莉娜終於回信了，信開頭的第一段讓他萎靡的精神為之一振：「秋天又降臨了紐約。我昨天走在紐約的路上，頭頂著藍天，腳踢著落葉，不由得想起去年的同時，我們如此神奇地在這個人海廣漠的都市相遇。我們當時瘋狂相戀，日日夜夜只想貪婪地占有對方，一秒鐘都不想分開。戀人走遍紐約，在這座城市的每個角落印下愛的足跡。是的，我們永遠擁有紐約的秋天。只要秋天每年拜訪紐約，關於我們的記憶就會在我體內又復活一次。」

他不喜歡第一段的結尾，但他仍把信讀下去：「露絲告訴我，你仍舊拒絕簽字，也不找律師。我知道你的個性固執，很難承認錯誤，我有點擔心你依然執迷不悟，不願面對現實。秋天雖然是我倆開始戀愛的季節，對世人來說，卻是向一切道別的最佳時刻。無論今年犯了什麼錯誤，都要在秋天反省，冬日反芻，好迎向明年春天的生機。親愛的，你要懂得放下，來年才有新的開始。」

一堆屁話。他簡直不敢相信她會塞這麼些愛情公式的話語給他。她把他當作什麼人了。他氣得取消巴黎訂房和機票，這還不夠消他的怒氣，他緊接著打電話給信用卡公司掛失他的信用卡。

「我人在新德里，而我的卡在紐約。我要切斷關係。」

「先生，您是說您在紐約遺失了信用卡？」

「對，我的卡掉了。找不回來了。從此，我們一刀兩斷。」

「您意思要取消舊卡？」

「不然呢？」他氣呼呼地罵對方，「難道我要像鰥夫一樣痴痴等我的卡回來嗎？」

「理解，我們會盡快發張新卡給您。」

「是，趕快給我一張新卡。我需要重新開始。」

掛上電話，他人坐在印度新德里的辦公室裡。雖是秋天，外面仍是悶溼的暑氣，轎車安靜地在街道上行駛，兩旁老樹成蔭，大隻烏鴉停棲在花已謝了的鳳凰木上，發出老人清喉嚨般的叫聲。他想像，在地球的另一頭，有個時髦光鮮的印度女人正狼狽地提拾大包小包行李，要離開尊貴的華道夫飯店。他們這類奢華飯店看似優雅有禮，當一個人的信用卡無效時，可是一點文明禮節都不講究了。

他想要嘲諷地笑，卻只感到腹部深處透著一股涼氣，阻止他笑出來。他覺得疲倦是一口湖，而自己正緩慢往下沉，沉到湖底。他忽然只想好好睡上一覺。也許睡醒之後，一切就會沒事。

隔年春天，胖墩墩的卡馬思夫人在俱樂部逢人就撒喜帖。她那國色天香的女兒終於要在秋天出閣了。對象是瀟灑多金、才情縱橫且剛剛單身不久的安納。

坐在俱樂部的喫茶室裡，身旁圍聚了眾多富婆朋友，卡馬思夫人沙著嗓子，開心地說，「我說啊，天賜良緣任誰也拆不散。我們家娜齊亞生來就是要嫁給安納這樣既有家世又有才華的男人。不是我賣瓜自誇，我原本替安納捏把冷汗，因為我們娜齊亞的追求者可是從新印度門一路排到印度洋去呢。但是呢，他們是天生佳偶，龍鳳絕配。妳要把他們放到地球的兩端，中間隔個幾億地球人，他們還是找到彼此。因為他們天生注定要在一起的，什麼都阻擋不了，誰都別想搞破壞。什麼是真愛？我說啊，這就是真愛。」

不知是被她自己的話所感動，還是為她女兒的幸福而高興，卡馬思夫人忽然被一陣甜蜜的傷感所淹漫，眼眶噙著淚水，久久說不出話來。

故事肆

時間的叛徒

他在鎮上喝得有點太多。酒館老闆主動提議開車送他，然而，七十幾歲的喬爾丘堅持自己走路回家。

在場的人都覺得不妥，討論誰該送他回去，但是喬爾丘咧開他那張只剩下零落牙塊的乾癟的嘴，呵呵大笑。他從出生就活在這個羅馬尼亞西北方的小鎮，路邊每一塊石頭他都認識，房屋每一塊磚瓦他都熟悉，街上每一條流浪狗都是他的朋友，雖然半瓶私釀的醉客酒對他這個年紀來說是有點過了頭，但要他走路回家，還難不倒他，他閉著眼睛走路也不會撞上任何一棵樹。

「這個鎮，是我的鎮，連風要往哪個方向吹，我都能料準。」喬爾丘那張臉平日蒼白灰暗，乾瘦如骷髏頭，難得地，因為酒意而出現一點紅潤的血色。他看起來興高采烈，有如白天在學校獲得獎勵的孩子。

鎮上唯一的書商波濟胥先生挺著小腹如山，四平八穩地像尊彌勒佛擺在一把木椅上，摸著他的落腮鬍，表示不同意：「倒不是擔心你撞樹還是跌到陰溝裡去。你沒聽說那個消息嗎？鎮上出現了一個活死人。」

「活死人？」所有人異口同聲地驚叫。

波濟胥先生嚴肅地點點頭，「沒錯，一個活死人，正藏在活人之中活動。」

「活死人跟吸血鬼有什麼差別？」有人問。

「吸血鬼吸人血，活死人吸精氣。他們的共同點就在他們都不該逗留人間，妄想透過獲取活人身上的東西而裝作他們還屬於這個世界。都是些該死不死的東西。」

「喂，你在罵我嗎？」快活的喬爾丘故意問。

「你別給我安罪名了，我怎麼敢？」波濟胥呵呵笑，輕拍著他的肚子。

「誰撞見了？」喬爾丘問。

「老米的姪女。」

「誰是老米？」

「你不記得老米？就那個從礦廠退休下來的老黨員，前兩年在鎮上開了個手機店，就在我的書店旁邊。他有個姪女去年從外地來投靠他，在店裡幫忙。」

長得虎背熊腰、混身毛茸茸的酒館老闆插嘴：「喔，不是我說，那個女孩真是美若天仙，頭髮光亮，紅唇微翹，身材有如鬼斧神工雕刻出來的藝術品。第一次在老米店裡看見她，我的膝頭發軟，整個人差點沒跪在她面前。真的，我願意為這個女孩做任何事。」

「嗯，就是你那個漂亮女孩，」波濟胥接著說，「上個星期開始，她忽然不能下床，整個人好像軟掉了的乾酪癱在床上，呼吸不順，心跳減緩，臉色一天天暗沉下去。她說，每天夜裡，有個穿黑衣服的老女人從樓梯爬上來，打開她的房門，目光犀利如箭把她當作蝴蝶標本釘死在床上。她不能喊，也不能動，只能眼睜睜望著那個黑影子像陣風一樣飄到她的床頭，低下頭來，輕輕靠近她的嘴唇，緩緩吸取她的精氣。」

他的描述引起一陣嘩然，大家都覺得毛骨悚然。

「可憐的女孩。我的女神。那他們打算怎麼辦嗎？」酒館老闆憂心忡忡地問。

「聽說要治好那個女孩，需要把那名活死人的棺材撬開，取出屍體的心臟，把它燒成灰，和在熱水裡，讓那名女孩喝下去。不然，那名女孩死定了。」

「知道那名活死人是誰嗎？」

「現在就是不知道。不然，他們早去挖墳了。」頭髮花白的書商推推鼻樑上的眼鏡，搖搖頭，嘆息地說，「該離開的人沒有離開，本該停止呼吸的死人卻跟活人一起搶奪空氣，任何自然法則被打破的時候，都是可怕災難的前兆。」

「我們生為羅馬尼亞人，還能有什麼比這個更大的災難嗎？」酒館老闆聳聳肩地說，惹得大夥兒狂笑。

「看看老喬，形容枯槁，雖是活人看起來跟死人差不多，他會怕活死人？我看活死人才怕他吧！」專門進口德國臘腸的女肉販在隔壁桌喝酒，忍不住吆喝。

酒館裡又是一陣哄堂大笑。喬爾丘尤其笑得岔不過氣來，他原本就傴僂的背更加彎曲，簡直直不起腰來，「我這輩子經歷了世界大戰，活過了共產專政，見識了網路的發明，現在連手機都可以打視頻電話。我目睹了許多我以前想都不能想像的東西。活死人，我可還沒見過。如果有幸堵上了，到了我兩腿一蹬的那一天，我就能誇耀自己真是死而無憾啦。」

他搖晃著身子，勉強站了起來，拖著腳步緩緩走向門口。波濟胥不放心地朝他的身影追了一句，「老喬，記得要是你遇見了活死人，就趕快跑。他們跟吸血鬼不一樣，他們跟我們一樣有沉重的身體，去哪裡也要用走的。」

喬爾丘沒有回頭，朝後揮揮手，算是聽見了。酒館的門一旦在他的身後關上，嘈雜人聲、吵鬧的美國流行音樂、機器壓酒出來的泡沫聲、椅子挪動時椅腳擦地的噪音、全部聲音剎那都消失得無影無蹤，就像有人隨手關上音響一樣。

夜，原來，這樣安靜。

整個世界彷彿浸在無邊無際的大海裡，夜風如水流動，像梳理水草般輕柔撫摸他所剩不多的稀薄灰髮。喬爾丘一輩子沒去過海濱，不曾泡過海水，但在他想像裡，在夏日將整個灼燙的身子潛入深沉海水的感覺，就像冬日從鬧烘烘的小酒館出來走入清新的夜晚一樣快活愜意，教人通體舒暢。

喬爾丘深深吸一口冰涼的空氣進入肺中，感覺好像喝了一大口清涼的薄荷涼茶，很有醒腦作用。然後，他踉蹌著腳步，開始往回家的路上走去。

收藏家喬爾丘的家遠近馳名。他的城鎮緊臨著羅馬尼亞、烏克蘭和匈牙利三國的邊界，一條河流從旁邊淌過，流入多瑙河，往東穿過整個羅馬尼亞國土，最終注入黑海。城鎮雖規模不大，但因位居商貿往來的交通樞紐，自中古世紀以來，還是聚集了不少財富。這個城鎮跟很多歐洲城鎮一樣，在歷史上易主無數次，最近一次是當奧匈帝國瓦解時，差點屬於匈牙利，俄國也虎視眈眈，最後劃給了羅馬尼亞，但這不妨礙當地人能同時流利操三國以上的語言。以往，這一帶也住了不少猶太家庭。二次大戰時，他們通通被裝上火車送到奧斯維茲集中營。從這個城鎮出去的猶太人只有少數從集中營存活下來，其中一個去了美國，還得了諾貝爾獎。

喬爾丘的家不在鎮上，而在鎮外半里遙的林地。這塊林地背靠古木參天的森林，面向那條悠悠流長的河流，河的對岸是烏克蘭的蓊鬱高山，山腳下聚集了幾間工廠和工人居住的簡陋民舍，往城鎮的反方向沿著公路走下去，不久就會進入匈牙利的平坦國土。

二次大戰後的共和國時期開始，喬爾丘就以收容藝術家著稱。他比美國的安迪沃荷更喜歡敞開大門，他時時擺桌宴請藝術創作者，即使有些人擺明了來騙吃騙喝，他也不在意，依然慷慨招待。若是著名的藝術家，喬爾丘甚至邀請他們自由在他家住下來，提供食物，從當地搜來油彩素材供他們創作。藝術家愛待多久就待多久，喬爾丘從來不趕人。藝術家回報他的方法就是在離開時送給喬爾丘一件自己的作品，成為他的收藏。

即便是羅馬尼亞狂人齊奧塞斯庫專政時期，喬爾丘的家依舊高朋滿座，不時有外國藝術家進出。他既是人民藝術的擁護者，也是藝術工人的守護神。直到柏林圍牆倒了之後，因為只要是羅馬尼亞稍微著名的藝術家都曾受惠於他，贈與他無數作品，他又搖身一變，成了羅馬尼亞藝術的保衛者。剛剛當選的新總統不久前親自登門造訪，只為了謝謝他對國家藝術的長期貢獻。

然而，喬爾丘的家真正令人津津樂道的地方並不是他贊助藝術家，也不是因為不同時期的政權多次公開表揚他，而是因為他的家就像一座迷你的私人博物館，裝滿各種精緻難見的物件，傢具布置如同從十八世紀的法國凡爾賽宮裡直接原封不動地搬出來。但，相對他高調公開的藝術活動，對於他的古董收藏，他卻異常低調，並不太愛談，若是有藝術家不識趣多問兩句，就會遇上喬爾丘不以為然的冷漠眼神。

他唯一的兒子上小學的那一天，課堂上，歷史老師在講解歐洲歷史時，講到奧匈帝國的瑪莉亞特麗莎皇后如何有計畫地安排她各個女兒嫁入不同歐洲皇室，作為外交結盟的手段，包括後來法國大革命被砍頭的瑪麗皇后，他的兒子突然指著課本上的哈布斯堡王室家徽，大聲地說他在家裡看見相同的東西，著實把大家都嚇了一跳。喬爾丘的太太隔天就去找老師，跟老師道歉，說他家孩子向來有說大話的習慣，以為這樣能贏得其他小朋友的尊敬，以後他們會好好教育孩子，不許他再誇大其詞。

這整件事就被收進了人們的記憶裡，暫時無人提起。一九八九年聖誕節前夕，首都發生流血革命，專制統治羅馬尼亞二十五年的齊奧塞斯庫在公開演講時被廣場上的人民噓聲所阻，從大樓屋頂倉皇搭直升機逃走，不到兩個小時就在首都外的一個小鎮被人民逮住。審判很快舉行，罪名迅速確立，死刑當場執行，齊奧塞斯庫和他的妻子氣得跳腳，大罵叛徒都是他們身邊的人。但是，他們這一生為難了多少人，為難最多的人恐怕也是最靠近他們的人。

聖誕節成了統治者受難的日子。救贖一下子來臨。高齡但仍健朗的喬爾丘樂得手舞足蹈，似乎忘了他在齊奧塞斯庫政權時代所享受的崇高地位，擺了酒宴，組織鎮民遊行，在河邊連放了幾個晚上的煙火，直到新年的第一天才停止。

隔年春天，一批法國藝術家趕著羅馬尼亞的民主新熱潮，前往當地旅遊，住進喬爾丘的家。酒足飯飽之際，有人隨手拿起那薄瓷似紙的咖啡杯，讚嘆不已，喬爾丘一樂，開始一一解說屋裡每一件物品的來歷，這才間接證實了他屋子裡的收藏品果然價值不菲。那群法國人大開眼界，嘖嘖稱奇，事後每回提起這次經歷仍眼睛圓睜，像是一個鄉巴佬不能停止談論平生參加過的唯一盛宴。據說喬爾丘的寶貝收藏有古騰堡印刷第一批的聖經本、俄國凱瑟琳大帝的胸針、腓特烈大帝的鼻菸盒、中國宋朝青瓷器皿、印有哈布斯堡家徽的全套瓷器，還有鐘錶腕計、銀器刀叉、火銃槍、刀劍、鋼筆、花瓶、塑像、地毯、傢具桌椅，應有盡有。那些古董的手工精美，造型獨特，材料稀奇罕見，更重要的是他們原來的主人都來頭不小。一個住在烏克蘭、羅馬尼亞和匈牙利邊界的糟老頭居然擁有如此驚人的寶物收藏，還逃過了共產政權的監視。老喬爾丘自然沾沾自喜，他神態超然，語調尊貴地向那些充滿崇拜之情的法國人說，辛德勒先生搶救了一個種族，而，他，喬爾丘先生搶救了一個文明。

至於他的搶救方式，喬爾丘說，是自己幾十年來四處走訪這一帶鄉村，跟各處農民買賣或易貨而來。農民無知，不懂這些文物的價值，以為是過時的廢物，堆在屋子頂樓生灰蒙塵，當喬爾丘跟他們表示想要購買那些東西，他們總是非常驚訝，不能理解為什麼有人要這種破銅爛鐵。說到這裡，喬爾丘因為忍住笑意而漲紅了臉。農民覺得讓喬爾丘擔起了處理廢棄物的任務而愧疚不已，有時候，善良本性讓他們竟不取一文就直接給了喬爾丘。

喬爾丘的故事版本讓法國人的眼睛蒙上淚光，十分動容，本地人卻不買他的帳。

小村落的特色就是任何人的底細都像穿了迷你裙的少女臀部，不但什麼都遮不住，只會落得惹人議論紛紛。

這時候，有人提起墨洛珊這個姓氏。而每當喬爾丘聽見這個名字時，他都會假裝他聽不清楚或根本沒聽見。

共產解放之前，喬爾丘原來是墨洛珊伯爵家族的管家。二次大戰前，墨洛珊伯爵家族的土地橫跨匈牙利和羅馬尼亞，尤其在羅馬尼亞境內，他們所擁有的農地廣袤無邊，橫越連綿山丘，覆蓋遼闊的青蔥森林和清澈溪流，幾百個農民家庭在他們腳下耕種生活，歸他們管理。無奈，歐陸爆發戰爭，地主的幾個兒子都上了戰場，從此沒有回來，地主因此抑鬱而終，留下美麗而孤寂的年輕夫人。

夫人容貌細緻，有著金色頭髮和長長的白皙頸子，說起話來總是輕聲細語，讓人不得不屏氣凝神，貼近聆聽。她本來就不善社交，家裡的男人都不在了之後，她更少拋頭露面。唯一天天見到她的人就是她的羅馬尼亞管家喬爾丘，也是她唯一信賴的人。

二戰結束，國王流亡，共產黨主政，開始徵收私人農地，發起集體農場，凡是不同意的地主就會被用各種手段說服，包括恐嚇、毒打、監禁。這時候，全身流著不正確血統的女伯爵自然成為公開討伐的對象。墨洛珊夫人拜託喬爾丘幫忙她逃到匈牙利去，可是喬爾丘告訴她不要擔心，耐心等待，這一波共產革命很快就會過去。

當然，並沒有。

一個中午，一群剛拿到權力的官僚幹部就來了。墨洛珊夫人被帶到河流的下一個城鎮。為了防止犯人逃跑，監獄搭建在河面之上，犯人腳下就是日夜湍急的河水。關在密室裡，終日不見陽光，河水讓地面和牆面都潮溼不堪，霉菌滿布，每個角落都長了墨綠苔蘚。墨洛珊夫人進去沒多久就犯上支管炎加氣喘，感染了不知名病毒，幾乎死掉，在她的肺部落下了幾塊終生難以消失的黑洞。她的關節則因溼氣而嚴重疼痛，讓她的餘生裡每夜都不得安眠。

在監牢裡的失眠夜晚，墨洛珊夫人總會聽見走廊盡頭有個女人一直在痛苦地哭喊。在夜晚的前半段，那名女囚犯會用力咆哮，聲音轟隆有如火車輾過，根本聽不清楚她咒罵的內容。到了深夜，她的叫聲會拉長成帶有哭聲的淒厲狼嚎，令人辛酸。慢慢地，她的力氣就像她的希望完全洩光了，只能低低地啜泣，這時，墨洛珊夫人就知道天要亮了。

旋即，天光濛濛亮，一束灰色的光線從鞋盒大小的牢房窗口射進來，墨洛珊夫人想像，這會是她在世上看見的最後一個畫面。

有一天，她卻被放了出來。

一切就跟她被捉進來時發生得一樣突然。她站在監獄門口前，陽光不再透過狹窄的窗口照射，而是直接從頭沐浴她整個人，她一時之間竟搞不清楚自己是否還真的活著。那些猶太人在離開奧斯維茲集中營時一定也是搞不清楚自己究竟是死還是生。

那是一個介於生與死之間的灰色地帶。生是團謎，死則是神祕，不生不死竟也不能給你一點關於生命的線索。你所屬於的世界已經死了，你怎麼可能還活著。眼前是一個嶄新的世界，而你卻比你自己所能記憶的更老了。世界藉由一場革命就改頭換面，重新來過，但是，身為一個人，你如何不藉由一個母親的子宮就能獲得新的生命。墨洛珊夫人感到徬徨、失落且迷惑。

她自然而然先去找喬爾丘。他畢竟還是她所熟知的那個舊世界崩毀之前最親近她的一個人。從監獄出來的墨洛珊夫人窮困潦倒，失去了當年的風華美貌，面容憔悴蒼老，脖子皺如火雞皮，曾經高聳的雪白雙乳下垂成兩只布袋，雙手瘦似雞爪，還蓋滿銅錢大小的褐色斑點。她跟喬爾丘問起幾個櫃子的下落，她說在入獄之前，她把她所有貴重珠寶封進櫃子底部的暗層。當過她管家的喬爾丘滿臉迷惑，一問三不知。

雖然喬爾丘回答她的問題一臉真誠，一副真心想幫助她的神情，她仍很不高興。監獄令她變得憤世嫉俗，不相信任何人。當年猶太人被送走時，他們不能帶走的土地、房屋和財富就像一塊沒有加蓋就擱在桌上的乳酪蛋糕，一夕之間，就被躲在屋子各個暗處的老鼠安靜而迅速地瓜分掉了。她可以猜想她的家產發生了什麼事。但是，她不能證明任何事情，而且她無處可去。她曾經有城堡、豪宅、花園和山莊供她挑選，但她現在連一張監獄的窄床都沒有。

另一個舊世界的鬼魂出手解救她。她的舊廚娘可憐她，把她接了去跟他們一家人住。丈夫也去世多年的舊廚娘已經六十多歲，患有糖尿病、心臟病、氣喘、高血壓，得天天吞下十幾顆藥丸。她自己的日子也不好過，生了三個兒子，個個不成材，娶回來的媳婦通通不安分，一堆兒孫滿屋子跑卻沒有父母管教，她一個老祖母獨自看管八個孫子，成天像隻蒼蠅般拼命拍翅地忙。墨洛珊夫人搬過去住後，鬱鬱寡歡，活得像影子般沉靜，幾乎不讓人察覺她的存在。連她死的方式也極度淡漠。有天夜裡，她一整天都沒出房門，廚娘派了一個孫子去喊她下樓吃飯。沒人應門，孫子擅自開門進去，只見她靜默地坐在床邊，閉眼靠著牆，彷彿在沉思。

廚娘發了一陣脾氣，才讓她那些不肖子孫不情不願地幫忙將墨洛珊夫人抬到鎮外的小教堂，在教堂後面的墓地草草下葬。廚娘試圖通知喬爾丘。葬禮當天，喬爾丘並沒有出現，也沒送花來。

喬爾丘走路回家的路線必須經過墨洛珊夫人下葬的那間小教堂。

雖然他天天往返於這條路上，他已經很久沒想起這段往事。他這輩子活得太長，人事轉換太快，比常人多活了好幾個輩子，墨洛珊夫人對他來說已是好幾個前世的人。

這個喝醉酒的夜晚，星空清朗，月亮瘦得只剩下一條綫，有氣無力地微微照亮路面，喬爾丘醉眼昏花，不怎麼看得清前方的去路。雖然政權已經轉替十年，鎮上的公用電力仍然不足，為了省電，每晚過了八點就會關掉所有路燈，留下黑漆漆的街道供路人摸索。一個不注意，喬爾丘差點被絆倒。原來教堂在裝修，工人把牆磚石塊攤在車道上，等著明天一早來動工。以前共產時期，強調無神，人民不能信教，現在開放了，政治立場向西方靠攏了，人們又開始把賺來的錢捐給教會。他們都受夠了今生，只想投資在一個像樣的來生。

這一絆，把喬爾丘嚇出一身冷汗。七十幾歲的老人跌倒可不是玩笑。他連忙站定，穩住自己顫抖的膝蓋，輕撫胸口，定定神。這下酒也醒了。周圍悄然無聲，剛剛還在閃爍的星星停止眨眼，夜風不再流動，蟲鳴暫停，河流靜默，不久前仍似海洋遼闊的整個時空如冰塊結凍，萬物都還存在著卻毫無生息。喬爾丘的額頭及頸後掛滿汗珠，他的背脊發涼，骨骼僵硬，每吋皮膚都起雞皮疙瘩。

突然，他意識到自己不是因為差點摔跤而冷汗直流。而是因為有人鬼鬼祟祟地站在他身後，觀察著他的一舉一動。

淹沒在夜色裡的街道看似寂寥無人，他卻不是獨自一人。

喬爾丘覺得彷彿被雷電擊中，雙腿往地下生了根，全身動彈不得。冷清的冬夜，他卻熱到口乾舌燥，汗水直流。可能幾秒鐘，也可能半個世紀，被時空膠囊裏住的時空躊躇著，既不往前走，也不向後退。喬爾丘尷尬地呆立在原處，動也不動。那個人同樣不動聲色。

他們兩人就像兩名即將拔槍對決的西部牛仔般互相對峙著。雙方都在等著對方先動手。

好不容易，他感覺一股輕風微拂過他的頸後，像是得到一個暗示，世界再度運轉，他的身體又能動了，他於是趕緊抓住機會，急急忙忙快步離開現場。他七十幾歲的身體已經跑不動了，只能像一部老車子氣喘吁吁地拼命，艱難地趕路。他那缺乏鈣質的可憐膝頭匡啷匡啷地響著，迴盪在空寂的街頭，但他的耳朵什麼也聽不見，他的心跳聲如此誇張，簡直震耳欲聾。

夜風越吹越強，河岸野草被折磨得低頭又彎腰，對岸烏克蘭的工廠沒有一點燈光，黑夜拉長了回家的路，喬爾丘覺得自己又老又累，從來沒覺得自己的家離鎮上那麼遠。當他終於來到他家那扇典型傳統雕花木門，從口袋掏出鑰匙開門之時，他都不敢回頭看身後那條又直又長的河邊小徑。

就在他要關上大門之際，從縫隙間，他看見路的盡頭站著一個人影。雖然，沒有路燈也沒有星光，他還是一眼認出了那個人。

「是你嗎？」他怯怯地問。

對方只是沉默地隔著遙遠距離看著他，看得他毛毛地。他趕緊用盡全身力氣摔上了門。

原本以為自己會緊張得睡不著的喬爾丘畢竟不勝酒力，頭一沾枕就呼呼大睡。隔天早上一睜開眼睛，他急奔到窗口。只見外頭陽光和煦，一片雪白，萬物閃耀著聖潔的光輝。他轉去客廳找他同樣年邁的妻子，問她怎麼回事。

夜裡下雪了，她沒好氣地回答，你這個酒鬼真的喝茫了，回來路上沒感覺嗎。

他毫無印象。他拍打著自己的腦勺。他真的喝多了還是歲數太高了，他在雪地裡走路回家，自己都不知道。說不定，昨晚發生的事情通通是假象，沒一件事是真的。他嘲笑著自己，心裡感到寬慰。原來自己真的是個老酒鬼，把事情都搞糊塗了。

雖然比他年輕十歲，但是他的妻子艾塔看起來比他衰老。女人小時候長得比男人快，老得也比男人快。幾年前她就喊骨頭疼，心臟衰弱，不能走路，從此不出大門，僅呆在屋裡，連院子也很少去。隨著年紀漸深，她不再做飯，聖經也不讀了，就坐在客廳的火爐前，一坐就是一整天。她活動漸少的身子時常感到寒冷，到後來，即使是夏日，她有時也會在陰暗的屋子裡燒個爐火烤暖。

喬爾丘每天都會進來跟他妻子說說話。他們倆本來貌合神離，夫妻關係名存實亡，孩子離家後，他們連一些瑣碎家常事都懶得溝通了。但，當他們的年紀日漸如骨牌般疊高，周圍認識的人逐漸凋零，他們忽然意識到對方其實是自己最老的朋友，一種柔和的友情便慢慢滋長了起來。每天彼此說說話竟成了他們老年生活最大的安慰。

正當喬爾丘心情放鬆，神清氣爽地要離開客廳時，雙眼盯著爐火的艾塔突然說，「你最近可能最好不要出門。」

「什麼？」喬爾丘停下腳步。

「這麼說好了。我聽見了一些故事，看見了一些東西。」

「妳從來不出門，妳會看見什麼，聽見什麼。簡直荒謬。」喬爾丘不知為何勃然大怒。

艾塔把她的眼睛轉過來注視著喬爾丘，「我說了什麼讓你這麼生氣？啊，你知道我在說什麼，所以你才生氣。」

「我知道個鬼。」

「那你幹嘛吼來吼去？」

「我沒吼！」他的聲量漲滿整間客廳。

他的老伴安靜地觀察了他一會兒，輕聲細語地說，「老喬，我嫁給你半個世紀，我在旁冷眼觀察你一路走來，雖然我不能說我完全同意你所作的一切決定，但，當你享受你的榮華富貴之時，我並沒有缺席，所以你所犯下的罪孽，我想我也有一半責任，即使我沒有參與，我也不曾企圖阻止你。我們之間雖然早已經沒有年輕人所稱的愛情，但我們在一起生活那麼久，我還是把你當作一個人在乎著。我們對生活在身邊的一條狗都有感情，何況是一個人。我真心希望你能有機會向上帝懺悔之後再上天堂，而不是像現在這樣毫無準備地就去跟祂報到。」

「女人，妳在胡說什麼？妳這個女人越老越瘋。妳今天早上吃錯了什麼藥，還是妳忘了吃藥？」

「聽我的勸，老喬，這幾天晚上別出去喝酒了，為你的靈魂作準備吧。」他的女人依然是那麼不慍不火。她那股超然的自信真是把他搞得更火了。

他顧不上身子老，拼了全身氣力怒罵：「我喝不喝酒不關妳的事。妳先把自己的靈魂照顧好吧，光是燒爐火也燒不熔妳那副鐵石心腸！」

喬爾丘因為他妻子的一番話而一整天心煩意亂，什麼事都做不了。到了晚上，狄努領著一個美國藝術家上他這兒來時，他喜出望外，因為他身體裝滿了惡劣情緒，已經滿到快要從嘴吐出來了。他需要轉移他的注意力。

狄努根本不算個藝術家，充其量只能算是無傷大雅的小丑。他不能畫、不能捏也不能刻，因為從不深刻，所以個性快活，愛跟人打混，他搞藝術只跟流行，流行環保他就弄環保，流行情色他就弄情色，他會說一點英文，早早就以無政府主義的東歐藝術家姿態去跟西方藝術圈子打交道，居然給他混出了一點國際名聲。

喬爾丘已經收了狄努十幾幅畫，全是拙劣之作，他從自家後院抓隻鴨子，把鴨掌浸入油彩，再放鴨子在空白的畫布上亂走，出來的成品可能都比較精彩。他如果還沒扔掉狄努的作品，是因為他從來不出讓藝術品。他喜歡守著他的藝術收藏像守財奴守著他的錢堆，因為藝術讓他覺得富有。貨幣不可靠，來場戰爭、換個政權，貨幣就不值錢了。房地產也沒意義，誰知道哪個時候城市不會被地震摧毀還是被炸彈轟光。藝術品就像可以流通的永久貨幣，比金子更保值，隨著歷史推移只會越發值錢。

藝術無價，他們說。

藝術怎麼會無價，這個世上，每人都有價格，何況由人所創造出來的藝術品。價格，就是價格，只有高低之別。但他們之所以說藝術無價，因為藝術是唯一不跟人類歷史變遷掛鉤的貨幣。一場革命讓俄幣貶值，卻只是哄抬了康汀斯基作品的身價。喬爾丘早已看穿了這個金科玉律，因此連狄努這種三流藝術家的作品，他也不輕易丟棄或轉賣。

前陣子聽說狄努去了紐約，沒想到這麼快就看見他回來了，還帶回一個搞藝術的美國朋友。喬爾丘喊來傭人，準備了烤肉、炸雞、沙拉、蔬菜湯、杏仁派和葡萄美酒，頭頂禿光卻兩邊留長髮的狄努像是兩三天沒吃飯地狼吞虎嚥，滿嘴油光，紅酒一杯接著一杯灌進胃裡，一邊跟美國人大談羅馬尼亞的傳統藝術，一邊不忘吹捧喬爾丘是拯救他們當地藝術的活菩薩。

講到美國印第安人的編織藝術時，裝了一肚子烤雞和紅酒的狄努打個飽嗝，說，「我們羅國的傳統編織藝術也很厲害的。」

原本已經醉得東倒西歪的美國藝術家，勉強坐直了身子，表示願聞其詳。

「我不是專家。我談不了。」

「那誰是專家？」

「你眼前這位就是專家。」狄努用一個戲劇化的花式手勢指向喬爾丘。美國人發出讚嘆的驚呼。喬爾丘笑咪咪地。

「沒錯！」狄努站起身子，走到喬爾丘身後，把兩隻手親暱地分放在喬爾丘的肩膀上，「你現在所看著的這位先生，不但是藝術收藏家，自己也是藝術家。不要被他謙虛的表情所矇騙！他可是我們羅國上下最尊敬的編織大師。從齊奧塞斯庫時期開始，他就在編織全世界最大的羊毛掛氈！」

「什麼？全世界最大？」

「是，全世界最大，有史以來最大！」

「那是怎樣的一個概念？」

「對啊，究竟多大？」

「跟我來！」

狄努邀請美國人跟他去院子裡。三個人於是離開了溫暖的飯廳，搖搖晃晃走到清冷的月光下。

喬爾丘的家院落寬敞，座落著一間主屋和三間小木屋。十九世紀建的主屋雖不甚起眼，但骨幹牢固，簡單大方，裡面隔成圖書室、飯廳、兩處起居室、音樂沙龍、四個臥房、兩間浴室、一個廚房和食物儲藏間，每間房間都擺滿了藝術品和畫作，地上鋪著古董地毯，隨便一把椅子的椅面都由上好綢緞繃成。喬爾丘帶著他的妻子就住在裡面。來來去去的藝術家則住在後面三間小屋，與主屋之間隔著一處光禿禿的花圃，據說這處花圃其實種滿了奇花異草，只可惜從來沒見過花團錦繡的光輝景象，因為喬爾丘在院子裡放養了一堆雞鴨、五條大狗、兩隻貓咪及五隻山羊，只要任何植物發芽就立刻被這些家禽動物用嘴啄掉或舉蹄壓扁。

但是，圍繞著花圃的三個小木屋以羅馬尼亞傳統手工建成，古樸而典雅，背後是一大片鬱綠盎然的野生樹林，已經補足了殘破花圃欠缺的靈性美感。多年來住過這裡的藝術家在他們短暫停留的「家園」留下了無數作品，大型石雕、青銅塑像、鋼造雕刻，散落四處，幾年風吹，幾季雪埋，時不時，冰冷雨水從空滴落，磨去成品當初完成的光澤，令它們斑駁老化，失去生命的光彩，好像孩子棄之不用的玩具，遺留在遊樂場變成無用的垃圾。那些當事人曾經以為會流傳後世的藝術作品變為時間的廢墟，逐漸化為大自然環境的一部分，湮沒於草叢與泥堆之間。一個人站在花圃望過去，看見四間小木屋和後面那一大片林子，會感覺很多雙眼睛藏在草葉之中，躲在風的影子之後，悄悄地偷窺著你。彷彿那些藝術品不甘心就此埋沒，化身為精靈，仍遊蕩在庭院的上空，窺視著人類跟自己的無常生命搏鬥。

可是，狄努不是要引客人進入這塊夢幻之地。反而，他把客人帶到大門口邊上那處稻草棚子，醉眼迷茫的客人勉強藉著淡淡月光，在樹影綽約的黑暗中，辨識出一台巨大的織毯機和幾堆米白的稻草，他瞪大了先前瞇起的眼睛又重新瞇眼，這才看出那堆米白的東西不是稻草而是羊毛。美國人大呼驚喜，因為醉意而無法控制地哈哈大笑，甚至擊起掌來。

「所以，喬爾丘先生在織世界上最大的羊毛掛氈？」美國人問喬爾丘。

身子快要站不穩的狄努搶著回答，「對，沒錯。當年齊奧塞斯庫上台後，喬爾丘便自告奮勇要織世界上最大的一塊掛氈，以歌頌廣大的勞動人民與無產革命的成功。齊奧塞斯庫龍心大悅，便下令無限供應喬爾丘羊毛原料，自此，這個地區的羊毛都運到喬爾丘家裡呢。」

「所以，織完了嗎？在哪裡展示？」

「我們在談的可是世界最大的掛氈啊，數十年寒暑的工程也織不完啊。說不定在我們活的日子裡都看不到這塊掛氈的完成呢。」狄努越說越感性，喬爾丘的臉色卻越來越暗沉，幾乎要融入黑夜的顏色裡。

「可是，」傻大個兒的美國人問，「齊奧塞斯庫已經倒台了，這塊歌頌無產階級的世界最大掛氈還需要織嗎？」

狄努一下子酒意全消，他的馬屁拍到馬腿上去了。喬爾丘操著優雅的歐洲口音，態度高雅地說：「是，我的確一直在編織羊毛掛氈，但不是為了齊奧塞斯庫也不是為了誰，只是純粹個人興趣。當時黨組織知道我擅長做這項手藝，派任務給我，要我織歷史上最大的一塊羊毛掛毯，你聽了也知道那是多麼荒謬的主意。但，我們在說的可是齊奧塞斯庫這個狂人的專政時期啊。我口頭上敷衍答應了，暗地裡卻拖延著工程，希望有天拖到民主社會來臨，終於給我盼到了這一天。」

美國人還想追問那些羊毛的下落。既然沒織，那政府給了你幾十年的羊毛，都去了哪裡。但，他看見對面狄努的臉色剎那發白，彷彿有人突然抽乾了他全身的血液。

喬爾丘也看見了他的慘白臉色，轉過身去，只見風吹樹搖，星光黯淡，幾幢小木屋藏在林子陰影之下。此外，什麼都沒有。

「你們……你們……看，看見了嗎？」狄努的舌頭不能流利運轉。

「看見什麼？」美國人狐疑地問。

「林子裡……林子裡，有人。」

另外兩人都把頭轉過去，「什麼人？」

喬爾丘什麼也沒看見，但是他的臉色同等地蒼白，心神不寧，他頓了一下，小聲地問，「誰？你看見了誰？」

狄努像尊木偶愣在原地，沒有回答。

喬爾丘往林子又張望了一會兒，樹影重重，黑上加黑。他轉向狄努，又追問一次，「你看見……她了嗎？」

聽了他的問句，狄努終於有了反應，他一張臉波濤翻攪，忽白忽紅：「是，我看見了，你呢？」

喬爾丘腦袋轟地一聲，呼吸幾乎停了，他差點站不住，向後踉蹌了一下，然後勉強自己鎮靜。他一把攫緊了狄努的手臂，跟美國人道歉，恕他們的夜晚不能繼續，希望他改日再來，因為他跟狄努私底下有要事商量。

美國藝術家非常失望。他曉得喬爾丘還有一個巨大的保險箱，裡面什麼寶物都有。他還期待參觀那些寶貝呢。而且，自恃有點聲望的美國藝術家滿心希冀喬爾丘會邀請他留宿，從事創作。住在吸血鬼的故鄉一段時間，把那些惡魔天空下的色彩轉成藝術作品，多麼值得說嘴。現在他馬上又得回到紐澤西州那些廢棄工廠改建的畫室，灰頭土臉地呆著。紐澤西，一點刺激的異國情調都沒有，他的畫室連暖氣都不夠強。

但是，喬爾丘非常堅定，他的表情語氣都不容許任何商量餘地，美國人只好悻悻然先走了。

喬爾丘把狄努帶入他主屋的圖書室。通常很少外人能進到這間房間，因為喬爾丘把他最珍視的古書典籍和最重要的私人文件都放在這裡，他平時總是一個人在裡面東摸摸西摸摸，把時間都消磨在整理那些東西，除了負責清潔的傭人，從不讓人輕易進來。狄努來來去去喬爾丘的家多年，沒進過這間圖書室。他跟著喬爾丘後頭進來，一眼就看見傳說中的古騰堡第一批印刷的聖經本，和其他古老線裝書一塊兒擱在書架上，一只幾乎比人高的中國花瓶豎在一座大鐘旁，桌上的鎮紙是一隻背部綴滿紅綠寶石的金色豹子，還有幾支古董鋼筆和一隻鑲鑽的懷錶。牆上掛著一幅人像畫，精神恍惚的狄努稍微專心看了一眼，不敢相信那是提香的畫作。經歷了戰整個動盪的二十世紀，這間屋子卻還是封建制度還未崩解前的貴族歐洲。

喬爾丘讓他在一把絨布沙發上坐下來，自己走到窗邊拉上簾幕，之後，把身子緊貼著牆壁，與窗口平行而站，彷彿窗外有人向內偷窺，而他不想讓外頭的人看見他在裡面。

「告訴我，你看見了什麼？一點細節都不要漏。」

狄努說，他看見了林子裡站著一個穿著黑色衣裳的老女人，衣著式樣老式，一整排扣一路密實地扣到喉頭，把她的身子也板得直直的。她那梳得整整齊齊的髮髻別上一頂蕾絲扁帽，發光的雙瞳像是貓咪的眼睛在黑暗中閃著非人間的光芒，她露在衣服外頭的皮膚，像是手啊臉啊，全都紫色血管突起有如河流密布，看起來極其可怖驚悚。她就像是一株渾身爬滿寄生籐類的樹，在黑沉沉的夜裡，露出陰森而鬼魅的氣氛。

「我想，」狄努吞了吞口水，他身上的汗毛仍如仙人掌刺般根根豎立，「她應該是鎮上在說的那個活死人。」

「你確定？」

「喔，我不知道。特徵似乎符合描述。」

喬爾丘的右眼肌肉開始不斷抽動，臉色慘綠有如中了劇毒，神情痛苦彷彿胃部翻騰隨時要嘔吐，平時吊兒郎當、個性滑溜如蛇的狄努有點被此刻的喬爾丘嚇到了。

桌上檯燈忽然閃了一下，把狄努驚出一身汗，喬爾丘卻不曾注意，他若有所思，背在身後的手指頭無意識地盤算著。窗外毫無動靜，屋子裡也很安靜，喬爾丘久久都不說話。一點聲音都沒有的時候，常常讓人懷疑自己其實正身處夢境之中，狄努想，他怎麼能夠盡快醒過來。

終於，喬爾丘開口了，「我們今晚就必須行動。今天正好是初一，月亮蝕得幾乎不剩，沒有了月光的精華，活死人不能出來活動。我們現在就去墓地，撬開那口棺材，挖出那顆早該停止跳動的心臟，點上火，把它燒了。」

「現在？」狄努顫抖地問。「你知道那個活死人是誰？」

「她就算燒成灰，我也認得。」

「一定要我們兩個人去嗎？這種事不該去找教堂神父嗎？」

「不要，這件事越少人知道越好。」

「可是，就我們兩人？辦得到嗎？」

「辦不到也得辦。事情總是這樣。」

喬爾丘不容狄努猶疑，他那七十歲的身體忽然像一輛剛從保養廠出來、油箱灌得飽飽的古董跑車，引擎悶吼著，四輪如蓄勢待發的馬蹄，旋風般一下子就把他們兩人送上了路，出門前順手從羊毛棚子拿了兩支長長的鐵鍬和一把扳手。

月亮不見臉，星星躲了起來，路燈黑著臉，陰風冷冷地吹，河岸的草叢看起來比白天更高，彷彿警犬嗅到危險的氣味，而豎起耳朵警戒著。抱著鐵揪的狄努幾乎要哭了。他五十多歲，從小學會一身閃躲的本領，什麼責任都不肯扛，絕不冒險，卻沒料到有一天會陷入如此恐怖的境地。

他企圖要拉住喬爾丘，可是喬爾丘昂首挺胸，神情凜然，跨步雄武有如一名領軍千萬的將軍。年輕一點的狄努簡直跟不上喬爾丘，他小跑步在後頭吃力地追著，像一個流鼻涕的小孩去跟父親哭哭啼啼要糖果一樣，不時去拉扯喬爾丘的衣袖，「老喬？老喬，我們回去，回去好嗎？老喬？」

可是他不斷抖聲呼喚的老喬毫不退縮，緊閉著嘴，脖子出現一條條用力的筋紋，著魔似往前奔去，彷彿有人在遠方用咒語遙控著他。當他們來到鎮上教堂大門前，喬爾丘終於停下腳步，狄努氣喘吁吁，雙手撐著膝頭，彎腰流汗。風走到這裡也停了，但周圍的陰沉樹影仍颯颯作響，喬爾丘佇足，默默仰望白色教堂背著黑色天空而站，黑色夜幕如此遼闊沉重，好像隨時會撐不住重量而垮下來，當場把這座樸素陳舊的小教堂壓扁。

喬爾丘往胸前劃了個十字，拉起狄努繞過教堂，來到後面的墓園。墓園靜悄悄地，範圍不大，覆滿了細緻的雜草，腳踩起來有如走在長毛地毯上柔軟無聲，前個夜裡下的雪早已無影無蹤，只剩下潮溼的水印留在墓碑與泥地上

喬爾丘一個個墓碑找過去，狄努驚懼地四周張望，深怕有人會發現他們三更半夜來打擾死者。終於，喬爾丘在一個半新不舊的墓碑前站住，那個墓碑只是一個小小的木製十字，上面潦草地刻了幾個藍色玫瑰，寫了一個姓氏墨洛珊。

「墨洛珊？」狄努發現自己叫得太大聲，於是又壓低聲音問，「那個著名的墨洛珊夫人？」

「是。」

「就你當她管家的那個墨洛珊夫人？」

「沒錯。」

「她怎麼會在這裡？她不是貴族嗎？她應該在匈牙利跟她那堆帶假髮、擦白粉的貴族親戚葬在一起，不是嗎？」

「狄努，共產解放時期你都去了哪裡？」喬爾丘沒好氣地說，隨即他把圓鍬丟給狄努，「動手吧。」

狄努很想拒絕，但他不知道怎麼跟喬爾丘說不。他這輩子都靠收藏家喬爾丘來證明他作為藝術家的價值，他不懂得違抗自己的衣食父母，只能習慣地奉承附和。他只好拿起鐵鍬，心不甘情不願地朝草地挖下去。

他們一同沉默地往下鏟，挖不到六尺，已經碰到棺木。這是一個被草草埋葬的人，不但掘墳人偷懶，墳坑挖得極淺，裝著屍體的棺木本身也是最粗糙的木板，連封棺的釘子都釘歪了。當初一定是有人付錢付得不夠爽快。

喬爾丘這時反而遲疑了。他抬頭看著狄努，臉色害怕如一隻知道自己即將被屠宰的牛隻，眼裡都是要滴不滴的淚水。他示意要狄努打開棺蓋，狄努死命搖頭。

風又吹了起來，把周圍最後一點光亮也吹開了。

喬爾丘咬緊他所剩不多的牙齒，下定決心，拿起扳手，不顧一切就撬開了棺蓋。狄努以為自己忘情地尖叫，其實他只是呆若木雞地站在那裡。

棺木，是空的。

喬爾丘喃喃自語，「不出我所料。」

狄努回過神，急了，拉了喬爾丘就要跑，「她若不在裡面，就在外面！我們趕緊走吧！」

喬爾丘固執地不動，「我們等她回來。」

「老喬，你在開玩笑吧？」狄努快瘋了。

「我們等她。天亮了，她總要回來。」

「我們誰都不等，我們現在就離開。」

「你要走，你走。今天，我要跟她一次解決。我已經受夠了。」

「老喬，你跟她能有什麼恩怨？」

「不是恩怨，是生意。有人沒搞清楚一旦銀貨兩訖，什麼事都該一筆勾消。」

「別管了，先走再說。」

「我已經受夠了。她自從出了獄後，就一直來找我，小喬啊，我的珠寶呢，小喬啊，我的沙發呢，小喬啊，我的銀器哪，這個匈牙利女人連死了都不好好放過我。我意思是，妳的朝代已經結束了，妳怎麼還不跟著消失呢。現在不是妳該活的世紀，妳還死皮賴臉地呆著，對妳自己有什麼好處。」

「過去的，就讓它過去吧。就不要再提了。」

聽了狄努的話，喬爾丘憤怒大吼，「如果是這樣，她為什麼還糾纏我？她難道不明白人活著很辛苦嗎？時代在滾，我們人也只能跟著滾。不然，她要我怎樣？我能怎樣？妳笑我是歷史的機會主義者，結果呢，我活著，妳可是死了！聽見沒？我是活人，妳是死人。妳呼風喚雨的時代已經過去了，妳就算現在還活著，也跟死了差不多。」

「老喬，我建議我們現在就走……」

「我只是個跟歷史做生意的生意人，這是場交易，妳懂不懂？」雖然棺材裡空蕩蕩，喬爾丘卻當作裡面有人而雄辯起來，「妳以為活著很容易？我告訴妳，死了才簡單，活著不容易。我喬爾丘之所以活到今天，要對多少事妥協，要跟多少人忍氣吞聲，包括妳，妳這個臭婊子！妳以為妳是貴族，這個世界對妳來說就該永遠是一個安全的地方嗎？我告訴妳，不是！這個世界從來不是一個安全的地方，管妳長成方的還圓的。」

「老喬，我們走了好嗎？」狄努苦苦哀求著。

「我是個生存者，妳不是。就這樣。這跟妳的珠寶一點關係都沒有。」喬爾丘朝空的棺木裡吐了口唾沫。

一陣陰森的風刮過，狄努打個寒顫，直覺不妙，於是使出全身吃奶的力氣要把喬爾丘拉離那塊墓地。可是，喬爾丘發揮了老人家固執的性格，下唇像塊枕頭般擺出來，身體如同陳年化石深深陷入腳底下的泥地裡。狄努怎麼拉，都拉不動。

「妳來了。很好。」喬爾丘突然說。

狄努驚愕地暫停動作，順著喬爾丘的視線看過去，他馬上認出他先前在林子裡看見的那個全身皆黑的女人，就在不遠處靠河邊的一棵樹下站著。她只是默默地站在那裡，整個人淹沒在黑暗之中，說不上來是敵意還是善意，以令人心碎的悲哀眼神凝視著他們。

「妳這個殭屍，要我的身體嗎？來呀！我這個身體雖然年老力衰，但能吃能睡，會拉屎兼放屁，不小心就會感冒，走路太快要當心跌倒，皮膚破洞，血就會流出來。妳要嗎？妳這個血液循環不順暢的殭屍！妳要我的身體，就過來啊！」喬爾丘在黑夜的墓園裡大呼小叫，挑釁那個樹下的黑影。

狄努卻被眼前景象嚇得屁滾尿流，腦子發燙，四肢卻發冷，當他看見那個女人居然開始慢慢向他們移動時，他彈簧般從喬爾丘身彈開，撒腿就逃。半路，他被教堂前堆積的建材絆倒，但他顧不得渾身蓋滿了傷還是灰，連滾帶爬，往鎮上狂奔。如果阿波羅之子奧菲斯懂得如何這麼頭也不回地奔跑，他就能把他死去的妻子重新帶回人間。

狄努一路跑到了麵包店門口，因為他知道這種日夜交接的清晨時分只有麵包師傅才會起床準備當天的工作。麵包師傅很快地叫醒隔壁的肉鋪販子，肉鋪販子去按書商波濟胥的門鈴，波濟胥醒了之後立刻喊上酒館老闆，後者剛剛回到家還沒有休息。他們一群人又帶上姪女生病的手機商，一齊上門去找教堂神父，等所有人都鳩集成群，浩浩蕩蕩回到教堂後面的墓地，已是破曉時分。

太陽逐漸照亮灰濛濛的天空，光束穿過樹稍，露珠閃閃發亮，空氣瀰漫著一股草葉混雜濕木的香氣。每個早晨，世界就是這麼自我淨化，煥然重生，墓地躺著的死人也參與了這個神聖的過程。然而，當全新的一天又降臨人間時，卻不見喬爾丘的蹤影。

「怎麼可能？」狄努幾乎要精神錯亂。他慌亂的眼神四處尋找喬爾丘的蹤跡。

不但喬爾丘不見人影，連他們昨晚一起挖開的墳墓如今顯得原封不動，上面長滿了雜草，粗陋的木製墓碑因為缺人照料而幾乎沒入土中。唯一，周圍留下許多凌亂的腳印，證明有人來過。但是，只有一套腳印，而不是兩套。

狄努簡直不敢相信自己的眼睛。他呆呆望著那些被他從暖和被窩裡挖起來的鎮民，連「我發誓」的句子都說不出來。好在他的朋友都是羅馬尼亞人，再離譜的事情，他們都願意姑且信之。

書商波濟胥當場用手機撥電到喬爾丘的家裡。電話響了很久，終於他們的廚子接了電話，又拖拉著步伐，把電話遞給還在床上的喬爾丘太太。連打呵欠的她證實了喬爾丘一夜沒回家。

雖然太陽越升越高，最後一批迷霧仍流連忘返，在教堂轉角徘徊著，偶爾大膽闖到草地上，阻撓他們的視線。他們幾個身強體健的男人二話不說，拔掉墓碑，就要開始動手挖墳，但是，神父出聲，以上帝之名阻止了他們。

「讓死者安息吧。這是唯一讓痛苦過去的方法。」

「老喬呢？」狄努問。

「我們再等等。也許，過一會兒，他就會出現。」

「那我姪女呢？」手機商問。

神父一臉為難地說，「你姪女上個月來跟我懺悔時說了一些事，基於保密原則，我不方便透露，只能建議你回家請個醫生去看看她，並且好好跟她談一談。」

那天，手機商回去後，死拖活拉著他的姪女上醫院做檢查，原來她懷孕了卻不敢告訴他，於是裝病躺在床上。他很想出手把她揍個半死，但是，這年頭不流行打孩子，他只好算了，把她送回老家去待產。狄努則回到喬爾丘的家，跟喬爾丘的太太一起坐在客廳的火爐前等老喬回家。但，太陽落山，喬爾丘還是見不到人。

隔天早上，狄努立刻跟住在鎮上旅館的那個美國朋友一起離開，從此沒有再踏上這個城鎮一步。喬爾丘的妻子之後還活了好幾年，當她死的時候，她的兒子回鄉繼承了那個家和裡面裝著的所有寶物。

進入二十一世紀，鎮上常常仍有酒鬼繪聲繪影地形容，喝完酒半夜回家時，憂鬱有氣質的墨洛珊夫人會不知從黑夜何處飄出來，默不作聲跟在後頭，嚇得他們拔腿就跑。至於可憐的老喬，鎮民都相信他其實就埋在教堂後面那塊刻著藍色玫瑰的木頭十字架下面。只是神父從來不讓人去挖開墳地，查證真相。因此，這個故事只能當作傳說在鎮民之間流傳著。

故事伍

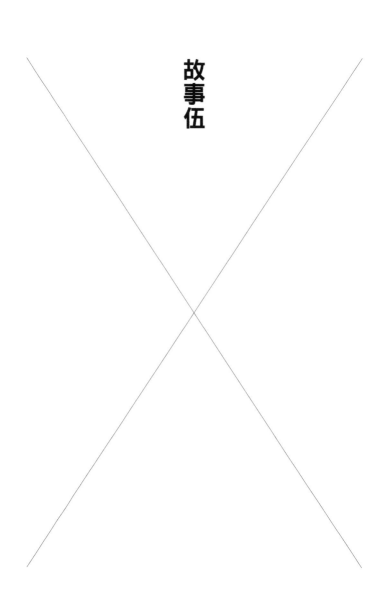

繁花如夢

茱麗醒來時頭痛欲裂，一時以為自己回到了澳洲的家。她不催促自己起床，懶洋洋地，任自己沉溺於那股甜美的錯覺。直到她不得不轉動了身子，瞥見了角落擺著那只黑底紅漆的中國櫃子。

喔，她在香港。

她沒有意識到自己輕輕嘆了口氣，隨手從床頭櫃抓了窗簾的遙控器，朝窗口的位置按下開關。這棟豪宅的一切裝置不是全自動就是半自動，大門、車庫、冷氣機、電視機、音響，乃至於電冰箱、電燈、咖啡機，住在這裡的人似乎不可以用手直接碰觸任何物品，而應該優雅地坐在沙發或躺在床上就能用小小遙控器讓整間房子運作。為了不搞丟各種形狀型號尺寸的遙控器，她買了無數個小籃子放在各個房間，還用小標籤寫下它們的功能，以防有天急起來會錯拿咖啡機的遙控器去開車庫門。

放下遙控器後，縫了雙層擋光布的窗簾隨即在她眼前徐徐敞開，彷彿舞台的布幕緩慢拉起，南中國海四季不分的耀目陽光立刻爭先恐後地衝進了房間，香港那顆美麗的東方之珠就這麼輕巧地縱身躍入了窗口，光彩懾人，風姿綽約，嬌媚地窩在蔚藍海洋的臂彎裡，在太陽下閃閃發亮。

她第一次從澳洲飛過來時，正好在夜晚進入這座城市的領空，從天空往下瞧見那座光芒鑠亮的城市，燦爛如鑽，輝煌壯麗，彷彿一座寶山漂浮在天與地之間。一個小島以最大密度包容了竹林般爭先入雲的摩天大樓，樓與樓之間互相以橋相連，車子在路上跑，人們穿梭於半空的天橋，就像義大利小說家卡爾維諾的那本書《看不見的城市》裡，馬可波羅跟忽必烈大帝所說的那個築在半空中的城市。之前，她所知道的世界是廣大寧靜的海灘，深不見底的野林，幢幢獨立的低矮房屋，到處亂跳的袋鼠與自由飛翔的海鳥。她唯一的嗜好是周末去邦黛海灘吃午餐，跟女友逛著那些總在打折的成衣店，鎮日穿著牛仔短褲和夾腳拖鞋，不知道世界在流行什麼，而今活在香港的她買一雙簡單的鞋，都跑不掉要價五百美金。每天起床，看著一個美麗港灣就在腳下，卻不曾因為一時興起而下海游泳，因為在香港，海洋只是一個概念，應該從自家客廳的落地窗台或私家遊艇的甲板上加以欣賞，而不是像在澳洲雪梨一樣讓人天天去遛狗、散步或慢跑用的。

昨晚的香檳酒仍在她的腦子裡冒泡，讓她下床時幾乎失去平衡。又是一個不知所云的社交夜晚。一堆高跟鞋，一堆黑領結，一堆酒杯，一堆鑽石，讓她眼花撩亂，難以招架，等她回家時，誰的名字、誰的臉孔、誰的職稱還是誰的國籍，她通通連不起來。她永遠也記不住。她不知道自己為何要跟這些她以前從未謀面、以後大概永遠也不會碰面的陌生人瞎攪和一個晚上。她相信那些人跟她處了一個夜晚之後，也在思考同一個問題。但是，周末復一個周末，這類聚會總是不斷被舉行，所有人仍會希望自己被邀請，大家還是會穿上他們重金買下的當季華服和鞋履，帶著他們的配偶孩子，裝上他們的標準笑容，周旋於一群虛情假意的陌生人之間，諂媚他們，也讓他們諂媚自己。

因為他們以為他們在這種聚會上見到的不是人，而是錢。她隔壁的美國鄰居莎拉曾經這麼告訴過她。見了錢，誰不會拼命微笑。這種微笑來得急去得也快，比她早來香港兩年的莎拉說，一旦他們發現你沒錢，他們的人會比他們臉上的殷切微笑閃得還快。

她想要喝杯咖啡。但她不想撞見她的菲律賓女傭蘿莎。自從復活節周末那個意外之後，她們之間的關係更緊張了。

幾個禮拜以來，她一直在躲她自己的女傭。她怕蘿莎，怕蘿莎那雙黝黑的眸子充滿怨毒，像一個陰魂不散的咒語尾隨她到屋裡的各個角落。每次，她跟蘿莎商討家務的安排，蘿莎雖然嘴角勾著笑，雙眼卻不客氣地緊緊瞪著她，眼神深處充滿了強烈的不同意。蘿莎從來不直接拒絕她的要求，但擺出一種熱心的態度給她忠告，彷彿在向一個孩童解釋為何她不該吃糖因為糖對她的牙齒不好一樣，好聲好氣地否決茱麗的提議。茱麗翻了翻白眼，是，她把我當孩子哄呢。我們這些鬼佬到了亞洲，什麼語言都不會說，什麼食物都不能吃，什麼街道都不懂認，只能仰賴這些傭人的幫助。我們是她們的衣食父母，她們卻是我們生活上的父母，照顧我們吃睡拉撒，耐心教導我們認識當地禮俗，她們教育了我們，卻也操控了我們。因為他們引導我們該做什麼的同時，也成功阻擋了我們做他們不願意我們做的事情。

在這個屋子裡，蘿莎才是真正的主人。茱麗要做任何事情都得經過蘿莎的允許，譬如幾點開飯，何日洗衣，幾時喝茶，不能進這個房間因為蘿莎還沒有整理好，先吃這些臘腸因為蘿莎還沒有時間去買新鮮的豬肉，不要喝加了一堆冰塊的可樂因為蘿莎說對身體不好。她無能反抗蘿莎的安排，因為蘿莎掌控她的生活。在蘿莎面前，她退化成一個沒有獨立生活能力的青少年。

她先開一條細細的門縫，察看外頭的動靜，整間公寓靜悄悄地，只剩下冷氣機沉重的呼吸聲。蘿莎似乎出去了。她這才打開房門，輕手輕腳地溜進廚房。

剛剛把咖啡粉裝進機器裡，門鈴響了。她猜都不用猜，就知道是隔壁的莎拉過來找她。只有莎拉會不事先打電話就直接殺上門來。莎拉也去了昨晚的宴會，現在她一定是來聊是非的。

果不其然，門一打開，一陣濃郁的花草香氣旋即飄了進來，香氣的主人熱情地撲上來擁抱她，在她的臉頰各自啄了兩下響吻，高聲喊：「咖啡咖啡，親愛的，我在隔壁就聞到妳的咖啡香了，快給我來一杯！」

茱麗把咖啡端了過來，莎拉一如慣常地像隻鳥兒在她家客廳拍翅飛來飛去，吱吱喳喳地唱著：「昨晚妳看見陳先生的那個女人了吧？他給了她一大筆錢開網路公司，還幫她上市，現在那間公司市值起碼五千萬美金，不算很大的數字，但是想想這可是憑空生出來的銀子啊。半年前，根本還沒有這間公司，現在這間公司的股票已經滿城飛，妳告訴我，那間公司生產了什麼？網站！既不能啃也不能穿。我要的話，今天下午就可以架設我個人網站，問題是誰來幫我上市？我沒有陳先生這種亞洲大亨來幫我作背書啊。陳先生投資什麼，市場就投資什麼。股民不是投資這個女人，他們是投資陳先生啊。可是，妳瞧見那個女人沒有？長得多普通？連衣服都不會穿。這個陳先生在想什麼？他有那麼多香港女明星等著被他包養，偏偏他揀了這種女人！」

「也許，這個女人是他的紅粉知己？男人不見得只喜歡有身材的女人。」

莎拉仰頭大笑，潑灑著她那頭有著許多活潑捲兒的金色長髮，彷彿甩出一串亮晶晶的燈泡，照亮了整間客廳，「當然，男人只看重女人的靈魂。隨便妳說什麼都是對的，親愛的。」

沒有一個男人見了莎拉不心動。茱麗見識過男人盯著莎拉的貪婪眼神，莎拉也很清楚她自己之於男人的意義。這個來自美國紐約布魯克林區的女孩沒有唸完大學就嫁人了，因為她太知道學歷對她這種女孩一點用處也沒有，那張天使臉孔和那副魔鬼身材才是她在世上混的真正本錢。她認識她的丈夫傑克時，傑克在華爾街是一名聲名狼藉的股票交易員，傳說他涉嫌內線交易，但是始終沒有證據，但是他已經因此一夕暴富。有錢有車有房，傑克的口袋響叮噹，莎拉這種典型的芭比娃娃很快地就成為他這類成功人士的生活配件。當他決定來亞洲一試身手，他把莎拉一道兒裝箱帶過來。

「妳那個惡魔女傭呢？」

「感謝上天，她不在。」

「妳這樣不行啊。她是妳的女傭，這是妳房子，妳要把主導權搶回來。她有沒有解釋復活節周末那件事？」

茱麗啜了一口咖啡，無聲地搖搖頭。

「茱麗！她趁妳不在家，把她的朋友全招來妳家開派對，喝妳家珍藏的紅酒，聽妳小心翼翼保存的黑膠唱片，用她們粗俗的塑膠鞋底在妳家昂貴的原木地板上踩來踩去，敲出無數洞來，要不是妳縮短行程提前從澳洲回來，意外撞見，天知道她們還會搞出什麼花樣？」

「她說這次是意外，原本只是一場溫馨的私人聚會……」茱麗有氣無力地辯駁。

「溫馨的私人聚會？茱麗，她叫來三十幾個菲律賓女人！她們搞出來的聲響恰比新年前夕的菜市場，前面的方太都差點叫警察來敲門了！我敢說，她是慣犯，這一定不是她第一次在妳家搞派對。」

茱麗嘆了口氣，「妳要我說什麼呢？」

「說妳會炒掉她。」

「傭人不好找……」

「妳在開我玩笑嗎？亞洲人工這麼便宜，隨便一撈，都是一大把。」

「我跟馬修都習慣了她，很難戒掉。」

「妳就是這種心態，她才吃定了妳。」

「我不懂，我自認對她不薄，她為什麼會做出這種事來？她們不是常常抱怨香港老闆怎樣苛刻小氣，對她們如何不好，當她們有了像我們這種鬼佬老闆，把她們當個人來對待，我讓她做事時總是說請，謝謝，對不起，妳以為她們會因此而感激，結果她們卻利用了妳的善良本性，占妳的便宜。」

「傭人就像小孩子，妳不能對她們太好，她們一旦察覺到妳的軟弱，就會爬到妳的頭上來。」

「也許，我不需要女傭。我自己來打掃這個家。」茱麗忽然興奮起來，「妳不覺得我們在香港都活得太不實在了，天天都在逛街、美容、上健身房，每個周末都去一些虛無飄渺的社交宴會，跟一堆不在乎我們、我們也不在乎的人談話。妳根本不知道這些私人關係究竟要往何處發展，又會維持多久。在香港，人總是來來去去，這個人才來三個月，那個人兩年後就走了，就算長住下來的人，也到處飛來飛去，很少乖乖待在這裡。我有個感覺，妳剛邀了人來喝茶，茶還沒煮開，人就打包走了。」

「親愛的，這就是香港外籍人士的圈子啊。每個人遠離家鄉，為了來搶錢，過幾年在家鄉過不到的風光生活。在香港，時間是用來揮霍的，不是用來儲蓄的。妳哪來時間作家務？當妳只需半小時就能到機場，隨便跳上一班飛機就能去世界各地旅行，四小時就到東京，三小時到胡志明市，八小時到新德里，十二小時到羅馬，愛去哪裡就去哪裡。妳要生活啊，盡情地生活，難道妳要留在廚房刷油膩膩的鍋子？」

「難道妳不懷念自己親手布置一個家的感覺嗎？自己動手鋪床，拿掃帚掃地，把散落一地的報章雜誌收攏整齊放到桌上去。」茱麗伸手在半空中收齊一堆隱形的刊物，然後把它們放到茶几上，她禁不住從肺部深處快樂地喊出來，「天啊，我真思念摺疊一件毛衣那種簡單的感覺。毛衣握在手裡，既暖又軟，好像把生活的意義全部握在手裡。」

「不，茱麗，摺毛衣只是摺毛衣而已，不披露什麼深刻的生活哲學。洗碗盤燙衣服擦地板，都只是一堆無聊瑣碎的體力勞動，可憐的人們為了維持活著而必須不斷重複的機械活動，直到自己死的那天為止。世間大部分的人沒有選擇所以只得忍受，因為他們太窮了，不能請傭人為他們解除這些累死人的勞役。相信我，如果妳的傭人有錢，她也會毫不猶疑地立即請個傭人。園丁、廚師、司機、保姆，這都是生活的必要配備。在香港，生活步調緊湊，誰有空搞家務啊？」

「我們活在我們的社會時，我們和我們的父母、我們的鄰居，誰不是一邊工作、一邊帶孩子，還騰時間出來整理門前的草地，修補閣樓的窗扉，洗完車子後還打蠟，為什麼我們住到了香港就不能做了？」

「因為在雪梨，妳是跟爸爸媽媽一塊兒住在郊區的女兒，在香港的妳是住在山頂豪宅的有錢貴婦，而住在香港山頂豪宅的有錢貴婦是不能動一根手指的。」

「我不是什麼貴婦，我還是跟爸爸媽媽一塊兒住在郊區的女兒。不過兩年前，我還在邦黛海灘上穿著泳衣，舔兩塊澳元的巧克力甜筒。我可以自己整理家務。」

「哎呀，妳真該換個女傭了。她快把妳逼瘋了，瞧妳說話多離譜。妳最好別再說這些傻話了，尤其別讓其他外籍太太聽見了。」

「聽見了又怎樣？」

「妳知道這些外籍太太都像禿鷹一樣虎視眈眈地，一旦她們知道了妳不夠強壯，她們馬上就會一哄而散，從此孤立妳，留妳一人孤伶伶的。」

「反正我也不需要她們。」

「別說了，妳知道我的意見，趕快炒了她就是了。」莎拉問，「妳家老爺馬修今天還在香港嗎？」

「不，他一早就飛去北京了。」

「是當天來回，還是還要去別的地方？」

「妳知道，他們一出門就像放出籠子的鴿子，不逛完一大圈是不甘心回家的。他今早飛北京，晚上去上海，後天從上海飛東京，東京之後去新加坡，在新加坡要跨境去馬來西亞一天，然後再回香港。大概是一個星期後到家吧。」

「一個星期內飛這麼多地方？」莎拉拉高了聲調問。

「妳知道的，他們做這一行的，就是這麼搞法。你們家的傑克呢？」

「他啊，他後天才出門。他這次不知道幹什麼，居然在家裡待了整整一個禮拜。」

「妳不高興嗎？妳不是抱怨他在家陪妳的時間不夠多嗎？」

「我不知道，他不在家我覺得孤單，他在家又讓我很煩。我們天天吵架。我受不了他把工作的壓力帶回家來。妳不覺得這些男人必須在工作與家庭之間劃一道清楚的界線嗎？如果他們人回來了，心卻沒有回來，那有什麼用？他雖然人坐在客廳裡，卻還一直在打電話、查郵件。自從黑莓機被發明出來之後，他在跟我吃飯時就再也不曾抬眼正面瞧過我。」

「沒有黑莓機前，他們有手機，吃頓飯手機鈴聲就沒斷過。」

莎拉大叫，「沒錯！有時候，我都懷疑他幹嘛要跟我吃飯，為什麼不跟電話另一端的那個人吃飯算了。這些電子科技拉近了遙處地球兩端的人們，卻拉遠了同處一室的情人。人們現在不再跟近在眼前的這個人相處，而拼命跟遠在天邊的人拉攏關係。真是令人抓狂。」

「妳可以好好跟他溝通，跟他說妳希望他關掉那些機器。我就規定馬修晚上九點以後一律關機，周末只准查閱郵件一次。他自己也希望如此，不然他根本沒得休息。」

「可是，這就是香港的生活啊。每個人都像活得沒有明天似的。就算他們要休息，別人不會休息，市場不會休息，如果他休息了，他就會慢別人一步，錢就會被別人賺走了。」

「那就少賺一點，沒什麼大不了。」

「妳說這句話時是認真的嗎？妳瞧瞧妳的四周，妳的公寓，妳的傢具，妳的衣服，妳的珠寶，妳的傭人，妳的私家汽車，妳的司機，妳真的以為妳可以放棄這一切嗎？」

「我可以。」

「茱麗，妳要不是太天真，就是太虛偽了。」莎拉的眼神變得冰冷。

茱麗正想要回擊莎拉的評語，她卻突然聽見廚房後面那扇專門供傭人進出的門有匙孔轉動的聲音。蘿莎回來了。她慌慌張張地攫住莎拉的臂膀，說：「既然妳來了，就陪我去寶雲徑繞一繞。」

茱麗沒等莎拉回話，就拉著她出了門。莎拉出奇地溫馴，整個人失了魂，像隻木偶任她擺布。等她們走上了港島半山腰的寶雲徑，莎拉才幽幽地回過神，稍微有點笑容，卻依然反常地寡言。寶雲徑接在寶雲道之後，築在港島的半山腰上，專供人慢跑，也有人會來遛狗或滑雙排輪，照說莎拉、茱麗這種山頂居民不該降格兩百公尺到這裡散步。如果莎拉意識清醒的話，她一定會大聲抗議。然而，茱麗愛極了這條小路，因為這條窄路正好卡在太平山山線與城市的接縫上，走在這條覆滿野林的山路上，香港那些驚人的摩天大樓就矗立在左手邊，如此之近，似乎一伸手就能從山邊碰觸到那些鋼筋玻璃混生而成的建築物，建築物之後就是始終穿梭著繁忙船隻的維多利亞港。對茱麗來說，這就是她認識的香港，有山有海，有人有樹，有城市情調也有海港風情，擠滿了高樓大廈卻也能棲滿了喜鵲鳥兒。

寶雲徑雖美，但那張當心毒狗犯的招牌卻仍觸目驚心地掛著，警告遛狗者不要讓自家寵物亂吃擱在路旁的不明食物。茱麗緊皺著眉頭，打算匆匆走過。

莎拉卻停住腳步，聚精會神地讀著告示：「真是奇妙，幾十年了，他們就是抓不到這名毒狗犯。」

「不知道是怎麼樣一個病態人格，居然專門在路邊放了下毒的狗食。那些可憐的無辜狗兒。」

「妳知道，香港警方其實找了心理學家，企圖模擬這個人的背景資料。」

「喔？是嗎？」

「結果，他們勾勒出一名大約五十歲到六十歲之間的廣東男性，應該是對有錢人懷有忿恨，因而企圖傷害他們所豢養的狗。」

「喔，我不意外。那些有錢人的確是對狗比對人還好。妳知道嗎？現在有人幫自己的狗保險。他們都不幫自己的菲傭保勞工險了，還幫狗保醫療險。」

莎拉聳聳肩，「這我不怪他們。有些人確實是連狗都不如。」

「莎拉！妳怎麼能這麼說？」

「怎麼啦？我不過是說實話而已。我好奇，他們怎麼會抓不到這個人。也許，在香港犯罪其實是一件很容易的事情。反正英國人當初就把這裡當作一塊海盜島，走私、販毒、賣淫、搶劫，樣樣都來，我猜這些當年的不法活動塑造了香港的奇特風水。在香港，道德的正當性往往不是來自事物的本質，而是來自它所能產生的利益。」

「那是一百五十年前的事了。英國人走了，香港已經回歸了中國，我們現在在人家家裡作客。」

「我在想，」莎拉轉過身來，「其實也不能怪毒狗犯，對不對？他只是把毒餌放在路邊，他可沒有死拉著那些狗兒，也沒有用手扒開牠們的嘴巴，硬逼牠們吃下去。

是那些狗兒自己笨，太過貪吃的緣故。那些狗兒應為自己的愚蠢負責。換言之，人要笨，死了也活該。」

「莎拉！」

「要是那天傑克不小心笨死了，那也是他自己的錯，不關別人的事情。」

茱麗站住，定睛深深看進莎拉的眼眸。那雙美麗深邃的眸子湛藍如大海，閃爍著粼粼波光，彷彿起風的海面那般搖蕩不定。

「告訴我，莎拉，妳跟傑克之間發生了什麼事。」

「能有什麼事。」莎拉垂下眼簾，避開茱麗的檢視。

「妳說你們吵架了。」

「哪對夫妻不吵架。妳跟馬修不吵嗎？」

「那要看吵什麼，還有吵到什麼程度啊。」

「沒什麼。」莎拉本想移開話題，又改變主意，神經兮兮地尖笑了兩聲，冒了一句，「沒吵什麼了不起的，只不過，我想殺了他。是，我想殺了他。然而，我想這應該無傷大雅，世上每一個妻子都有想殺了自己丈夫的時候，就像每一個丈夫都閃過希望自己妻子橫死的念頭。這應是很正常的吧。」

「不，這不正常。我再怎麼跟馬修生氣，也從來不可能希望他死掉。」茱麗嚴肅地說。

莎拉變了臉，突然生起氣來，「茱麗，妳今天真的很假。我以前從來沒有意識到妳是這麼不誠懇的一個人。先是淚眼汪汪說什麼妳不要傭人，因為妳不需要賺很多錢，批評別人愛狗勝過人，其實人家愛狗關妳何事，現在又板臉想跟我上模範小妻子課程。妳究竟想證明什麼？妳的道德高人一等嗎？算了吧！妳跟馬修要不是為了錢，又何必離鄉背井來香港呢？妳要是不渴望社會優勢，妳又為何住在山頂，而不搬去上環住在當地人開的雜貨店之間呢？妳要是真的沒把蘿莎當作下人看，妳又幹嘛對她在妳家開派對感到那麼生氣呢？畢竟妳家確實就是她在香港的家啊！她請幾個朋友回她的住處，錯了嗎？」

「可是，她請了三十幾個啊！」茱麗衝口而出。

「又怎樣？」莎拉咄咄逼人，「人數不是問題，她有沒有權力做這件事才是重點吧。不管如何，她確是妳的下人。妳對她好是因為妳自認人好，假扮慈悲，而不是因為妳真心認為她是個值得跟妳平起平坐的人。這只關乎妳的自我形象，根本與她無關。妳要真的把她當作一家人，那又怎麼會有界線呢？」

「家人之間也該有界線啊！」茱麗的眼淚幾乎要奪眶。

「是妳自己提早回來，不是嗎？蘿莎可沒打算讓妳知道她在家裡辦派對。」莎拉一臉冷酷，「妳說家人之間也該有界線，就是要尊重彼此擁有祕密的可能性。妳不遵守遊戲規則，侵入了別人的私密時段，看見妳不該看見的東西，難道是別人的錯？」

茱麗已經忍不住淚水漣漣，自顧自地悲憐，莎拉卻眼神空洞，面無表情，人雖在現場，靈魂卻已出竅，不知神遊何方。她們再沒心思走完寶雲徑，草草地結束她們的散步。回程路上，兩人都沉默不語，各自想著心事。進了小區，她們都沒理會警衛熱情的招呼，分別往自家門口走。她們就這麼連再見都沒說就分手了。

茱麗的心情如此沉鬱，一直到她打開家門，才又想起蘿莎在家。進門後，她瞄一眼廚房的方向，打算趁著蘿莎還未發現她之前迅速逃往臥房。她一衝進臥房，看見蘿莎站在房間中央，禁不住尖叫，接著整個人驚呆了，傻如木頭，久久反應不來。

蘿莎穿著茱麗的白色香奈兒套裝，足登茱麗的佛萊格默高跟鞋，頸間掛滿了茱麗的珠寶項鍊，她撲了粉也擦了口紅，翠綠色眼影隨著她的黑色睫毛閃啊閃的，與藏在髮際的金色耳環互相輝映。穿了茱麗衣裝的蘿莎忽然身材變高了，胸線也變挺了，整張棕色臉龐在燈下顯得玲瓏剔透，似乎年輕了十歲。甚至，茱麗想，蘿莎其實是一個非常漂亮的女人。

蘿莎的態度並不尷尬，而是有點無奈。她拿她神祕深沉的暗色眼睛直直望向站在門口的茱麗，輕輕喊了一聲夫人，然後慢條斯理地把身上穿戴的東西一件件拿下來。她剝下套頭洋裝的方式極為慎重，彷彿她很怕弄皺，因為她只是暫時脫掉，等會兒馬上就要穿回去。當她褪下最後一件昂貴的蕾絲胸罩，只剩下自己便宜的棉質內褲，露出一個光溜溜的女體時，茱麗只得別過頭去，設法不去注視蘿莎極富誘惑力的肉體。

等蘿莎套回她的運動衫和藍色牛仔褲後，她又變成了星期日銅鑼灣的維多利亞公園裡滿坑滿谷的眾多菲律賓女傭之一，她們在茱麗眼裡都一模一樣，像是在中國深圳的工廠用機器大量生產出來的。這樣的一個蘿莎，才是茱麗熟悉的蘿莎。茱麗終於又能正常呼吸，覺得自己能夠直視她。

「關於妳剛剛的行為，妳欠我一個適當的解釋。」事實上，在等蘿莎換衣服時，茱麗心裡早已盤算這是一個辭退她的最好時機，於是，不等蘿莎回答，她馬上又加了一句，「應該說，妳欠我一個道歉。」

出乎意料，蘿莎沒有崩潰哭泣，也沒有哀求原諒，她那雙仍五顏六色的眼睛一點悔意也沒有，直勾勾地瞪著茱麗，她的下巴微抬，用一種茱麗沒聽過的傲慢聲調說：「我沒什麼好道歉的。我早上在廚房後頭聽見妳們說話，我以為妳跟莎拉小姐去寶雲徑走路。妳不應該這麼早回來的。這跟復活節那次一樣，我不知道妳會提早回家。」

茱麗感覺她的肺葉被怒氣鼓動著，「我若不提早回來，又怎麼知道妳居然在我家亂搞？」

「我沒有亂搞，夫人。我只是借一下妳的生活，反正妳又不喜歡。」

「誰說我不喜歡？」

「妳自己，夫人。妳總在抱怨。我聽見妳跟莎拉小姐抱怨，跟先生抱怨，打長途電話回澳洲抱怨，跟妳的醫生抱怨。妳不高興妳在這裡的生活，就像妳根本不喜歡這套白色的香奈兒。」蘿莎用手摸了一下擱在床上的短外套，茱麗一個箭步往前，迅雷不及掩耳地拍掉蘿莎的手，發了瘋地大喊不要碰我的衣服。

蘿莎被茱麗嚇了一跳。收回被打得火紅的手背，一直保持冷靜的蘿莎終於惱羞成怒，她的嘴唇扭曲，眉毛變形，眼珠子噴出惡毒的火焰，她咬牙切齒，卻壓抑了自己的聲音，「妳的衣服又怎樣？妳買了之後一次也沒穿過。我知道，因為我每天整理妳的衣櫥。妳不愛這套衣服，妳自己說給莎拉小姐聽的，妳說妳不知道幹嘛買一套妳穿起來根本不好看的衣服。既然妳不要，給我偶爾穿穿又如何？總比擱在衣櫥裡發霉好。」

「發霉就發霉，那是我的衣服，任憑我處置。就算我不要，也不見得自動屬於妳。」

「那就是你們有錢人的態度，是吧？寧可把滿桌美食倒掉，也不肯施捨給路邊的乞丐？妳知道妳聽起來有多可惡嗎，夫人？」

「給不給乞丐，我不知道，我只知道我不會給妳！」茱麗討厭蘿莎這麼汙蔑她，氣憤之下不曉得怎麼罵架，於是孩子氣地回嘴，甚至跺起腳來了。

「喔，我太了解妳這種女人了，夫人。我一輩子都在服侍妳這種有錢的女人。妳們自以為尊貴，成天什麼事都不做，連杯茶都不肯自己倒，生個孩子都要讓別人來帶。妳瞧不起我們這種女人，卻讓我們做了所有妳身為女人該做的事情，燒飯洗衣擦地……」

「一個女人的價值不只是這些家務。」

「那是什麼？成為家人的情感支柱？關心他們的生活細節，呵護他們柔弱的情緒，還是滋潤他們在外奔波的辛勞？妳辦到了嗎，夫人？」蘿莎擺了個女烈士的受難姿勢，慷慨激昂地咆哮，「沒有，夫人，答案是沒有！先生天天在外長期工作，不是全球時差大翻轉地旅行，就是從早到晚泡在辦公室裡。今天一早，先生要趕搭七點的早班飛機，是誰在五點準時叫醒他，幫他準備行李，為他煮一壺咖啡，替他叫好計程車，送他到門口揮手道別？是我，不是妳。妳還在床上睡覺。妳恐怕連他幾點離開都不知道。而當他七天後風塵僕僕地回來，誰會站在門口笑臉迎接，告訴他歡迎回家，替他煮晚餐，沏一壺熱茶，為他準備熱水澡，而且不忘在他愛喝的馬汀尼加上一顆綠橄欖，跟《經濟學人》雜誌一塊兒擱在浴缸旁邊的木架上？不會是妳，夫人，會是我！我！」

越說越激昂的蘿莎往前逼近茱麗，茱麗不由得膽怯地往後踮了半步，眼睜睜目睹著蘿莎面目猙獰，眼白發青，痛苦地朝她大吼：「我才是先生的太太，夫人，我才是他正牌的妻子！至於妳，妳什麼都不是，只是一個好吃懶做的醜女人，成天只會亂花他辛苦賺來的錢，照顧妳那具無用的身體。啊，看妳如何把自己的肉體像神廟一樣崇拜，就讓我發笑，在指甲塗蔻丹、往大腿抹油膏，不上網球課作瑜珈時就去美容院作臉按摩，精心算著食物的熱量，這個不吃那個不吃。世上只有妓女需要這麼照顧自己的肉體，因為她們的肉體是她們吃飯的工具。」

「胡說，胡說……妳閉嘴！」

「夫人，妻子是合法的妓女，問題是我沒看見妳在好好工作。」蘿莎話剛說完，臉頰上旋即一陣火辣刺感。茱麗狠狠甩了她一個巴掌。

「妳出去！妳被開除了，現在！妳馬上就搬走！」茱麗指著門口大喊。

「妳不能這麼開除我，這是違法的。」

「我不能開除妳？妳在我家開派對，又偷穿我的衣服，加上妳剛剛說的那些不得體的話，我想我有很多正當理由可以開除妳。」只為了加深蘿莎的悲憤，茱麗立刻又加了一句，「就算我違法開除妳，我是有錢人，我想我有辦法請好律師，讓法律站在我這邊。妳走吧。」

蘿莎的半邊臉腫了起來，雙眼布滿血絲，嘴唇因乾裂而滲血，她現在如果走出去宣稱被主人毆打，大概也會有人相信。但是，茱麗顧不上那麼多了。她要蘿莎當場離開。方才態度很強硬的蘿莎卻臨時啼哭了起來，眼淚成串地滴，一張臉像是一個揉皺的紙團被丟在雨天的路邊，溼答答地，爛成一堆。她在茱麗的堅持下收拾了行李，其實也不過是兩條牛仔褲加上幾件T恤，一雙涼鞋和幾罐廉價面霜，連一只中型箱子也裝不滿。她開始苦苦哀求茱麗讓她留下來，保證她會改過，請求茱麗忘記她剛剛說過的話，她發瘋了，因為工作壓力太大。什麼工作壓力，茱麗反問。喔，不是，是家裡的壓力，蘿莎說，她收到菲律賓家裡的一封信，她的父親病得很重，可能就快過世了。

茱麗卻決定不再信任她了。謊言，一切都是謊言。都只是為了操縱我的情感，讓我為她所利用。忽然之間，茱麗拋開了幾個禮拜以來對蘿莎的害怕，這股恐懼如今轉為恨意，她恨這個女人濫用她的善意，恨這個女人如此當面毀謗她，恨這個女人曾經左右她的情緒，恨這個女人讓她害怕待在她自己的家。當蘿莎拒絕離開時，茱麗用她的肩膀頂著蘿莎的身子，像推一頭頑固的牛地使勁推她出去，蘿莎發出殺豬似的慘叫，乾脆整個人趴在地上，十指緊抓著門框直到關節泛白也不放手。茱麗換到另一邊，弓起她的背脊，把小個子的蘿莎硬拖到門外，她不管三七二十一關上門，雙手還緊抓著門邊的蘿莎立刻痛苦得大叫。

她們搞出來的噪音終於驚擾門口的警衛，兩名警衛張皇失措地過來一查究竟。茱麗披頭散髮，雙手叉腰，氣喘吁吁，旁邊蘿莎半躺在地，哀哀地嚎叫。

茱麗企圖恢復像樣的優雅，卻辦不到柔聲細語，「你們來得正好，我剛剛解雇了我的女傭，而她拒絕離開我的家。我想，我們都不想在這塊高級住宅區搬演鬧劇，成何體統，是不是？我認為，為了大家好，你們會想護送這位女士安靜地離開。」

兩個體魄強健的廣東警衛連聲稱是，他們一左一右架著身形嬌小的蘿莎，像扛著一袋馬鈴薯似地把蘿莎騰空扛出小區。茱麗返身入屋，門關上後，仍能聽見蘿莎令人心碎的哭嚎。屋裡，沒有馬修，又少了蘿莎，更顯空蕩。茱麗彷如剛打了場激烈網球賽般疲憊不堪，手臂上有兩道血紅的抓痕，嘴唇因為她自己過度緊張而咬破了。她洗了澡，沒等水分擦乾就上床，隨即沉沉睡去。

隔天早上，茱麗在一陣疼痛中醒來，她的體溫發燙，喉頭腫脹，肌肉酸痛，腰際像被人用散彈槍打穿了似地發疼。她照常要按鈕開窗簾，卻找不到遙控器。她在黑暗中跌跌撞撞下了床，身子搖晃，踩著不穩腳步到浴室拿藥吃。打開燈，她掀起自己的睡袍，發現自己腰部起了一串帶水泡的紅疹。昏沉中，她沒換衣，直接在睡袍外加了件外套，虛弱無力地勉強走出家門，讓警衛幫她叫了車。當晚她就住進了醫院。

在醫院裡，她持續發高燒，頭腦笨重，腰際那條紅龍將她整個人咬成兩截，她覺得自己的血液就從那條裂縫一直流出去，快把她的身體流成沙漠，可是卻沒有人會來救她，甚至她生命中的白馬王子也不會出現，因為她來不及通知任何人，沒有人知道她獨自一人躺在異鄉的醫院裡，正在孤單地一點點死去。

在香港這座城市，一秒一分都是銀幣，所有人活在嚴重負債的情況下，過得急急忙忙，誰也沒有時間同情誰。茱麗躺在醫院的病房裡，香港的繁華生活突然失去了它的光彩，舉目皆是一片空白，她想要尋找一個同情的眼神都不可能。一個人可能會死在一個根本不在乎自己死活的城市裡嗎，應該是吧，每天，世界各地都有無數的人像隻潔身自好的貓咪在偌大的城市找了一個乾淨的角落，安靜地舔著傷口，等待自己的死亡。可是，香港這座殖民風格的醫院是她應該迎接死亡的地點嗎，等馬修出差回來，他會知道來這裡簽收她已然冰涼的身體嗎，他會看她最後一眼嗎，還是，看不都看就讓他們從太平間直接送她進焚化爐。茱麗不禁為鋪在面前的命運感到心酸，眼角流下兩行清淚，為自己即將舉行的冷清葬禮而悲慟不已。

住院三天後，她終於在比較清醒的時刻見到了她的醫生。英籍的醫生身子高瘦，一張長臉鑲著高高隆起的鷹鉤鼻，走起路來彎腰駝背，慢如蝸牛。他的老成持重，他的滿臉皺紋，尤其他的膚色讓她覺得安心。怎麼辦呢，她這時候不得不向自己承認，她的確不是自己想像中那般心無成見，至少，在醫學方面，她是一個嚴重的種族歧視者。

「我們今天好一點了嗎？」醫師見她雖體力不濟，眼下一圈黑影，但睜開的眼眸清亮，正敏銳地觀察四周環境。

「我們？」

「我們昏睡了三天，今天是第一天看見我們的眼睛，原來是憂鬱的深灰色。希望這不代表我們心情不好，因為今天外頭天氣很美。」這名醫師為了表示親切，每次說到茱麗就用「我們」代稱，而不說「妳」。

「醫師，我們得了什麼病，怎麼會這麼厲害？」茱麗模仿他用「我們」作主詞。

「我們這種病是由一種病毒叫帶狀皰疹所引起的。這病毒進入我們的身體之後，並不見得會立刻發病。我們可以活動自如很久，好像完全沒事一般。可是，當我們哪一天因為旅行工作生病或其他原因過度勞累時，我們的身體免疫系統能力下降，這個潛伏在我們體內的病毒就會跑出來，在我們身上像是頸部、腰部、腿部，圈一條漂亮的紅珊瑚項鍊，提醒我們它的存在。」

「聽起來像是鄉愁。」

「喔，我們想家了？不要緊，生病的人總是這樣。等病好了，我敢擔保我們馬上會跳上第一班飛機去想像中最遙遠的國度旅行。」老醫師企圖逗她開心，茱麗有氣無力地給他一個微笑。

「大概是吧。」

「這個病對孕婦來說通常很危險，不小心治療，會導致胎兒畸形，甚至流產。我們做了一個對的決定，我們在發病初期就來到醫院治療。」醫師頓了一下，看見茱麗一張臉毫無反應，他問她：「我們不知道自己懷孕了嗎？」

「我們懷孕了嗎？」茱麗茫然地反問。

「是的，我們肚裡已經有了一個兩個月大的小寶寶了。」醫師故意興奮地大叫。

茱麗啊了一聲。她還不是很清楚這項事實對她的意義，只是「我們」的情緒很激動，弄得她有股想哭的慾望。她還來不及抑制自己，淚水已經嘩啦啦流了出來。老醫師手忙腳亂地把床頭櫃上的面紙遞給她，但茱麗並沒有伸手去拿，她直接用手背抹掉淚水，充滿淚水的眼睛亮閃閃地看著老醫師：「我們的孩子好嗎？」

「很好。健康得不得了。等我們病好了，我們會得到一個大夫的名字跟連絡方式，我們應該要跟她約時間做進一步的檢查。」

「我們謝謝你。」茱麗感激地說。

「不客氣，」老醫師一臉慈愛地看著茱麗，「我們睡一會兒。護士會在晚飯前來察看我們，餵我們吃藥。」

老醫師走了之後，茱麗再也不能入眠。忽然被告知了孩子的存在，她突然失去了容許自己性格脆弱的權利，她再不能幻想自己悲淒的死亡。因為她在世上再也不是單獨一人。雖然表面上她獨自躺在病房裡，但是事實上她的孩子卻同時跟她躺在這張床上。當她抬眼望向窗外的藍天，她的孩子也跟著一塊兒享受島嶼的萬里晴空。如果她真的死了，就是兩條人命。她的想像力可以殺了她自己，卻不捨得殺掉肚裡的孩子。她想哭，又想笑。不知道該拿自己怎麼辦。

這時候，本應出差中的馬修卻出乎意料地走了進來。她原本就亂七八糟的心情更加悲喜交雜。她看著她那因為太多商務旅行而提前衰老的丈夫，皮膚因為過多的機艙空氣而乾糙不堪，小腹浮腫，雙眼下面掛著碩大眼袋，嘴唇鬆弛，臉色比生病的她還要糟糕，但是，她卻從來沒有覺得他這麼英俊過。她方才止住的淚水又汩汩地流出來。

馬修困惑不已，他劈頭就問：「我的天啊，妳看起來像是剛從墳墓走回來。」

茱麗淚中帶笑地罵他，「多謝你的問候！你不是下星期才回來嗎？」

「喔，我太累了，走到了新加坡就走不動，於是取消了後面的行程，提前回來。」

「怎麼大家都流行提前回家了？」

「什麼意思？」

「沒什麼。」

「我只是突然想家，想早點回來。」他過來親她的額頭，忍不住問：「到底發生了什麼事？我出個差回來，蘿莎不見人，也找不到妳。門口警衛告訴我，有天晚上妳炒了蘿莎，隔天早上要他們幫妳叫計程車送妳來醫院。是這樣嗎？」

「沒錯。」

「妳幹嘛要炒掉蘿莎？她挺好的嘛。能幹的傭人不好找，妳說炒就炒，這下要上哪找？」

「我炒掉她有我的理由。」

「什麼理由？」

茱麗張口要全盤說出她跟蘿莎之間的衝突，不知怎地，她決定閉嘴，最後只說：「相信我，我有我的理由。不要擔心，等我病好了，我會去找新的傭人。」

「如果找不到好的，怎麼辦？」

「那我就自己先照料家務。沒什麼大不了的，不過是洗洗盤子做做飯而已。我以前照顧過你，我現在也可以照顧你。」

馬修奇怪地看她一眼，他的黑莓機響了，他邊從口袋掏出機子，邊說，「好吧，家裡的事，妳說了就算。我只是不希望妳太累了。」

他一開他的黑莓機，發現有一堆郵件湧進來，詛咒了一聲，拉把椅子坐下來，便全神貫注於回答那些郵件。陽光照射進屋子的角度慢慢斜了，四周瀰漫著醫院特有的靜謐氣氛，只聽見馬修用他男人指頭在機器小鍵盤上敲打的聲音，他們兩人許久不曾像這樣不做什麼只是安靜地相守著，茱麗享受著如此難得的片刻，心頭覺得安穩平和，覺得她跟旁邊這個男人的關係特別地實在。她期待在他完成手頭工作之後，告訴他那個驚天動地的消息。

結果卻是馬修先告訴她一個驚天動地的消息。他打完郵件後，把黑莓機收到口袋，依然滿臉困惑，心不在焉地說，「喔，我忘了，除了妳開除蘿莎然後自己住了院的消息之外，警衛還告訴我那個美國女人莎拉的事。」

「莎拉？」

「就妳那個朋友，住在隔壁，覺得自己是瑪麗蓮夢露再世的那個美國女人，妳不是成天跟她一起逛街喝茶什麼的嗎？」

「我知道你在說誰，我只是驚訝警衛能說些什麼關於她的事兒。」

馬修的眼睛像點了燈亮起來，他以玩笑的聲音說：「嗯，顯然，妳這個朋友絕非一般女流之輩。妳只是不喜歡妳的女傭，於是開除了她，把她丟出去。妳的朋友莎拉卻是不喜歡她的老公，但她不是開除他，試著跟他離婚，而是直接謀殺了他。」

茱麗驚呼了起來，雙手掩口，簡直不能相信自己的耳朵。

馬修見自己的故事嚇著了妻子，洋洋得意，繼續提供更多煽情細節：「就在妳住院當天，這個美國女人莎拉的丈夫傑克回家吃晚飯，她穿了一身性感內衣，準備了一桌好菜，還幫他榨了十種蔬果組合而成的健康飲品。聽說他們吵架已經吵了快半年，因為他經年累月出差不在家，她搞上了電視修理工人，有一天他取消了一趟旅行，提前回家撞見了她跟那名工人在家，妳知道，做那件事。他們於是大吵特吵，她說要離婚，可是她提的那個價碼，他不同意。他說她自己搞外遇，照理連一毛贍養費都不該拿。可是，她請了私家偵探去調查自己的丈夫，發現其實他跟辦公室另一名女投資顧問早有私情，所以他們才天天安排彼此一同出差。這下怎麼辦呢，他們各自有對方的把柄，誰也不肯相讓。尤其是女方，她若是離婚了，就什麼都沒有了，山頂豪宅、名牌包、六星級渡假酒店、跑車、珠寶、上流圈子和那些聲光閃耀的宴會，馬上會像被仙女棒點到一樣，倏地不見，從空氣中消失得無影無蹤。前一刻她還身穿華服，站在香港俱樂部與人碰杯喝香檳，周圍全是名流，微笑與香水交織成優美的樂章，供她翩翩起舞，下一刻，過了午夜十二點，她被打回原形，又成了那個住在紐約郊區天天搭地鐵進曼哈頓打字的女職員，一年只能買兩雙高跟鞋，而且還不是義大利手工真皮，而是第三世界工廠用模子壓出來的幾百萬鞋子中的兩雙。她當然不能忍受。」

茱麗喃喃地說，「所以，她想到了唯一的辦法，可以讓她不用離婚就能拿到全部的財產。」

「沒錯，唯一的辦法就是變成她先生的寡婦，繼承他留下來的股票、現金跟房子。」

茱麗顫抖著聲音問馬修，「莎拉，她究竟做了什麼？」

「喔，對，於是她像隻詭計多端的母蜘蛛布下她的天羅地網。她讓她的先生坐進她的客廳，放著引人遐思的音樂，親手餵他吃美味的生蠔，在他面前裸露她一身豐腴白皙的皮膚，在他耳邊輕聲訴說著悔恨，講她如何想要重新開始。而她的先生如同一般有血有肉的凡夫俗子，很快地就在一個半裸的美女面前豎起白旗，表示自己全心全意願意向對方朝貢。她笑如銀鈴，勸他喝下那杯她特地為他調製的蔬果汁，裡面放了一百多顆安眠藥，因為她知道他最喜歡喝這些健康飲料，不可能抗拒邀請。他一喝完，一百八十多公分的男子漢立刻就像一棵中心被蛀空的大樹轟然倒下，癱在沙發前面的波斯地毯上。她拿出事先藏好的榔頭，往他頭上猛敲，敲得他面目模糊，確保他真的斷了氣。然後，她把他的屍體捆在地毯裡，喊來警衛，讓他們當作廢棄的傢具扔到社區外面的垃圾桶裡去。要不是因為隔天清晨有人路過，以為可以撿二手地毯，卻意外發現地毯浸滿鮮血，才驚動了我們的警衛，恐怕莎拉的計畫早已得逞，銀行家傑克的屍體就這麼神不知鬼不覺地被當作垃圾運往中國內陸，跟香港這座城市製造的百萬噸垃圾一起深埋進臭烘烘的垃圾山裡。這種死法真是一點也不浪漫。」

「她把他的頭敲碎了？她真的把自己丈夫的腦殼當作西瓜一樣砸得四分五裂？她怎麼下得了手？」茱麗的眼前浮現莎拉那張純真燦爛的臉孔，當她想要挑釁你時，她不過是撇撇嘴，皺起她的鼻頭，把頭高傲地別過去。她那麼愛惜她的指甲，怎麼可能會去拿榔頭敲人腦袋，茱麗想像她會擔心自己弄斷指甲。

「顯然，她做了，而且做得很成功，因為她的丈夫死透了。」馬修哈哈大笑。

「她的兩個傭人呢？她們不在？」

「她讓她們兩人當天放假。」

茱麗突然想起來，「給我你的手機，我打電話給她。」

「我的老婆大人，妳還沒搞清楚狀況。妳不可能打電話給她。她可是犯下一級謀殺罪啊，她的偉大事蹟早已占據報紙頭版好幾天了，鬧得滿城風雨，現在人關進了看守所。妳要見她，也要等審判結束後，他們把她移監到專門關重刑犯的監獄後，才能去那裡探望她。說真的，我也不想妳去見她。我之前已經不理解妳怎能跟這個虛榮心特重的女人做朋友，如今她做了這件事之後，做丈夫的我更不願意自己太太有這種朋友。太危險了。萬一她教你一兩招，我可怎麼辦。」

天色暗了下來，房間陰得很，茱麗突地全身發冷，不覺拉緊了毯子。她陷入沉思，馬修說完故事又掏出他的黑莓機，要繼續查閱他的郵件，茱麗卻伸出手來抓住他的手，她靜靜地喊他名字，「我有一件事要跟你說。」

「什麼事？」

「我想，該是我回澳洲的時候了。」

「為什麼？」

此時，太陽已經完全下山，房間裡面一片漆黑，窗外的香港城市卻綻亮了起來，各色燈光繽紛耀眼，好像一座花朵怒放的熱帶花園那般濃烈熱鬧。馬修在茱麗告訴他孩子的事情之後，向前緊緊擁抱著她。

故事陸

高跟鞋

陳紅踩著她的高跟鞋，走進總經理辦公室，難掩驕溢的自信。流言已經在辦公室轉了幾圈，都說上面要提拔她做國際部主管。同事當她的面公開談這件事，她總是裝作不在意，低調地迴避。但是，她的私心卻暗暗地等不及好消息。

她從北京的名牌大學畢業後，放棄了進國營企業穩定發展的機會，選擇加入這家規模雖小、但時髦新潮的外商廣告公司，就是要等這一刻。

她這一代中國青年人積極擁抱市場，勤奮工作，努力學習，天天拿出跑百米最後衝刺的精神，在工作軌道上跟自己的青春賽跑，不過二十八歲就活得像七十八歲般沒有明天，為了就是活得跟他們的父母不一樣。所有她父母沒有的，她都渴望。附有花園的獨棟房子，舒適寬敞的私家轎車，穿不完的流行華服，浪漫刺激的異國旅行，美麗強壯的伴侶，昂貴講究的傢具，精緻考究的食物，她蒐集這些都市中產的夢想片段，如同撿拾玻璃碎片，然後試圖用這些耀目閃亮的碎塊拼貼出她為自己規劃的未來生活。雖然她不曉得自己會拼出如何的最終圖像，她將會盡力確保那幅景象至少會光芒四射。

她足上這雙漂亮的高跟鞋，上個周末才從國貿商圈買來。她看了這雙鞋看了幾個月，每次去客戶那裡，經過那間櫥窗，她都忍不住停下來。為了不讓女店員察覺她其實來來去去都只看著同一雙鞋，她總是先瀏覽其他擱在架上的皮鞋，最後才假裝不經意地拿起那雙高跟鞋，放在手裡把玩著。她認為，她這輩子沒見過這麼高尚的商品，皮質柔軟，在燈光下煥發溫潤的光澤，窄窄的鞋頭綴著一朵花，鞋跟穩重，整隻鞋看起來重心均衡，端莊大方。她在店裡鼓起勇氣要求試穿了一次，回家後從此朝思暮想，簡直著了魔。她不曉得女人可以迷戀一雙鞋跟迷戀男人一樣感到心痛。愛情還有寬容的空間，這種對物質的戀情卻只能有一種感情出路，就是占有。打折的第一天，她立刻買下它。打了七折，還要她一個月薪資的一半。她沒有一絲猶疑。

高跟鞋不但增加了她的身長，也增高了她的自信心。她覺得自己這一生從來不曾如此優雅過。她覺得漂亮，出色，且擁有一種與生俱來、不能解釋的高貴感。

她聽著自己的鞋跟在地毯上敲出悶悶的聲響，一路進了總經理的辦公室。

總經理並不是單獨一人在他的辦公室。還有另一個看起來頂多二十出頭的清秀女孩坐在他對面的扶手沙發上。總經理本人的年紀也不過三十歲，瘦小個子，戴著斯文鏡框，總是一身合身剪裁的名牌西裝。跟一般香港人一樣，他以洋名自稱，他要陳紅與其他員工喊他喬治。陳紅為他工作了三年，還是不太清楚他的中文名字到底怎麼寫。

喬治的父親曾擔任過某間香港公共機構的董事長，似乎在廣東一帶很有影響力。應該是吧。不然，他的兒子怎會年紀輕輕就成立了自己的公司，且在短短時間內上了香港股市的創業板。他們公司在北京、上海和香港都有辦事處，雖然每間辦公室都不過只有一兩個祕書和會計坐在裡面。

總經理說，他們是年輕的公司，員工都是年輕人，年輕人關注的是未來，重視的是潛力，榮華富貴是遲早要發生的事情。草創時期總是辛苦，但是，也是機會豐富如寶藏的階段。你不想加入一個一切都已成定局的成熟公司，領一份死薪水，拿個年終獎金還要看老闆的臉色，跟那些防衛心重的老員工鉤心鬥角。作為一個年輕人，你要的是一無所懼地迎向命運的挑戰，拿你的才華與青春在生命輪盤上下注。當你去為大型公司工作，你是加入「他們的」公司，變成「他們的」一分子。但是，你來這種充滿活力的新公司，你是加入「你的」公司，你創造屬於「你的」企業文化，是別人要來努力贏得「你的」認同。你就是這間公司的資深員工，而且是荷包滿滿的老員工，喬治在面試時這麼告訴她。陳紅很喜歡這句話聽在耳裡的感覺。她特別能感受命運握在手上的堅實感。

而今，公司剛剛跟一間著名英國公司簽了一筆生意，陳紅雖不敢全稱是自己的功勞，但是她的確是為了這樁案子沒日沒夜地加班工作，差點付上私人關係的代價。她的榮譽感為她的胸膛吹進強烈的傲氣，令她走起路來抬頭挺胸。也可能是那雙高跟鞋的緣故。總之，她覺得是那麼高高在上，所向無敵，全世界都等著她踏上她的足印。

見她進來，喬治和那名女孩都沒有站起身來，也沒邀她坐下。喬治神態輕鬆，模仿英國電影那個情報員角色梳了個油頭，整個身體瀟灑地撐開來，笑容帶有一抹揶揄，彷彿他正在跟那名女孩分享什麼有趣的祕密。陳紅為他工作了一陣子之後才理解，他這股笑容無關祕密，無非因為他覺得自己這麼牽動嘴角比較具有魅力。

他先隨意開了場：「陳紅，聽說妳男友何勇的父親有狀況。一切還好吧？」

陳紅驚訝地問，「什麼事？沒聽他說起。」

「喔？事情挺嚴重的。妳確定他沒跟妳說？」換喬治驚訝了。

「沒有。」

喬治略顯疑惑，「我聽說他父親生病了，人住進了醫院，這一兩天就可能過去了。上個周末，中央幾個領導都抽了空去醫院探望他。他父親要是過去了，對國家損失不小。整個北京都在談這件事呢。」

陳紅整個人都傻了，這麼嚴重的事情怎麼都沒聽何勇提起。他這陣子都正常回家，很少應酬，就是上個周末，他們還在國貿商城瞎逛街，去現代城吃了火鍋。尷尬的陳紅連忙說，「我回去問問。只是他沒怎麼跟我說起這事。」

喬治以為她男友刻意瞞著她，也慌忙地想補救這段理應無傷大雅的社交對話，「說不定他不想告訴妳，就是怕妳擔心。妳就裝作沒從我這裡聽說這件事。」

「這倒不是問題，」陳紅的臉微微一紅，「只是他沒什麼異狀。還是整天那麼來來去去。」

「妳見過他父親嗎？」

「還沒有機會。」陳紅臉上的紅意更深了。

喬治見這段話到不了哪兒去，乾脆改了口，「可能是我搞錯了。姓何的老幹部很多，我說不定聽錯了名字。」然後，他又重新嘲諷地微笑，雙手交叉於胸前，轉向旁邊的女孩說，「黛安娜，這就是陳紅。我們國際部門最優秀的員工。這次跟英方談判，她幫了不少忙。」何止幫忙，根本就是我一手主導的，陳紅想吶喊，但是她只是態度恭順地說聲不敢當。

那名喚做黛安娜的女孩輕輕啊了一聲，朝陳紅點頭示意，除此之外，並沒有其他表示。女孩剪了一頭飄逸的秀髮，學男人穿了套帥氣的西服，剪裁卻讓她曲線畢露，白色襯衫的領口微開，露出細緻的膚質，她看起來像是從電影走出來的一個角色，眩目得不太真實。陳紅站在她的新鞋上，略挺了挺腰板，抬高下巴，極力要維持她走進來時的優美體態。

「陳紅，我讓妳進來，因為我要介紹妳認識妳未來的老闆。」喬治說。

黛安娜依然穩坐在她的沙發裡，模特兒般的高雅姿勢一動也不動。陳紅一頭霧水。

喬治想要讓這件事聽起來具有歷史性的分量，但他臉上的表情看起來一點也不肅穆，反而像是拉壞了肚子正在難受，「我們與英方終於簽了約，接下來千頭萬緒，更多工作在等著我們。黛安娜有很多國際經驗，我特別商請她從英國回來幫忙，協助我們開展業務。我相信，在她的領導下，我們與英方的合作將會一帆風順。」

這個叫黛安娜、瘦如紙片的女孩搶了她夢寐以求的職位。開始摸著頭緒的陳紅強顏歡笑地問：「黛安娜原來住英國？」

「是，我在那裡住了幾年，對我來說，倫敦就是我在地球上的家。我的身心都屬於倫敦。」黛安娜的中文支離破碎，說不到兩個字就換成英文，她的聲音出乎意料地低沉沙啞，不知抽多了菸還是喝酒喝過了頭。

「那以後住北京一定會很想家吧？」陳紅仍故作鎮定。但她的一顆心已在她的喉頭跑上跑下，讓她難受。

黛安娜那張甜美的面龐笑了起來，「喔，我會在北京、倫敦和香港來來去去。這是我跟喬治說好的條件。我可不能在同一個地方呆太久。這違反我的生物本能。我要是在同一個城市呆上十天，我就會像一棵缺乏陽光的植物，奄奄一息。」她把辦公室當作自家客廳，慵懶地伸展身子，幾乎就要癱躺在沙發上，她一雙長腳直直伸到陳紅腳邊，陳紅低頭瞧見了黛安娜腳上那雙高跟鞋。鞋跟細如一根針，高得不像話，所謂的鞋面不過是幾條皮質如絲絨的細帶子，輕巧服貼地托住女人那平滑如玉的腳踝。那雙鞋子不是鞋子，而是一個專門用來放置美術品的小型展示櫝。黛安娜不是穿著這雙鞋子，而是把自己的纖細足踝當作一個舉世無雙的藝術品擺在鞋子上，供世界崇拜觀賞。

陳紅不知道該怎麼接話。這套全球化的城市情調，還沒有進入她的語彙。她掙扎了一下，很勉強地接了一句，「哇，黛安娜一定見識豐富，以後希望能多多向妳學習。」

喬治跟黛安娜似乎沒聽見她的話，忽然，他們倆的注意力都被自己的黑莓機子攫住了，分頭專注玩著他們的玩具。陳紅不能確定談話已經結束，她試圖再開個新話題：「不知道黛安娜之前在哪裡高就？」如果黛安娜會是她的新上司，至少她該多了解一點對方的背景。可是，黛安娜還是充耳不聞，喬治則站起來，開始把皮夾、黑莓機、手機和一些零零碎碎的物品放進自己的口袋，黛安娜察覺了他準備離開的動作，也背著新潮的手提袋站起來。

喬治對著陳紅說，「我已經把妳的連絡方式都給了黛安娜，她會跟妳保持聯繫。妳做什麼事情，都要同時向我跟黛安娜報告，不過，日常工作主要由黛安娜來領導妳。」

他們兩人很有默契地朝門口走，困惑無措的陳紅還是要問，「黛安娜何時來上班？」

喬治與黛安娜同時站住，微轉過身來，喬治回答，「妳們先通郵件吧，有急事就打電話給我。先這樣。」黛安娜朝她頷首後，和喬治往電梯口走，開始用廣東話談話。跟在他們身後離開總經理辦公室的陳紅聽不懂廣東話，只注意黛安娜走得極慢，她的美麗纖足在西服褲管下婀娜多姿地搖著。陳紅正要回到自己的座位時，聽見黛安娜逐漸遠去的句子迸出「爹地」兩個字。她不由得站住，豎起耳朵。黛安娜又用了一次「爹地」，輪到喬治說了「媽咪」。

在他們就要完全走出辦公室之際，黛安娜用清爽的英文說，「你最好還是自己跟爹地說一下你公司的財務狀況，這件事我幫不了忙。」喬治抓住他妹妹的手肘，趕緊把她整個人拉進電梯。

回到家後，陳紅突然對她的新鞋子失去了興趣。她隨便扔在進門的玄關處。何勇回來時差點絆倒，北方漢子的本性馬上爆開了，「妳這不是謀害我嗎？鞋子哪裡不擺，擺在正門口？」

「他妹妹來了公司，成了我的老闆。」陳紅悶悶不樂地說。

「什麼？誰的妹妹？你老闆不是喬治嗎？」何勇一身菸味、汗味和蒜味，挨近了陳紅，外面冷空氣從他的衣服縫隙鑽了出來，令她打了個噴嚏。

「人可以這樣做嗎？隨便就把自己妹妹拉進來做主管？我們可是上市公司啊，這不違法嗎？」陳紅追著何勇質問。何勇根本答不上話。看著自己的男友一副沒所謂的表情，陳紅醒悟自己完全是問錯了人。他就是靠老爸吃飯的人，他哪會排斥裙帶關係。

果然，他只是聳聳肩，「不然呢？」

陳紅自己當初多少也因為何勇的家世背景，才會很快地跟他在一起。她到今天也不敢讓河北老家的父母知道自己在城裡跟男人同居。她雖不是一個道德特別保守的女孩，但是也沒料到自己會這麼快辜負父母的期待。她還記得她的朋友第一次把何勇介紹給她時，她並不太喜歡眼前這名風格浮誇的男孩子。他倒是一見到她就明顯地表示傾倒，整個晚上纏著她說話，一刻也不放人。她承認，她的確被他莽夫般橫衝直撞的熱情所奉承，有點飄飄然。但她還不至於愛上他。他的個頭粗壯，五官不揚，雖然衣著講究，外表還算體面，但是談吐俗氣得不得了，不是談房地產就是談股票，百般暗示自己在北京城裡多麼吃得開，活脫像個招搖撞騙的江湖術士。陳紅當時剛剛從大學畢業，還對愛情有著朦朧的憧憬，雖然不能明確勾勒出白馬王子的長相，但也模模糊糊期待自己會嫁給一個英俊體貼的男人，甚至還認為自己能跟著對方吃苦，只要彼此相愛。

整個聚會裡，她任由何勇在她身邊涎皮賴臉，像隻飢渴的蜜蜂圍著她這朵花拼命地繞，但她的態度卻始終倨傲冷淡如一位冰霜女神。然而，人類男女之間的遊戲卻違反大自然的生物法則，不管有無興趣，女人都是先扮演那個拒人千里的難搞角色，而男人也總是誤以為女人的冷漠其實是一種矜持。聚會結束，她甚至這輩子不打算再見到這個油嘴滑舌的男人。但是，何勇卻信心滿滿地認為陳紅只是搞搞小女孩欲擒故縱的把戲，隔天早上很快就去電她辦公室，留言約她當晚在一間昂貴的法國餐廳碰面吃飯。當她看見留言，皺眉頭想要扔掉他的號碼，忽然有人在她耳邊低語了一句，何勇，不就是那個前部長的兒子嗎。

陳紅全身觸了電，驚愕了一會兒。然後，她默默地撥了何勇的電話號碼，跟他說她答應赴約。晚餐間，她左拐右彎地問著何勇的身家，何勇也聰明地左閃右躲，不正面回答她的提問，但隱約透露著他家長年往來的叔叔伯伯阿姨大嬸，全是響叮噹的名字，何勇提起他們名字的方式就像陳紅說起她村裡的親戚鄰居，一點熟悉，一點親狎，一點崇拜，又一點不耐。陳紅於是下了自己對何勇的結語，何勇那種吊兒郎當的神氣是既不直接承認也不全然否認他自個兒零星拋出來的圖像。沒幾個月，他們住在一塊兒了。陳紅雖然沒提結婚這檔子事，但她心裡是認定了何勇。因此，後來幾次她的女人直覺告訴她何勇可能在外面出軌，耳朵也聽說了朋友間的流言蜚語，她卻壓抑了自己善嫉的個性，阻止自己去進一步追究。她以為她要跟一個前部長的兒子在一起，這是至少她要付的代價。她也不知道從何時她就形成這番成見，以為這種男人就該風流成性，無處不逢場作戲。這種男人，不是一般人，他們有花心的本錢。當他們的女人都要有點心機，耍點手腕，更需要的是耐住性子。女人家都愛當隻暴躁的貓兒，動不動撩起爪子在男人背上抓兩道痕，以為這樣就能管教他們。其實，男人雖然怕醜，更怕麻煩，他們要是在哪個女人身上嗅出麻煩的氣味，馬上逃之夭夭。沉住氣的女人才是最後的贏家。陳紅以為自己很有把握。

不去理會他的暫時齟事，冀望的是為了未來當官夫人的日子。現在老頭子要死了，陳紅忘了自己工作上的麻煩，焦急地問何勇，「喬治今天問了我，說你爸快死了。就這幾天。中央已經在擬訃文了。怎麼，你什麼都沒提？」

「我爸？」何勇愣住。

「對啊，我上網查了新聞，才知道他老人家患了鼻咽癌，最近季節變化，忽冷忽熱，才引發了許多併發症。上周五緊急送進了病院。」陳紅嬌嗔地推他的肩膀，害羞低聲地說，「我說來也算是家人了，這麼重大的事，你倒是跟我提一提啊，我也許幫不上什麼具體的忙，至少也能去醫院幫他換換床單，倒倒尿盆，翻翻身子什麼的。」

何勇眼神古怪地看了她一眼，面有遲疑。他似乎要說些什麼，那對睫毛短短的單眼皮眼睛凝視著她好一會兒，倒抽一口氣，他又把話全部吸回肚裡。陳紅又輕輕推了他的肩頭，要他有什麼話就說啊。

何勇從嘴角噴了一聲氣，摸摸後腦勺，語氣跟他的眼神一樣虛浮：「咦，我說，紅啊，妳不會，不會到今兒個還認為我是那個誰的兒子吧？」

陳紅板起她那張長臉，眼皮一眨一眨地，「什麼意思？」

「哎，這教我怎麼說呢？」

「就說吧。大男人的，幹嘛吞吞吐吐。」陳紅的聲調焦躁了起來。

「我不是我爸的兒子。」何勇把眼神避開。

「我不懂，你不是你爸的兒子？」陳紅還在微笑。就跟白天在辦公室時一樣奮力把肺裡即將爆發的情緒裝袋捆好。

何勇呵呵乾笑兩聲，用手搔下巴，用他早晨想賴掉刷牙過程就親吻她的撒賴聲音說，「我說，妳天天睡在我旁邊，妳早比其他人都摸清了我底細了吧？」

陳紅的笑容僵在兩頰肌肉裡，拔不出來也陷不下去，她真希望自己繼續聽不懂何勇要跟她說的話。但是，何勇的一字一句都通行無礙地進到她的耳中，在她腦裡的山谷以可怕的音量大聲地迴盪著，幾乎要教她聾了。他還是那麼嘻皮笑臉，像個真正的紈褲子弟在耍嘴皮子，幫自己脫罪：「我可從來沒到處吹噓自己是誰的兒子啊。我向天發誓，我從沒說過謊也不曾吹過牛。別人要在背後替我安個身分，我也沒辦法。我堵不了別人的嘴。」

「可是，你並不否認。」陳紅的笑容終於垮了下來，把她的眼角與嘴角一併扯彎了。

何勇哈哈大笑，他好像在看電視上播的一齣鬧劇般，不關己事地開心：「因為方便嘛。妳知道，他們以為你是誰的兒子時，所有大門都會自動打開，全部人都會接你的電話，辦什麼事情都是排第一位。在跟那些人打交道時，我常常覺得自己其實是拉把椅子，悠哉地坐著，冷眼觀察眼前這些人怎麼出醜，鬧自己的笑話。看他們在我面前卑躬屈膝，打揖陪笑，我常常得抑制自己別笑出來。你就別知道，人可以有多賤！都讓你噁心想吐，全是些龜孫子。」

完了，陳紅想，我跟這個男人耗了兩年。進進出出地，周遭朋友全知道我們的關係。這個蠢蛋何勇難道不知道自己假冒身分可能是違法的。他還坐在那兒大吹大擂，自以為聰明，騙過了全世界。她兩眼發愣，臉色難看，簡直六神無主。她到北京市來讀書工作多年，不曾預期會遇上這種幾近犯罪的處境。這時候，她忽然意識到自己畢竟是個鄉下來的孩子。什麼也不懂。別人跟她說了些話，她全信了。一點防人之心都沒有。

何勇見陳紅驚嚇過度，有點擔心地攬住她的腰，「寶貝，妳怎麼啦？妳別擔心吧，我沒作什麼犯法的生意。我只是稍微利用了一下外界對我的印象，這沒什麼大不了的。這是北京啊我們說的是。在這座城裡，誰不是有點來頭。」

陳紅喃喃自語：「沒有人知道北京的水究竟有多深。」

「是啊！」何勇竟然大剌剌地附和，「在外面招搖撞騙的人不止我一個。還有更厲害的呢。我只是省了跟人初次見面的推薦函，畢竟還是光明正大地做生意，可沒收賄款也沒要特權。」

陳紅問，「那，你以後要告訴別人實話嗎？」

何勇遲疑，陳紅當場怒跳起來，「你在開我玩笑吧？人家老頭子都要死了，你還能裝多久？」

何勇拉住她的手，「不是，寶貝，我怎麼否認？我根本沒跟人親口說過我是他兒子啊，別人說歸別人說，這句話可從來沒真正從我嘴裡出來過。實情是，他根本沒有兒子。」

陳紅啊了一聲，頹然坐下。他根本沒兒子。這麼簡單的事實，居然都沒有人去查證。所有人都是聽了一件事，就隨口傳了出去，好像散播感冒病毒一樣。每個人都不以為意，毫不提防。不過就是感冒，死不了人。人們怎麼能對事情的真相這麼漫不經心，陳紅氣憤地想，這下可要死人了。至少，我沒死也想死了算了。

何勇終於發現陳紅的反應不如預期，他擔心地盯著陳紅看，追著她問好不好。陳紅卻沉默如一池靜水，他的聲聲問話引不起一絲漣漪。

當陳紅覺得自己累了，從沙發站起來，走往臥房時，何勇追問她，「寶貝，妳，還愛我吧？即使我不是我爸爸的兒子？」

陳紅不知道體力透支還是神經緊繃過頭，她聽了這句話，控制不了自己神經兮兮地笑了出來。她笑得全身發抖，一面想用指頭指著何勇，一面抱著肚子大笑，幾乎要滾到地上去。

笑了整個晚上的何勇反而不笑了，他看著他同居兩年的女人瘋瘋癲癲地指著他的鼻頭狂笑不止，用一種寵物對著主人哀求的聲調說，「我希望妳是一直按我真實的模樣來愛我的。」

陳紅只是回報以更大的笑聲，連眼淚都出來了。

天剛亮，何勇還在床上打鼾，整晚躺在他身邊沒闔眼的陳紅跳下了床。她輕手輕腳，隨手抓了幾件換洗衣服，走到門口套上昨晚扔在玄關的高跟鞋，就出發到巴士站。不過清晨，巴士站已經擠滿了人。在中國，再怎麼匪夷所思的地點，再怎麼不符合人性的時段，都會看見人。陳紅上了一輛法定僅准承載十七人坐的中型巴士，等巴士開動時，裡面已經擠滿了二十五個成人，還包括他們的行李、家禽和抱在懷裡的孩子。巴士搖搖晃晃地順著公路跑，沿途一直有人揮手攔路，每一吋空間早已填滿的巴士總是停下來，像美國人在感恩節時塞火雞填料一樣，深怕火雞肚不會爆開來似地繼續往肚裡填。而身子如個性一般柔軟的中國人也很奇異地全塞進了這輛空間有限的巴士，好像整個民族全是雜技團出身的高手。

陳紅在靠近老家村子的路口下車，剛過了午飯時間。她一人下來，馬上又填了三個人進去，肚皮飽飽的巴士從尾部噴出幾朵黑煙，步伐蹣跚地繼續上路。陳紅揀了一條林間的捷徑。初冬的樹林早已像失去羽毛的鳥雀，光禿禿，瘦伶伶，等著寒風的侵襲。遠處大山也剝光了樹木，跟隆起的土塊沒什麼兩樣。她打電話回家時，她媽媽跟她說，幾年沒下雨，村子早已沒得耕種，土長不出東西來，稍微強壯的男人去了城裡開出租車，他們的女人就去鄰近的長城觀光點，賣禮品給遊客。但她沒料到眼前的大地竟然如此乾旱，就像一塊硬邦邦的過期麵包，稍微用力一掰就會碎成好幾片。

林間地面還算平坦，冷風徐徐穿過彼此疏離的林木之間，天空偶爾掠過鳥群的影子，陳紅滿腹心事走著，瞥見左前方遠遠有幾個村民在集體活動著，她不想撞見他們，往右急轉彎，一腳踏空，她那雙原本就不適合鄉野散步的高跟鞋卡進了石塊縫裡，她整個人隨即往前撲倒，來個五體投地，手掌、膝蓋、額頭通通磕破了，鼻頭撞在地上感覺像是被人迎頭悶悶揍了一拳。從昨天早上開始被她自己緊緊包在懷裡的情感，像一瓶水意外砸向地面，剎那，向四方天地摔出無數碎片。一時之間，她哪兒也不想去了。她只想就這麼趴著。永永遠遠。乾脆把自己藏起來，不看，不聽，不想。什麼都忘了，什麼都不去管。這塊土地總是在這裡，表示再大的風波也都抵不住土地的蒼涼吧。現在，她只想投靠這塊土地。

於是，她就像個在床裡把頭埋進棉被的孩子般嚶嚶哭了起來。她搥拳，蹬腳，整張臉還是深埋在土裡卻不停地搖頭。她恨，她恨，她恨啊。

「陳紅？」頭頂上方，一個聲音怯怯地問。

她抬起淚痕斑斑的臉，看見一個男人背著天光站在她身邊。她一骨碌地反身想要站起來，才發現一只鞋跟斷了，她站不穩，眼看著又跌坐回去地面，男人伸出強健的手臂，一把將她穩穩扶住。

「真的是妳！怎麼回來啦？」男人驚喜地問。陳紅呆呆地望著那個熟悉的人影，面容出眾，體格均勻，笑容可掬。那對深邃的眼眸，清澈如他頭頂上的晴空，一無所瞞，坦白正直，卻又隱藏了整個太陽星系運轉的祕密。與他如此相遇，就像走在杳無人煙的僻野，在毫無預警的情況下，猛然撞見一頭唯有在神話中才存在的美麗動物，她只能屏息，動也不動地注視著他，深怕一個魯莽的舉動就將他驚走，一個隨意的眨眼之後就會看不見他。

「咦，妳不記得我啦？我是趙明。」趙明開朗地說。陳紅怎麼會忘記。她花了她整個童年單戀這個大她五歲的男孩子。她小時候認為他是她所見過最英俊的男人。當然，她在十五歲前都沒離開過這個村子，還沒有機會見過太多所謂的男人，但這不妨礙她在八歲時就發誓一定要嫁給這個全世界最帥的男人。她還記得她常常偷偷跑去他家的果園，看他跟著他父親出工，一張小臉繃著嚴肅的表情，正經八百地在幫忙摘採果實，年輕的肌肉在陽光下閃著汗水的亮光，肢體動作迅捷優美，猶如一尊俊美的男神雕像。

「嗨，趙明。」陳紅灰頭土臉，狼狽不堪，她以為跟趙明在這種情況下重逢，大概就是天底下最不幸的事情了。真夠倒楣。

「瞧妳全身都是傷。怎麼跌的？啊，鞋跟都斷了。這鞋真不好。」趙明邊說，邊彎腰拾起她斷掉的鞋跟。

「不好？這可是義大利名牌。」陳紅喃喃地說。

趙明沒聽見，問她，「妳現在去哪兒，回家嗎？」

「嗯。」

「能走路嗎？」

陳紅試著走了一兩步，腳踝痛得她大叫，「我看我是拐了腳。」

趙明想了想，「我本來要去郵局，事情可以等一等。我先送妳回家吧。這鞋跟，我幫妳接回去。」他順手把鞋跟放進自己口袋，一手提起陳紅的小包，一手扶著陳紅的身子。他一靠近，陳紅聞到他身上一股清爽的田野氣息，心跳加速。她滿臉通紅，嬌羞地輕靠在著他的身子，一跳一跳地走路。

她聲音溫柔地問他，「你怎麼回家了？」

「啊，城裡工廠關掉了，下了崗，就回來幫幫我父親。」

「你們家果園還好？」

「前兩年有點困難，因為沙果市場供過於求，削價賣都賣不掉。後來，來了個北京大腕，投資網路，一夜發財，幾乎把整片山買下，包括我家的果園，留我們家幫他看管土地。他蓋了兩間別墅，挖了個游泳池，灌滿了冰涼的山泉，三不五時，帶著城裡的朋友來打獵、騎單車，爬爬野長城。」

「那你家果園還種嗎？」

「種。不過，只是簡單運作。也拿出去賣，但賺不賺錢已經無關緊要。老闆只是要留著果園休閒用，沒打算以此掙錢。我跟我爸更重要的工作是幫他看管那兩間屋子和十二隻獵犬。」

「十二隻？」

「是，每一隻都比妳人還大。過兩天，過來看看。滿園子亂跑，跟野生的差不多。」

「回來還習慣嗎？」

「沒什麼不習慣。從小在這兒長大，每年都回家，從來也沒覺得遠離過。我倒覺得城裡住了十年，終究不是自己的地方，心裡住得不踏實。城裡，人雜，車多，空氣不好，怎麼會慣。妳呢？還適應嗎？」

「挺好的。」

「妳喜歡城裡的生活？」

「喜歡。」

「我聽妳媽說，妳工作很辛苦，但是發展很好。代表老闆跟外國人談判，真不簡單。」

「沒事。不過是我分內的工作。」

「妳怎麼突然回來？妳媽一定以為要過年了。」趙明開玩笑地說。

陳紅噗嗤笑了出來，「她啊，一定又要煮一堆東西給我吃。有時候我真怕回來，就是怕吃那麼一堆東西。回家好像沒別的可做，就是吃東西而已。」

「妳是該多吃些，妳太瘦了。」趙明說著，圈著陳紅身子的手臂明顯地掂了掂她的體重，弄得陳紅面紅耳赤。

陳紅的媽老早未卜先知地站在門口，遙望著陳紅和趙明兩人三腳地走來，沒等他們走更近一點，已經扯開喉嚨喊，「怎麼摔得鼻青臉腫的？一定是走了林子，沒走正路。要緊不？這麼大一個人了還不會走路？真奇怪！謝謝你送她回家，趙明。剛剛吳大叔路過，已經告訴我，他瞧見你們啦。」

陳紅被趙明攙進屋子，一坐下來，就先把鞋脫了，一雙高跟鞋一高一低並排在桌上，她沒好氣地跟自己媽媽說，「是鞋跟斷了，跟我會不會走路哪有關係。還有，吳大叔何時看見我們了？我怎麼沒看見他？」

「何止吳大叔，你一下車，何大姐就打了我的手機。不然我怎麼知道回家等妳？」她的媽媽拿起斷掉的鞋子，皺眉頭端詳著，「妳賺那麼多錢，幹嘛不買雙好一點的鞋子？這雙這麼普通，又是黑色包頭，像是給學校老師穿的。看看妳又是一身黑。妳不是要升官了嗎？替自己買點漂亮衣服罷，有點顏色的。別成天穿得好像要去參加葬禮一樣。咦，這鞋跟呢？」

「在我這兒。」趙明從口袋掏出來，他順手從陳紅的媽媽手上拿過殘缺不全的皮鞋，稍微把鞋跟比對一下斷脫落的關節，說，「我家裡有傢伙，這鞋我拿回去幫妳修，傍晚就能還妳。」

「這怎麼好意思？」陳紅的媽媽連忙致謝。「讓你送她回來，已經夠麻煩你了，怎能還讓你幫她修這雙破鞋？我看丟了算了。」

「什麼丟了算了？這是我剛剛上周末才花了半個月薪水買的新鞋子！」陳紅抗議。一跟自己的母親說話，陳紅音量變大，手勢也變多了。奇怪，所有孩子見了自己的母親都馬上生龍活虎，一點禮節也不講究地死命抬槓，好像這才是表示親密的唯一方式。

「要命！既然花那麼多錢，還不買雙好看一點的？」她的母親吃驚得瞪視桌上那雙鞋殘存的屍體，「這雙樣式又土，質料又軟，一點也不經穿！」

「軟才好啊。就是貴在皮質上。」陳紅看著她母親一臉大驚小怪的固執，覺得自己的母親就是鄉下老土，永遠不會懂城裡人的服裝意識。她轉向趙明，留他喝茶，陳紅母親則堅持他吃完晚飯再回家。趙明則表示他還要去郵局，然後回家幫陳紅修鞋再過來。陳紅母親於是更堅持他一定要過來吃晚飯，他看了陳紅一眼，說到時候再看。

他去去就來。

趙明一走，陳紅的母親已經開始把飯菜端上桌，彷如她成天都沒事幹，只在廚房準備食物，等著陳紅回家吃飯。而她上次回家已經起碼八個月前。雖然距離北京不過六小時的車程，陳紅卻很少回家。除了舊曆年一定回家，其餘假期她都安排了旅遊。她還年輕，總是渴望多看看外面的世界。這裡的世界，是她視為理所當然的永恆的不變的保守的存在。

她先說了幾次她不餓，終於還是熬不過她母親的敦敦催促，有一搭沒一搭地用筷子夾菜。她母親就在旁邊叨叨絮絮，說著別人家的八卦。誰家女兒嫁了，誰家買房了，誰家兒子發了，誰家生了孫子，誰家屋頂破了，誰家果園被蟲蛀了，誰家媳婦跟人跑了。陳紅聽了一會兒，一副漫不經心地問：「咦，趙明怎麼跑回來了？」她明知故問。他才告訴她工廠倒了，他下了崗。

「他工作的地方關廠了。」她的母親不疑有他地回答，「不過，主要是因為去年他娘去世了。他回來照顧他爸。不然，聽說他還能在城裡找其他工作。」

「那他太太呢？也跟他搬回來？」

「什麼太太？他還是王老五一個。」

「真的？沒有女朋友？」

「怎麼會有？他就跟妳一樣，在城裡工作，天天加班，辛苦得很，哪有時間交朋友。」她媽媽停了下來，憐惜地摸摸陳紅的頭髮。陳紅因為母親的突然憐愛，酸了鼻頭，停下筷子，假裝喝水。她母親收回手，繼續說，「不過，他搬回來後可成了女婿的熱門人選，因為他長得俊俏，見過世面，彬彬有禮，又孝順父親。哪家有待嫁的單身姑娘，哪家都想籠絡他，天天藉故邀他上門喝茶吃飯什麼的。」

「媽！那妳剛剛還邀他上咱們家來吃晚飯？這給人家留下什麼印象？」

「他幫了妳，不是嗎？我們總要表示感謝。」她母親若無其事地回話。「難道妳對他有意思？」

「當然不是！」陳紅大叫。

「那就沒關係囉，大家都住同一個村子。你們從小一塊長大，十年沒好好見面，聚一聚也是很應當的。妳爸回來了。」

陳紅的父親進了屋子，看見女兒回家，流露慈祥的笑容。身材瘦長、面容沉靜的他向來簡言，所有的話都讓活潑的妻子搶去說了，在村上開了一間專醃醬菜的小工廠，與其說是小工廠，還不如說是工作坊，不過養了幾個師傅，倒也讓他們一家子和其他師傅的家庭平平安安地過了不少歲月。她父親身上永遠聞起來有股酸醋味，小陳紅很不喜歡，每當父親靠近她時就會跑掉，久而久之，她父親已經習慣隔著距離對她關愛，用沉默表示他的支持。女兒忽然回來了，他也不多問，只有他的眼神透露著激動。其實，陳紅發覺自己的父母都刻意避開詢問她突然回家的原因，她因此十分感激。否則她就得給一大篇解釋，而這是她現在最不想做的一件事。又沒放假，也沒事先打電話，人就這麼出現在村子裡，她的父母不用問也猜得出自己的女兒有心事，但見她手腳健康，能說能笑，他們便按住自己的好奇心，給她一點隱私的空間。人回來就好，她父親看著她吃飯時的微笑似乎在說，而她的母親更高興自己又能重新有照顧女兒的機會，拼命餵她吃東西。他們三人坐在飯桌邊上，父親瞇瞇地笑，只有母親滔滔不絕，偶爾陳紅插話一兩句。

到了晚上，趙明提著他修好的高跟鞋，來了。鞋跟不但被精準地鑲回去，而且擦得晶亮。陳家正在吃飯，對完好如初的高跟鞋驚叫一陣子，就熱情洋溢地硬拉趙明留下，碗盤、筷子、椅子變魔術似地出現。趙明推辭了一下，見不好拒絕，於是打個電話回家，也就參加了他們的晚餐。飯後，陳紅的母親去廚房洗碗，父親撤退去臥房休息，剩下他們兩人單獨留在飯桌邊聊天，分享在城裡工作的心得。陳紅禮貌地稱讚他，她從母親處聽說他回家的真實原因是為了照顧年邁的父親。

「原因也沒那麼單純。」趙明笑著說，「其實是我自己沒了在城裡生活的勇氣。我是山林裡長大的孩子，我習慣天空，習慣泥土，習慣果樹，我理解它們，它們也理解我。我懂得怎麼照顧它們，它們也會保護我。人都說大自然變化莫測，我倒覺得大自然的法則是很清楚的，一年按照四季走，春夏秋冬，人只要遵守老天爺設定的原則，謙卑地在土地上拿取自己該拿的一份，不多拿也不少拿，老天爺都會賞給我們每一個人一口飯吃。但是，住在城裡，那是人造的環境，且不說那些鋼筋水泥柏油路很不適合人居，就說那些人心哪，才是天底下最難猜測的天氣。妳說，天要下雨，妳能從空氣的溼度中聞到，從雲彩的顏色判斷，從螞蟻搬家的動作得到警告。人的心若要變了，妳從哪裡得到那些跡象？我不夠聰明，我只能在老天爺的大自然中生活，不能在人的自然中生存。」

聽他這番話，陳紅制止不了自己衝動地說，「我想，你是對的。人心，比大自然更不可靠。我就是對人心失望了，才跑回家來。」

趙明意識到陳紅在對他吐露心事，他態度慎重地保持沉默，用眼神保證他的忠貞友誼，鼓勵她說下去。陳紅遲疑了一下，因為擔心她的父母會聽見，她壓低了聲音向趙明告白，說她如何在一件案子上努力工作了一年，贏得外國客戶的信任，好不容易簽約跟他們公司在中國市場合作，昨天卻來了總經理的妹妹，不費吹灰之力就搶走她的豐厚功績，成了她老闆。她交往了一陣子的男孩子，結果卻不是他自稱的那個人，她含混不提男友自稱的身分是某位前部長的兒子，怕趙明認為自己貪圖富貴，想要高攀名流，也隱藏了他們其實已經同居的細節。但她對人性的失望透頂卻是貨真價實的，她不曉得她還能不能回去過那個日子。

「他們讓你覺得你過去對人生的堅貞信仰都是虛假的，錯誤的，無用的。而且，他們讓你瞧不起自己。喔，我現在最痛恨的人不是誰，就是我自己。我恨我自己如此盲目，如此愚蠢，如此不堪一擊。彷彿，我過去的努力越深，我今日的羞辱就越強。你明白嗎？我一手造成我自己的屈辱。」陳紅的痛苦明顯地宣洩出來。

趙明為了自己不能更進一步安慰她而焦躁不安，他真誠地說，「妳千萬別因為一些挫折而否定了自己。別人對妳做的惡，只是一時的，終究會過去的。妳要是讓那份惡改變了妳對生命的看法，從此逃避了妳的人生，那才會留下難以磨滅又不可轉移的痛苦後果。」

「我覺得無助。他們讓我認為，像我這種人若是要在社會往上爬，最後一定是無數羞恥的結果，要付出犧牲自尊的代價。」

「他們跟妳沒有不同。」

「如果他們跟我在皮相之下都是同等的人，為什麼這個世界會容許那個女孩根本還沒有開始她的生命，就已經得到一切，而我奮鬥了那麼久，還不能說服別人給我我想要的東西？」

「妳現在的心情，我能理解。但是，我要勸告妳，別讓這些不幸的遭遇奪走妳的基本人格和妳對人生的信念。妳現在回家了，周圍都是愛護妳的人在保護著妳。妳不如早點去休息。明天起床，又是新的一天。」

趙明答應隔天再來探望。他眼神真摯誠懇，深深地望了陳紅一眼，輕輕在她的肩頭捏一下，要她堅強，然後告辭回家。可能是因為前個夜裡沒怎麼睡，加上白天顛簸趕路，也可能跟趙明意外深入的談話令她身心疲乏，也或者是置身於父母家覺得安心的緣故，當天晚上陳紅居然睡得出奇地沉。

第二天起床，她穿著她的高跟鞋，跟她媽媽上街去買菜。她故意把手機保持關機狀態，留在床頭櫃上。她可以把城市的生活先擱一邊。

她媽媽眉飛色舞，帶著在外地功成名就的女兒在村子裡走動，是一個做媽媽的最榮耀的時刻。對媽媽來說，想要炫耀孩子的渴望永遠不容易滿足。陳紅免不了被評頭論足一番，那是未婚女孩的永恆折磨，陳紅不耐煩地想，他們總以為女孩還沒出嫁就像是放在商家架上公開展示的商品，供所有無名顧客掂量評論。可是，有點自覺的女孩都拒絕上架，讓別人這麼挑三揀四。但是人們仍見了一個女孩就評量一個，這種社會習慣是難以戒掉的可怕癮頭。

每個來跟他們打招呼的人都要問一次陳紅幾歲，一個月賺多少錢，交朋友沒，是否有結婚的打算，然後他們會把她從頭瞧到尾，稱讚她漂亮，可是問她幹嘛不買點時髦衣服來穿。怎麼去城裡那麼久，還穿得這麼樸素。陳紅看著他們全都色彩繽紛的打扮，知道她不能跟他們解釋城裡講究的顏色全是灰沉沉的暗色調，讓都市人的身影得以隱沒於建築物的縫隙之間。對他們來說，時髦的定義就是熱鬧出色，要把自己從萬物之中標的出來，像一個巨大的驚歎號，引人注目。

她看見遠遠趙明開著一輛車，她的視線便不能停止跟著那輛車子移動。她不敢招手，但她希望趙明會看見她。果然，他把車子停在她和她媽媽旁邊，主動要求送她們回家。一路上，她的母親快樂地說話，她的心情顯然非常高亢。趙明很有禮貌地應答，也擔心陳紅坐在後座受到冷落，不時引她加入談話。等到了她們家，趙明幫她們把剛買的菜提進屋子，另外從他車上後車廂捧出一箱他家果園出產的沙果，說要送給她們家。陳紅母親當然又是一連番驚呼、客氣、然後感謝，趙明恰如其分地接受口頭的謝意，接著，當場邀請陳紅上果園去看看那十二條大狗。陳紅滿心歡喜地答應，立刻跳上趙明的車子。

果園剩下的果樹並不多。趙明說得對，這座果園的觀賞意味高過生產功能。主人保留果園的用意，如同江南人家在後花園建一池假山假水，放進一群金色鯉魚在裡面悠閒游著。那一打狗果然碩大如牛，站起來都比陳紅人高，跑起來卻幼稚瘋狂，跟幼犬沒什麼兩樣。趙明解釋，沒錯，他們都是小狗。

「小狗？」

「對，別看他們這麼大，最大的不過兩歲，最小的才八個月大。」

陳紅驚訝極了。她搞不清狗的品種，但是她不能想像世上居然有小狗會在八個月內長得跟頭小熊差不多。趙明提議他們可以散步去後面的野長城，陳紅猶疑地看一眼自己的高跟鞋。她離開北京公寓時太匆忙，心情太壞，沒想過多帶雙鞋來換。

趙明見她在瞧著自己腳上的那雙鞋，笑著說，「那雙鞋能走路嗎？」

「我就看過一雙鞋根本不是用來走路的。」

「妳真該把腳上那雙鞋換了，妳的人生說不定就改變了。」

陳紅聽了，捧腹大笑：「我以前也是這麼想。以為穿雙不同的鞋子，人生就會改變。所以我總是巴望著買一雙好鞋。但是，鞋子不只是鞋子，鞋子代表了一種生活方式。我買這雙鞋，是因為它夠優雅，適合搭配套裝，夠古典，所以不受潮流影響，夠保守，讓我能穿去上班，夠耐走，我可以穿著它上下樓梯、趕地鐵、搬物品，急起來小跑步也行。我買這雙鞋，不是為了改變我的生活方式，而是因為我的生活方式，才教我選了這雙鞋子。我把因果順序搞錯了。就像我剛剛提的那雙不是用來走路的鞋，是因為它的主人根本不需要走路。她去哪兒都有轎車代步，不需要趕時間，出入的大廈大概都有電梯，不用擔心環境太熱或太冷，也不怕碰上崎嶇不平的路面，因為擺在她面前的道路永遠是平坦順暢的。她的鞋子說明了她的生活。」

「我不是太贊同這個觀點。我從不穿皮鞋，嫌皮鞋拘束。我只穿運動鞋，因為我圖個舒服自在。」

「那是因為你的生活方式要求你穿一雙舒適的運動鞋。你要穿了皮鞋，怎麼種樹，怎麼餵狗，怎麼在山上跑來跑去。你當然要穿運動鞋。」

「也許。但是，無論是腳上這雙運動鞋，還是生活方式，都是我自覺做出的決定。」趙明平靜地說，「畢竟是我挑的。」

陳紅沉默，不再回答。他們倆走了一小段，究竟因為她的高跟鞋不得不停止。他開車送她回家時，剛黑下來的天空摻了淡淡雨絲，最後一道微弱日光畫出烏雲的沉重形狀，勾出陡峭山勢的雄偉，他們彷彿置身一幅中國山水畫裡。陳紅忽然說，她在家裡有一雙舊布鞋，她去換換，明天就能跟他去爬野長城。

趙明嘆了口氣，「明天，老闆要來。不能陪妳了。也許過兩天。妳呆幾天？」

這句話把陳紅問愣了。是啊，她要呆幾天。她根本忘了她在城裡還有一個生活要回去。她只得答稱不知道。

「妳還要回去上班嗎？在他們這麼對待妳之後？」

「要走，至少也得先回去一趟，跟老闆好好談談。」陳紅不很確然地說。

「那，」趙明小心地問，「那個男朋友呢？」

這個問題，陳紅很快就回應了，「他不重要。反正從來沒認真過。」她不知道自己為什麼會在趙明面前一再對這件事說謊。

「可是，妳昨晚提起他時似乎很傷心。」他故做輕鬆。陳紅卻敏銳地感受到他問話的第二層意義。

「我覺得受傷的原因是因為受騙。他不是他所稱的那個人。」陳紅語氣鎮定，毫不猶疑，「可是，他對我來說，不代表什麼特殊意義。」

車子繼續往前，他們兩人各懷心事，安靜地看著迎面而來的大片風景，主動分開，沿著兩邊車窗向後飛，然後又在車後結合為一。快到她家門口時，趙明已經重新恢復開朗語氣，「我過兩天撥電話到妳家找妳，妳若還在，我們就去爬山。」

「好啊，我會換上我的舊布鞋。」

「妳還願意穿回妳的舊布鞋嗎？」

趙明玩笑地問她，眼神卻頭一次沒直接看她。陳紅又一次聽見了他沒真正問出口的真心話。這是今天第二次了。她自認聽懂了他的暗示。她的血液立刻沸騰，一抹紅飛上臉頰。有一會兒，他們倆坐在車裡，各自低頭，不看彼此卻又想著彼此。陳紅不得不艱難地推開車門，強迫自己若無其事地下車。關上車門前，她輕輕留了一句話給趙明，「我和我的舊布鞋，等你。」

晚上，她透過床前的窗子望著滿天星斗。城裡沒這種星空。小時候就是透過這扇窗子，她父親教她數星星陪她入睡。她早忘了，這時又想了起來。當時她對著星星暗暗起誓，她長大一定要嫁給世上最英俊的男孩趙明。她在黑暗中感到害臊，嬌羞地把頭埋進枕頭裡，就像那天把臉埋進土裡一樣。

她起床後，就翻箱倒櫃地找她的舊布鞋，弄出極大的聲響。她的母親進她房間，「妳幹嘛一大早就把家裡翻啦？」

「媽，我以前不是有雙布鞋嗎？去了哪裡？」

她媽馬上從她房間的雜物櫃變出那雙陳年的布鞋。他們家什麼都不丟，什麼東西都一再洗濯清潔，收納整齊，重複使用。陳紅進了城裡，學城裡人的習慣，東西只要舊了，一律扔掉，重新換新。新，是一種面子的習慣。

她即刻穿上這雙乾淨舊鞋，滿屋子亂走。布面柔軟，令她活動自如，因為鞋底薄，她的腳底板輕易感受地面的質地，稍有凹凸，便給了她彷彿腳底按摩的刺激。她等著穿這雙鞋給趙明看。

可是，趙明真的一整天都沒出現。她頻頻往窗外探望，總是什麼都沒望見。她失望極了。到了下午，她已經非常無聊。她想起她為什麼不愛住鄉下的原因了。沒事可做，對她來說。她只能一直坐在客廳看電視，胡亂轉著頻道，她媽一直忙進忙出，對她來說，她母親的忙碌是一種神祕，因為她實在想不出有什麼事可以讓她這麼忙個不停。她渴望電腦，想要查郵件，也很想喝杯咖啡，可是，這裡只有茶。上哪兒去喝咖啡呢，她頭昏腦脹地想。

她媽說，「靠近觀光點的長城附近，有些專門服務遊客的咖啡店。」

她穿了外套，動身去找趙明。她想讓他載她去喝杯咖啡。她沿著村子的公路走，拐進一條山路，深進大約三十分鐘的腳程，就到了趙家的果園。她看見那兩間別墅燈火通明，裡面有人在大聲放著音樂，幾隻大狗都被拴在籠子裡狂喊狂吠的。她偷偷溜進去，往趙家自己的小屋走。當她經過主屋時，聽見有人在說話，聞見她正在尋找的咖啡香，原來這裡就有咖啡。她不禁放慢腳步，往敞開的窗子瞄進一眼。裡面煙霧繚繞，有男有女，個個衣著光鮮，都在抽菸，桌上擺滿了山間野味，喝乾了的啤酒瓶和各式先進手機隨處亂擺。他們正在聊著舊曆年要去歐洲旅行。她快要完全擦身而過那扇窗子時，忽然瞥見趙明的身影。當那一堆跟他年紀相仿的年輕人坐在一桌美食前，酒醉飯飽地東聊西扯，趙明正跟他滿臉皺紋的父親站在吧台邊上，似乎在靜靜聆聽屋裡這些人的談話，也像是等候誰的吩咐。

狗兒嗅到了陳紅的氣味，更加瘋狂地咆哮。弄得她頭都疼了。她沒跟趙明打招呼，就回家了。她走得腳冰，冬天穿布鞋不是明智之舉。她似乎老是穿錯鞋子。她想起黛安娜那對白皙緊緻的腳，難怪有人說看一個女人命好不好就看她的腳踝是否細緻。

她快到家時，看見趙明的車子停在門口。她進了門，跟他打招呼，她媽媽說趙明又送來更多的沙果，昨天那批已經都吃不完了，這下更不知道如何是好，又強力留他吃飯。吃完飯，趙明要回去前，陳紅送他上車。

「啊，妳穿了妳的舊布鞋。」趙明高興地說，「舒服嗎？」

「舊鞋哪有不舒服的？」

「這是妳去找我的原因嗎？我看見妳了。」趙明問。陳紅怔住了。整頓晚餐，他沒吭一聲。

「啊，是，我是去過了。看見你在忙，沒敢吵你。」

「老闆今天帶了一大群朋友來。要招呼他們吃啊喝啊的。的確忙翻了。不過，還好，他們晚上還要看戲，很早就趕回城裡了。我才有時間來看看妳。」

陳紅低頭沒說話。趙明跟著問，「妳要坐我的車子出去兜一圈嗎？我帶妳去看個東西。」

他把車子開到村外一處密林外面停下，要陳紅下車跟著他穿過已然黑暗的樹林。中間，怕她跟不上，他回頭牽了她的手。她不禁全身一震。兩人手牽手在深黑的林子走了一會兒，忽然，一片圓形空地豁然攤開在他們眼前，直徑大約十尺，一棵樹都沒有，只有枯萎的褐色野草，夏日時可以想見一片盎然綠地。在冬日的夜晚，沒有了樹葉的阻礙，月光一路暢行無阻地照亮這塊草地，處處散發著夢境的淡淡光輝。樹木退居空地的周圍，像士兵緊緊守衛著這個銀色的祕密。

「這個地方很神奇吧？」

「從林子外面根本看不出裡面會有這塊空地。你怎麼找到的？」

「我十二歲有次跟我父親吵架，為了什麼原因，我已經不記得。我賭氣離家出走，我不知道該去哪裡，我只曉得要離開那個村子。我就走啊走啊，走到這裡已經天黑了，還沒有看見下一個村子。我於是異想天開，以為可以穿過這道林子抄捷徑。誰知道，走進樹林就不見五指，一點光亮都沒有了，我在黑暗中跌跌撞撞地跑了起來，忽然跌進一個地方，四周都是銀色的光，像是從天堂射下來的，一切都那麼靜謐，美麗，充滿安詳的力量。我還以為人得死了，才能看見如此仙境。」趙明微笑，「這塊地方從此成為我個人的祕密聖地。我以前去城裡工作，每次回家都會來這裡汲取力量。回教徒去麥加朝聖，我來這塊地方拜我相信的真神。現在，我每天心情好或不好，都盡量抽空過來。我常常覺得，這些樹木就是我的守護神，保衛我不受外面世界的侵害。在這裡，我覺得安全。」

陳紅覺得感動，但她心裡卻有股不同的念頭在洶湧。眼前，沐浴在銀色月光下的趙明顯得那麼完美尊貴，無懈可擊，彷如他就是上帝單手挑選的藝術品。就像上天創造出來的所有生物，當單獨分開來觀察時，都擁有各自的美麗、力量與尊嚴，當把他們通通放在一起時，你就看見了毛毛蟲、黃雀、豺狼、長頸鹿與獅子的差別，並且看見了黃雀吃毛毛蟲的食物鏈關係，看見了獅子比豺狼來得有力量的事實。陳紅忘不了下午看見趙明站在吧台邊上等著伺候人的模樣。

月光也在趙明身上起了作用。他難得神情激動，眼珠子閃著光亮，臉頰也閃著光輝，表情波濤洶湧。他一個箭步往前，親吻了陳紅。陳紅並不顯得吃驚。

「聽著，」當趙明的臉從陳紅的臉退開時，他仍想緊緊擁抱她，陳紅卻把一隻手放在他胸前，頂住，「我不是你想像中的那種女孩。」

「我們年紀輕輕，一個人去了外地，誰不做糊塗事。過去了就過去了。這很重要嗎？」趙明靜靜地說。

「我不是說我做了什麼壞事。我不是壞女孩，我也不是好女孩。好壞，很難定義，因人而異。我只是說，我不是你想像中的那種人。」

「我想像妳是哪種人？」

「我喜歡你。但現在是我生命中的轉折期。我很迷惑，也很失落。我很感激你的友誼。但，我知道，我不是你想像的那種人。」

「妳是哪種人？妳老在說，這種人，那種人，不都是人，真的有差別嗎？」

陳紅充滿感情地握起他的雙手，「別跟我生氣，好嗎？我知道我聽起來不怎麼有道理。我不想傷害你。我只是不知道自己要什麼。」

趙明輕輕把自己的手抽回來，「我覺得，妳一直是個很清楚自己要什麼的女孩，陳紅。妳很清楚，而且妳很勇敢去追求，即使碰得遍體鱗傷，妳還是不後悔。妳從小就是這種個性，這點，妳都沒有改變，這也是我喜歡妳的原因。妳比其他人都勇敢。只是，我希望妳要的東西是對妳的人生有幫助的。」

他們回程時，誰都沒說話。車子停在她家門口，陳紅想說又不說什麼，想下車又不下車，趙明於是勉強自己大方地跟她道晚安，保證過兩天真的帶她上山。不過，得先幫她搞一雙運動鞋來。因為這雙薄薄的布鞋也支撐不了她爬山路。他們兩人在假意的和善下尷尬分別。

陳紅又過了一個無眠的夜晚。她躺在自己從小睡大的床上，數著星星也無法入睡。她腦子裡翻騰著無數想法，讓她胸口發熱，當天空亮起第一道陽光，她就從床上爬起來，開了窗子透氣。她看著滿山遍野的霧氣，迷濛了大地的曲線，趙明家果園的那處山頭經過陽光的搜尋，逐漸從迷霧中露面。

她怔忡地望著那座山頭一會兒，然後跳下床來，打包行李。她聽見她的父母已經起床在他們臥室裡走動，低聲交談。她沒有驚動他們，只在飯桌上留了張紙條。她悄然無聲地開了門，踩著她的黑色高跟鞋，走到公路上去等巴士。天氣並不太冷，冬日的太陽曬在身上很舒服，她瞇著眼睛，看見一輛滿載人們和他們行李的小型巴士緩緩從路的盡頭駛來，並從尾部排放嚇人的黑煙，汙染每一個經過的路段。

巴士在她面前停下。毫不意外，巴士早已就超載，實在看不出還有其餘空間可以讓她搭乘。然而，她仍然義無反顧地上了車。她那堅決的超然氣質讓那些善良的村民注意了她，奇蹟似地，他們默默淨空出一個座位讓她坐下。

不到中午，她就已經回到了北京城。

故事柒

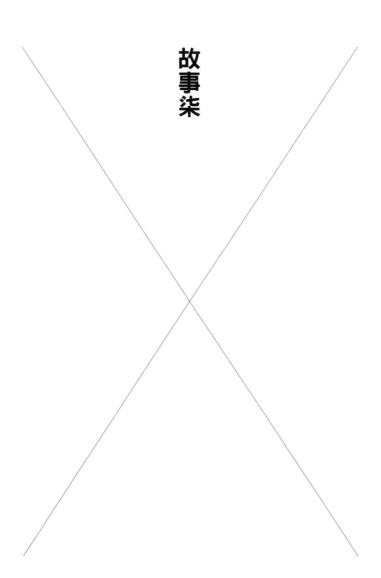

捉姦記

茉莉阿姨來電時，娟娟正躺在台北天母家裡，收看重播的電視劇。這齣戲五年前在美國市場下檔，隔著太平洋，在台灣仍火得很。電視台每天中午播一次，傍晚播一次，午夜還會再播一次。

連續劇裡的白種女人住在美國大城市裡，看不出年紀，事業成功，粉黛妝容，換裝有如變魔術，彈指，就是一套嶄新的霓裳。她們獨立自信，卻性情柔弱，看似強悍，說話卻嬌滴滴，眼神閃爍著惹人憐愛的憂鬱光輝。白天坐在咖啡店裡裸出細緻的肩膀喝咖啡，夜晚坐在酒吧露出光裸的長腿喝調酒，她們總在熱烈談著愛情和性愛的差別，迷惑於男人的身體與大腦之間，掙扎於自己的身體與大腦之間。她們每個周末總在跟不同的男人約會，到頭來卻不過哀怨地發現情況不如預期，事情永遠不按牌理出牌，她們以為男女情愛其實擁有一套正確的步驟，只是大家都愛違反交通規則。她們的失落好比在換季大拍賣時興奮衝進一座商品琳琅滿目的百貨公司，逛了一整天，累壞了兩條腿，試了無數衣服和一堆鞋，那些價格便宜的小標籤在眼前晃來晃去，卻實在買不到一件適合自己身材的商品。

那麼高的期待，就有那麼深的失望。

難道自己真的那麼不適合那些美妙的時裝，寂寞的都會女郎穿著可愛內褲，趴在床上思考著，還是那些該死的設計師根本就不懂得如何好好設計一件衣服給真正的女人穿。真正的女人，像我。她的眼眶迅速積了點淚水。這個世界根本不懂得如何欣賞一個真正的女人，不管是該死的設計師還是該死的男人。都該死，因為他們就是不懂。

二十八歲的台灣女人娟娟沒有工作，沒有信用卡，也沒有華服，沒有男人。她沒有那些紐約女郎的世故，也沒有她們的煩惱。她只是因為缺乏人生目的而窮極無聊。

她正要轉台，電話就響了。

茉莉阿姨說她就在轉角公寓的五樓，要介紹娟娟認識她的一位朋友，可能有工作機會，叫她快來。娟娟連忙梳洗，換套乾淨的衣褲，起初就要出門，臨時又去媽媽的房裡，拿了媽媽的口紅塗在唇上，確定自己看起來精神點，就趕緊出門。

不到五分鐘，她就站在茉莉阿姨說的地址前敲門。

屋裡，坐著四個女人。公寓主人的義大利女人，一位美國太太及一個英國女子，還有她的台灣茉莉阿姨。傍晚六點，幾個自以為青春卻不怎麼年輕的女人坐在黃昏逼近的客廳陰影裡，就像因白日炎熱氣候而奄奄一息的四隻貓咪，帶著頹喪的神情，有氣無力地舔舐自己被落日逐漸拉長的影子，耐心等待黑夜的撫慰。桌上零零落落擱著她們喝剩的杯子，堆著她們抽完的菸屁股，還有用過的凌亂紙巾及一瓶用光的指甲油瓶。

雖在逐漸昏暗的室內，義大利女人戴著鏡片大如桌上茶墊的墨鏡，露在墨鏡下面的嘴唇毫無笑意，髮色淡金的英國女子旁若無人地抽著她的菸，儀容中規中矩的美國太太瞄了娟娟一眼，眼睛毫無神采地微微一笑，算是打招呼，茉莉阿姨做個手勢要她坐下來，娟娟便默不作聲地落座。

她們顯然在討論一件事情。而這個主題討論已經持續一整個下午了。幾個女人臉上殘妝黏陷在她們的皺紋溝裡，但，事情還是沒有一個結論。

娟娟望向茉莉阿姨。茉莉阿姨一改往常活潑的市井作風，嚴肅地端坐在一把沒有扶手的單椅上，眼眉緊蹙，嘴唇微嘟，把一張胖臉繃得緊緊的，彷彿認真思索真理的哲學詩人。娟娟從來沒見過她這幅模樣。她認識的茉莉阿姨是一個嗓門很大、說話像連珠砲的台灣女人，雖然年過五十，身軀豐滿，但皮膚五官仍緊緻漂亮，天天穿著低胸上衣，露出一條極深的縱溝，在她開的日本料理店裡交際周旋，把各路客人都哄得服服貼貼。從娟娟唸書畢業回國，幾次去她店裡吃飯，她總是問娟娟工作找得如何。娟娟的答案永遠是把頭低下，囁嚅不出個所以然。茱莉阿姨就會摸摸娟娟的頭，保證會幫她找個工作，然後回頭喊廚房多烤條香魚給她補腦。

電話上，茱莉阿姨說，她有位義大利女友，老公是外商廣告公司的總裁，可以幫娟娟在公司安插工作。娟娟假設，茱莉阿姨口中的義大利女友就是現在橫躺在沙發上的那個戴墨鏡的女人。她身軀嬌小，腰部肌肉略顯鬆弛，深色的卷髮已經失去光澤，手上的玫瑰紅指甲卻閃閃發亮，顏色跟桌上的那瓶用光的指甲油一樣。她察覺娟娟在打量她，便向娟娟道歉，她必須戴墨鏡，因為她剛割了眼袋，不宜見人。

說完，她卻主動移除她的墨鏡，讓娟娟觀看她的手術成果。年輕的娟娟還來不及說句像樣的客套話，周圍幾個有氣無力的女人卻忽然像瞬間充了氣的娃娃，倏地坐直了身子，大呼小叫：「妳在說什麼，親愛的，妳看起來好極了！」「是啊，我從來沒看過有誰割了眼袋之後，可以恢復這麼快！」「一點痕跡都沒有！」「根本看不出來動過手術！」「對，簡直渾然天成！」平時操日語上菜的茱莉阿姨也跟著用台式英文努力地稱讚：「妳，大美女！」

聽了這番溢美讚辭，她卻不為所動，只固執地等待娟娟回答。顯然姐妹淘們已讚美過她幾百次，她聽得都不要聽了，她想要一個毫不相干的第三者，娟娟這個剛剛闖入的陌生人，不屬於這個團體的他者，給她一個客觀的答案。好像關係越遠的人就不可能會有先入為主的偏見似的。

娟娟聽見自己的聲音哼哼唧唧，很不中肯地說：「喔，是嗎？動過手術？看……看不出來。」義大利女人仍然不笑，娟娟於是又加了一句：「妳不說，我一點都不知道。」義大利女人終於稍微露出笑容，周圍女人的身體頓時又洩了氣，全軟了下來。茉莉阿姨給了娟娟一個鼓勵的眼神。太陽退出臨門最後一腳，屋裡反而忽然亮了，原來牆角一直有枝立燈亮著。

義大利女人戴回墨鏡，口音極重地問娟娟：「茉莉說妳在找工作？」

娟娟點點頭。

「我先生是一家外商廣告公司的總裁。他們總在找會說英文的人，」她的聲音有股歐洲女人特殊的慵懶沙啞，「我可以幫你談談。」

又恢復有一搭沒一搭的氣氛，唯有娟娟因為應答得體受到獎勵而精神抖擻。其他女人倒酒的倒酒，抽菸的抽菸，甩頭髮的甩頭髮。英國女子打了個深深的呵欠。茉莉阿姨忘記繃緊她的下巴，恢復了居酒屋老闆娘原始的粗俗氣質，美國太太翹起腿來，無意間露出大腿間的絲襪鬆緊帶。彷彿置身於沒人上門的冷清妓院，缺少了男人的注視，一群年齡有老有少的女人提不勁來打點自己的儀態。

有人提議出門吃飯。墨鏡遮掩了她大半的臉，看不清她的表情，但義大利女主人幽幽地抗議，她什麼也吃不下。她還念著那件事。娟娟立即聽懂了她說的是把她們這群人整個下午都困在公寓裡的那件事。

茉莉阿姨又喊了起來，想要安慰她。其他人卻明顯累了，隨口敷衍一句要她別想了。美國太太站起來，說她的孩子已經下課了，她得回家。英國女子則說她想去鄰近的一間酒吧鬼混。

「這麼早？」憂傷的義大利女人問。

「蘇菲亞，」英國女子喊了女主人的名字，「怎麼會早？而且我覺得妳應該跟我來。」

蘇菲亞搖頭，剛割了眼袋，怎麼出門。她敬謝不敏。英國女子聳聳肩，拎了手袋，準備離開。剛剛還很熱心安慰蘇菲亞的茉莉阿姨也說得回去看店了。一時之間，所有人通通站起來，往門口移動。娟娟識相地跟著起身。

還是不脫墨鏡的蘇菲亞跟她們一一吻別，倚在門邊，擺出極不開心的姿態，看著她的朋友們湧進電梯。

到了樓下，全作鳥獸散。茉莉阿姨急著回去店裡，因為日本居酒屋在晚間生意最好，她沒空多交代娟娟一句，便匆匆忙忙走了。英國女子要去的酒吧就在娟娟家對面，所以邀娟娟同路。娟娟以為她們要走路，因為不過五分鐘腳程，沒料到她一開步，英國女子馬上伸手招了輛計程車。

娟娟只好跟著鑽進後座。英國女子打開化妝包，行車搖晃，她卻熟練地畫起眼影，打上胭脂，一兩筆勾好嘴唇。她在做這些事情的同時，還能跟娟娟聊天。她告訴娟娟她叫溫蒂，娟娟說了中文名字，溫蒂學了幾次，還不能正確發音。娟娟只好請溫蒂喊她珍。

「珍，太好了，這容易多了。」她嘆了口氣，把口紅放回化妝包，把香水瓶拿出來噴灑，「我知道這很不禮貌，但是中文對我來說真的太難了。我希望妳不在意。」

娟娟說她不在意。

不過兩百公尺，溫蒂的酒吧已經到了。娟娟膽怯地問溫蒂，這麼近，為什麼不選擇走路過去，她翻了翻白眼，「台北的街道我懶得記，反正計程車便宜，我也不必走在這些火熱的路面上。我正在申請轉調東京，台北不是正常人待的地方。」

溫蒂先下了車，沒等娟娟下車，她便輕手揮揮，神情愉悅地跟娟娟道別，踩著高跟鞋消失於酒吧門後。娟娟關上車門，閃過一個念頭，這輩子她都不會再見到溫蒂。她相信溫蒂也是這麼想。現實生活裡，有些人就是永遠不可能做朋友，不管她們是不是說著同一種語言。

隔天，茉莉阿姨要娟娟下午去她店裡找她。

波浪長髮披散兩肩，穿著簡單，臉上沒怎麼化妝，茉莉阿姨頓時年輕了五歲。午飯客人剛剛離開，離晚餐還有一段時間，茉莉阿姨通常利用這段空檔做點個人雜務，像是跑銀行、做頭髮、買生活雜貨、換證件等等一個人在世上生活必須打點的流水瑣事。顯然，沒有孩子的茉莉阿姨認為娟娟也屬於她的家常義務，所以安排娟娟在這個時段來找她。

她安靜坐在餐廳最角落的一張桌子，悠悠抽著菸，桌上擺著一杯喝了一半的咖啡，她看著娟娟坐到她面前，堆滿殷勤的笑容。料裡店老闆娘當久了，笑容都成了一種職業習慣。

「蘇菲亞對妳很賞識。」茉莉阿姨劈頭就說。

「可是我昨天什麼都沒說啊。」

「這沒關係。妳看起來很有教養，見過世面，這就夠了。我跟她強調妳留美的。」

娟娟不知道說什麼是好。她想，這是我的茉莉阿姨，當然她覺得我什麼都好，但是，她忘了台灣像我這樣的小孩豈止萬個，比我條件優秀的同齡孩子光排隊都能從台北的中山北路一路排到太平洋彼岸的舊金山。

茉莉阿姨吐口長長的白煙，劃過半空，「我給她妳的電話，她過兩天會打電話給妳。妳積極一點，盡力討好她，知道嗎？妳唸完美國碩士回來也半年了，一直找不到工作，連個男朋友都沒有。妳媽嘴裡不說，心裡很急。她和妳爸爸兩人供妳唸書不容易。妳要感恩。」

娟娟點點頭。仍舊不知道要說什麼。她總是不知道要說什麼，尤其緊要關頭。也許，有時候，說錯話都比不說話來得好，至少妳還有話講，對世界仍有想法。娟娟實在厭惡自己這麼一籌莫展，但她無計可施，因為她真是一籌莫展。茉莉阿姨噴出最後一口煙，順道從肺部深處送出一聲嘆息。中年女人慣有的愁容，歷歷顯在臉上。

「抽太多了。我該戒菸哪。」茉莉阿姨捻熄手上的菸時，順叔走了進來。順叔比茉莉阿姨年輕幾歲，跟茉莉阿姨在一起已經十三年了，但茉莉阿姨周圍的朋友如娟娟的母親都對這個謎樣的男人不甚了解。

在他之前，茉莉阿姨曾經有過一段婚姻，結婚不到三個月，卻發現男方其實早有婚約，而且還與他宣稱陌路的妻子共同生了三個孩子，最小的不過八個月大。她要分手，對方哭哭啼啼，苦苦哀求她不要離開，她年紀也輕，視對方為此生真愛，相信自己其實非對方不能活。兩人關係糾纏了近三年，終於在對方妻子發現之後要脅要帶孩子一同自殺，不得不放手。男人還算有義，分手時給了她一筆錢，默認了她曾做過他妻子的事實。茉莉阿姨當自己離了婚，用這筆贍養費開店，認真掙生活，發誓不談感情。

她把店開在南京東路上，四周全是辦公大樓，看準了上班族總需要在外打牙祭，中午吃商業午餐，晚上約客戶喝酒，三不五時還要呼朋引伴，喝盡人生苦悶，來個不醉不歸。每當城市點燈，她的小料理店門口也會捻上四盞紅色燈籠，就在破舊單調的灰色大樓邊上，乘著夜風的勢頭，搔首弄姿，招徠顧客。

在附近上班的順叔第一次來店裡，跟著一群同事過來。

他們辦公室裡的人總是習慣在下班後一起小酌一杯，吃些烤魚醃菜，鬆弛一下神經。他們往往喝得不成人樣，搞到嘔吐頭痛，才會甘心回家。順叔是他們同事中最沉默寡言的那一個，也是酒量最好的。每當其他同事都醉得東倒西歪，只有他一人還臉色正常，走路抬頭挺胸，神智清醒地把人一個個從地上攙起來，送進車裡，開車把他們一個個順序送回家。

他起初都跟一大群人來。偶爾，他中午也會出現，與一兩個同事來吃商業午餐。後來，那群同事酒友轉戰他地喝酒作樂，他就一個人過來，點上啤酒和烤魚，坐在吧台，表面上在靜靜消化他的晚餐，一雙沉靜多情的男人眼睛卻貪婪地尾隨茉莉阿姨嫵媚的身影，穿梭店裡，幫客人添酒上菜。他說他愛吃鹽烤香魚，覺得全台北這間店烤得最嫩，尤其喜歡那條魚烤完後彎曲如波浪的曲線，真是藝術極品，令他聯想一個漂亮女人躺在床上的美好體態，讓他吃魚之前都禁不住有男人的心動。全世界哪間日本料理店哪條香魚烤出來不是扭著身子，有如體操高手在做一個高難度動作，何止茉莉開在台北市南京東路上的這間無名小店。聽了阿順這番充滿情色的暗示，會做生意的茉莉不動聲色，拉開嘹亮的嗓門，哈腰道謝，扯兩句家常。但，老闆娘從此每天都會叮囑廚師多買兩條香魚，不管成本多高，季節對不對。

娟娟記得她曾經私下問過母親，茉莉阿姨為何打破她永不戀愛的誓言，決定跟順叔在一起。愛情應該絕對，一個人如果看重愛情，發誓的心意就不可能說變就變。台灣人沒那個習慣跟自己孩子討論成人感情的問題，面對娟娟的問題，她的母親只是含混地答了一句，一個女人在世上生活不能沒有男人。讀了書的娟娟嗤之以鼻，她就不需要男人，她以後不結婚也能獨立生活。她的母親聽了，擔心蠢女孩真抱獨身主義，急躁地罵她，妳別嘴硬，妳以後就會懂，一個女人家獨自過活很辛苦。

茉莉阿姨跟順叔自此在一起十三年，茉莉阿姨卻沒有因此不辛苦。娟娟看見的是她更操勞了。她以前只是照顧這間店，照顧自己，後來還要照顧順叔。因為八年前他失業之後，從此不曾工作，只在店裡幫忙打理一些雜活。常常，店裡晚上生意很忙，他還是坐在吧台邊上，面前擱著烤得香噴噴的香魚和冰鎮啤酒，彷如他也是客人，慢慢細酌。茉莉阿姨從不說什麼。她要照料的不僅是男人的身體，還包括他的自尊。

再怎麼忙，她也會抽出片暇，溫柔地對順叔噓寒問暖，關切他累不累，即使他其實什麼事也不做，成天只是在店附近神祕地出沒。順叔的行蹤有如神龍，當他消失時，沒人知道他去了哪裡，當他出現時，也沒人知道他剛剛打哪裡來。好似現在，他就像剛從地底沒頭沒腦地冒出來，一身土氣地走進店裡。

他站在桌旁，並不坐下，茉莉阿姨仰頭，笑眯眯地對他說，「家裡瓦斯爐修了嗎？」

「工人來過了。沒修好。明天還來。」順叔用字一向節約。他身子結實，有張長臉，一對眼角下垂的眼睛給了他一股閒散的沉鬱氣質，彷彿看盡人間世態，卻決定把千言萬語裝在肚裡，不予置評。他不大搭理人，尤其是茉莉阿姨的朋友。此時，他假裝娟娟沒坐在店裡，只把視線對著茉莉阿姨。娟娟也很習慣他的冷漠。她想，有些人就是到老也還是有社交困難的。就好像茉莉阿姨一出生就很適合跟人打交道，若不讓她當料理店老闆娘簡直天地不仁。

順叔認為話說完了，他逕自進去後面的廚房。茉莉阿姨的注意力又回到娟娟身上。她開始聊起義大利女人蘇菲亞。

「昨天，蘇菲亞狀況不好，我們都是去陪她的。」茉莉阿姨無意識地又拿起菸盒，抽出一支雪白的菸，熟練地點燃，迅速吸了一口，「她帶兩個孩子回義大利度暑假，兩個星期不到，丈夫在台灣就搭上了其他女人。她急急忙忙飛回來，孩子還丟在托斯卡尼的娘家呢。」

她雙肘頂在桌上，右手夾著那根菸，左手撐著左臉頰，把整張臉擠得胖嘟嘟地：「麻煩的是，那個女人跟我們大家都是朋友。去年蘇菲亞他們一家人搬到台北，我介紹他們跟她認識。一開始，大家都很好。那個女人在天母開了間賣餐的酒吧，很多外國人去。我介紹他們認識的意思也就是讓那個女人多照顧他們，把一些在台灣的外國朋友介紹給他們，讓他們不會太寂寞。沒想到，現在出了這種事。真傷腦筋。」

順叔推門回來，手上多了一瓶啤酒。他經過她們，坐到櫃台後面，讀起報紙。茉莉阿姨的眼神一直追蹤他從廚房走到櫃台，見他喝下第一口啤酒，忍不住向他喊：「要下酒菜嗎？今天有很好吃的鮮干貝。」他沒有抬頭，只是用手擺一擺，表示他沒問題。

茉莉阿姨又嘆了口氣，「所以囉，蘇菲亞現在得決定要不要離婚。可是她先生早已不見人影，不知道去了哪裡。」

「他就不回家啦？」娟娟很驚訝中年人會表現得如此衝動輕狂。她閃念，這是不是表示要給她工作的人其實已經失蹤了。

「是啊，」茉莉阿姨點點頭，「我們中間一個朋友說，他們已經租了一間小公寓同居。蘇菲亞聽了幾乎都要發瘋。他們有兩個孩子哪。不過，她這個美國丈夫好像一直都很多情。」

娟娟插問，「她先生是美國人？」

「對啊，他當年被美國公司派到義大利時，周末去托斯卡尼渡假，一眼就相上了蘇菲亞，那時她不過十八歲，在她父親餐廳裡幫忙。這個美國人真是對她一見鍾情喲。見那麼一次面，從此每個周末都從米蘭專程開車去托斯卡尼，帶著鮮花禮物，熱烈跟她求愛。她本來跟同村的一個年輕人訂了婚，就等下一個夏天要結婚了，卻因此毀了婚約，跟美國人私奔去紐約。生了第一個孩子後，才敢抱著孩子回家求父母原諒。

她父母看在外孫的面子上，原諒了她。恩愛了二十年，現在發生這種事，真是情何以堪。」

順叔從櫃台後面走了出來，往門口去，茉莉阿姨的目光焦點隨即從娟娟的臉飄到順叔背光的身影，她拉起喉嚨：「怎麼啦？去哪？」

順叔轉過身來，含混不清地丟一句他要去買個東西。「什麼東西？說不定店裡有啊，什麼東西？你要買什麼東西？」她的問句緊緊追著他出門。他沒有回頭。擺擺手，意思是他很快回來。

茉莉阿姨臉色煩躁，嘴裡碎碎唸，「什麼東西店裡沒有？要出去買？喝的？吃的？抽的？不都有嗎？真是的。就會浪費錢。」她抬眼望著娟娟，就順著剛剛抱怨順叔的語氣繼續下去，「對啊，該工作了。你們這些小孩子，唸一堆書，卻什麼也不會做。想我們當年小小年紀都出來吃苦，誰不是訓練得一身武藝。你們這代台灣年輕人命好啊，唸那麼多書，就是不肯吃苦。眼睛別長在頭上，萬事從低起啊，別老跟妳媽添煩惱了。」

「我知道，我也在找。只是這年頭找工作真的不容易，不是我不願意從低做起。」

娟娟微弱地自我辯解。

「你們啊，」茉莉阿姨就像任何一個在教訓下一輩的老一輩，雖然她只面對一個年輕人，她卻以為她在面對一整個世代的年輕人，當下，娟娟就是她那整個世代的代表，坐在那裡接受訓誨，「做人不要太驕傲，出國喝過洋墨水就覺得自己了不起。人生這個老闆不看學歷的。」

她看了一眼門口，沒有人經過，只有光看一眼就教人全身冒汗的熾烈陽光，她像是說給自己聽似地低語，「希望這次介紹蘇菲亞會有效。我也只能幫到這裡，再來我也沒辦法啦。誰知道現在年輕人要找什麼時髦工作？」

說完，她把背往後靠在椅背上，眼皮低垂，如一隻疲憊困頓的老狗決定讓疲倦席捲自己的身體，她靜止一切說話及動作。冷氣機的強風徐徐吹送著。她顯得心事重重。然後，不知是為了即將失婚的蘇菲亞還是為了始終找不到工作的娟娟，她深深嘆氣，輕輕搖頭，沒頭沒腦地冒了一句話：「這個阿順到底去買什麼東西買這麼久？」

兩天之後，娟娟接到蘇菲亞的來電。義大利女人彷彿宿醉未醒、聲音特別沉重，問娟娟是否能出來見面。娟娟記著茉莉阿姨的交代，滿口說好，雖然她不知道跑了丈夫的蘇菲亞還能怎麼幫她安插差事。兩人約好半小時後在蘇菲亞家樓下見面。

蘇菲亞下樓來時，除去了太陽眼鏡。個頭嬌小的她，裹著一襲黑白相間的洋裝，秀出地中海婦女特有的玲瓏身材，配上一雙很高的紅色高跟鞋。她剛整理過的眼睛閃著深棕光輝，睫毛又長又卷，雖然憂傷卻很美麗。割了眼袋之後，蘇菲亞看起來就像任何一個動過手術的中年婦女。這是很奇怪的一件事情，無論整容科技多先進，手術結果多完美，當你看見一個動過手術的人，你就是知道這個人動過手術。這無關乎美醜標準或道德判斷，你只是當作一個事實知道。而且他們都看起來一模一樣，彷彿同一台機器壓出來的鬆餅，經過品質嚴格管控之後都方正完美，令人垂涎，但，這一塊鬆餅跟那一塊鬆餅看不出不是同一塊鬆餅。整容手術修掉了人類的不完美，卻讓完美這件事變得索然無味。

她帶娟娟去隔壁的咖啡店。台灣的夏日傍晚，就算沒有太陽也不會清涼。不過幾步路，蘇菲亞的額頭布滿汗珠，頸間流出幾條汗跡，眼線的邊緣開始發糊。她說她前幾天就想打電話給娟娟，但是她的眼睛還需要休養。今天醫生終於肯定一切復原，可以出門了。

渾身是汗的蘇菲亞迫不急待推開咖啡店的玻璃門，冷氣立刻撲面而來。她好不容易喘口氣，定定神，踩著她的紅色高跟鞋，搖曳生姿地走向靠窗的一張小桌。娟娟跟著她。

女服務生過來點餐，蘇菲亞用她的義式英文點了咖啡，還要一杯水。女服務生見了外國人有點緊張，沒聽懂後面的一杯水，又追問了一次，蘇菲亞面露怒色，一個音節一個音節用力發音：「水！一杯水！你們水是裝在杯子裡拿過來不是？」

「對不起，是水嗎？」女服務生想再確認。

「是的，是的，就是水！這件事有這麼難嗎？」蘇菲亞幾乎喊了起來。

娟娟莫名漲紅了臉。眼前的情景讓她心裡情緒翻攪，但她什麼都沒說，什麼也沒做，她假裝看著菜單，等顧客與服務生之間的對話趕緊結束。女服務生轉身離開。

蘇菲亞身子整個往前傾，幾乎要橫過整張桌子：「這女孩怎麼回事？連英文都不會說。」

娟娟抿緊了嘴。她那可憐的父母還巴著她趕緊找份工作。她試著微笑。

咖啡馬上來了，蘇菲亞看了一眼杯子裡的深棕色液體，嘆息，「這我可不會叫作咖啡。」但她仍舊很快喝了一口，口氣還是那麼咄咄逼人：「比美國的好一點。生活在美國時，我每天都不想活了。那些人，連一杯咖啡都煮不好！」

原本就不善言語的娟娟根本不會想去跟一個義大利人爭辯咖啡的品質，就像她不會去跟一個台灣人談論政黨選舉。她只能繼續擠著自己臉上的肌肉，企圖像擠牙膏般擠出多一點笑容。

「我要妳跟我去。」喝完第三口咖啡之後，蘇菲亞說。

「抱歉？」娟娟沒聽懂。

「就在今晚。我知道他們在哪裡，我要妳跟我去。」蘇菲亞重複。

「去哪裡？他們？他們是誰？」娟娟猜到蘇菲亞的意思不是今晚讓她去公司面試，但她的第六感告訴她必須趕緊從這番談話脫身。

「我先生跟他的情婦。茉莉一定告訴妳了。」

「我……我不……不……茉莉阿姨沒……我……」娟娟想要閃躲，但腦子慢，不由得口吃起來。

「我知道他們在哪裡，我要妳跟我去。」蘇菲亞跟茉莉阿姨一樣有邊說話邊抽菸的習慣，沒理會娟娟的慌張，她自顧自地拿出一根女人抽的薄荷菸，點火噴菸，略帶憤意：「我原本計畫帶孩子回去義大利度暑假兩個月。他說他要工作，不能陪我們，我說沒問題，我娘家會幫忙看孩子，大家都會照顧自己。他送我們上飛機，在機場親了又抱，抱了又親，說他會想念我們大家，答應他每天都會打電話給我。回去後，他的確每天打電話到托斯卡尼。一天晚上，電話停了。我以為他工作忙，不以為意。第二天，第三天，電話都沒有來。到了第四天，茉莉打電話到歐洲，第一句話就說，蘇菲亞，妳快回來。我問，發生什麼事了。她說，不要問，趕快回來。事情很嚴重。電話上她不肯解釋，只不斷強調，不要拖了，馬上回來。現在。我把孩子扔給了我在義大利的娘家，立刻搭機回台灣。回來後，我找不到他。他不在家。我只能去他公司等他。他見了我，臉色凝重，說我們要坐下來談。」

她頓了一下，看看窗外，抽口菸，往下說：「他說他愛上了美琦。我們的朋友。剛到台灣時，什麼人都不認識，每個周末都去這個女人的店裡吃飯喝酒。兩年下來，她就像我們在台灣的家人一樣。兩個家人，卻上了床。這個世界真夠荒謬的。」

她又停下來，似乎期待娟娟說點什麼，娟娟在她的注視下立刻臉紅了。娟娟也不知道為什麼。出軌的人又不是她，被背叛的人也不是她。她還不習慣聽這麼多情慾告白。她印象中的中年人既無性也無激情，都在安分工作養孩子，認真付稅買房子，就跟她的父母一樣，跟性愛沾不上一點邊。那些愛情啊，背叛啊，眼淚啊，追逐啊，都只該發生在一齣關於都市單身女郎的電視劇裡。現實人生應該只有忠貞和責任，連性愛也是一種義務。

「美琦這個台灣女人，二十一歲就跟一個已婚的美國老年人在一起。對方當時六十歲啊，還有個結髮三十年的妻子。她表示寧可作小也不願與對方分開，男人以為她真心愛他，認為她還年輕，不能不給她名分，就離了婚，娶了她。她那間酒吧就是老丈夫死後留給她的遺產。他為了她老死在台灣，臨死前都沒有回美國。美琦卻跟我們抱怨，她嫁給他就為了一本護照，結果這個老傢伙什麼身分都沒幫她辦。現在她四十幾歲了，酒吧生意很好，生活無憂，我懷疑她還想要什麼。」

蘇菲亞繼續凝視著娟娟，好像企圖從娟娟身上看見另一個台灣女人的影子。娟娟全身不自在，覺得血液從腳底板一路熱到耳根，讓她頭重腳輕。這家咖啡店的冷氣不夠強。她只想趕快走人。

「我想我知道美琦小姐要什麼，我也知道我要什麼。他們什麼都會得不到，因為我什麼都會得到。來，跟我來。我們現在就過去他們的公寓。」蘇菲亞站起來，丟了一張藍紫色鈔票在桌上，招手讓女服務生過來買單。

「我，我……」娟娟想說我母親等我回家吃晚飯，跟她的意志一樣軟弱的她的身體被蘇菲亞一路推往門口走，很快塞進一輛計程車裡。娟娟絕望地罵自己，妳真是沒路用。

蘇菲亞就像英國女子溫蒂，在台北無論去多近的地方都會搭計程車，即使不過五十公尺。計表還沒有跳，車子停在一處社區公園。公園的三邊被豪華公寓包圍，一邊開放向著大街。在街邊下車，蘇菲亞便一路衝往左邊那棟大樓，娟娟不得不跟著她。天色幾乎全黑，公園的小燈一一亮起，彷彿夜晚的精靈。娟娟看不清植物的長相，鼻子聞到七里香和樟樹的香味。台北市區種著樟樹，她不由得暗地驚奇，停下腳步，仰頭探尋懸在頭頂的樹影。蘇菲亞也停了下來，她同樣看往高處，但不是觀賞樹木的身姿，而是望向一棟公寓的二樓窗口。

外牆暗紅色的這棟公寓每層都有大片落地窗，二樓人家此刻門窗緊閉，黑暗安靜。人顯然還沒回家。蘇菲亞專注地看了一會兒。

她忽然回頭對娟娟說：「爬上樹去，看他們在做什麼。」

娟娟驚訝地張大了嘴，完全答不上話，半天才迸出一句：「我不要。」

「什麼叫妳不要？妳比較年輕，當然是妳爬樹啊！」她不耐煩地說。

「我不要。」娟娟真心不舒服，於是往旁邊退了幾步。她卻不確定自己該不該離開，她已經不在乎工作了，但是她惦記著蘇菲亞是茉莉阿姨的朋友。

「不要就不要。我自己爬。」她邊說邊攀往公寓前面那棵細瘦的樹木，就要向上移動。見了她的舉動，娟娟忘了要走，反而跑到樹下守望，擔心她摔下來。但她根本爬不上去，手腳隨便虛晃抓了兩下，抱怨什麼都看不到，很快又把身子滑回地面。二十幾歲的娟娟跟個傻子一樣愣在旁邊。時候如此，茉莉阿姨在哪裡，我媽在哪裡，我又在哪裡。

蘇菲亞焦躁地盯著公寓窗口，她覺得這不是個辦法。她說，「走，我們去對面的公寓。」

娟娟像頭不情願喝水的牛被蘇菲亞硬拖過整片公園，來到對面的公寓大樓。蘇菲亞抬頭看一眼面前這棟公寓的二樓，又回頭看了一眼方才的二樓，確認兩家窗戶確實隔空正對著。她伸手按了二樓公寓的門鈴，樓上的人家居然沒問來客的身分，直接就開了門鎖。

蘇菲亞的力氣超大，硬是把娟娟當作一箱行李連推帶拉地提上樓梯，站在那戶人家的公寓前，她連門鈴不按了，直接用拳頭敲門。門很快打開，一臉狐疑的中年太太躲在半掩的門後，瞥見蘇菲亞那張深眼窩高鼻子的外國臉，簡直驚慌失措。

蘇菲亞沒給她太多時間恢復神智，一隻腳已經踏入對方的公寓，弄得女主人不得不把門扇全部打開。

「您好，太太。我有事相求。我相信，身為一個女人，您一定會幫我的。」蘇菲亞用詞禮貌，但語氣完全沒得商量，她說完她的開場白，對方驚惶的眼睛仍不明究裡地盯著她們看，蘇菲亞不耐煩地拉拉娟娟的手臂，娟娟終於恍然大悟自己在這場戲裡的角色。她開始幫蘇菲亞翻譯。

「您瞧，我跟先生結婚二十年，有一雙非常可愛的兒女和一位要好的女朋友。這個暑假，因為先生要工作，我隻身帶了孩子回歐洲渡假。於是，一個女人最可怕的夢魔開始了，妳的丈夫勾搭上了妳最要好的朋友。更可怕的是，他們還合租了公寓，共築愛巢了。為了他們那下流的肉慾，妳的丈夫離開了你們相守二十年的婚姻和妳那尚未長大成人的孩子們，而那個號稱是妳的好友、擁有妳全部友誼的女人不但不勸他回頭，反而是逼他走上不歸路的罪魁禍首。妳丟下妳的孩子在娘家，一個人單身急奔回妳和丈夫共同居住的屋子，只落得人去樓空。妳拼了命去尋訪他的下落，知情的朋友都支支吾吾，雖然充滿同情的眼神，為了明哲保身，卻不願幫助妳。每到夜裡，妳獨自一人在那間他遺棄妳的空屋子裡，妳的心就跟條浸在冰桶的舊毛巾一樣又溼又冷，用手輕輕一絞，就會痛得流出大量的淚水。可是，當妳打電話給妳的孩子，妳還要裝作沒事，告訴他們爸爸很想念他們。」蘇菲亞說到這裡，並沒有哭，那位公寓女主人卻聽得熱淚盈眶，彷彿她才是那個家庭破碎的女人。

「終於，妳打聽到那對姦夫淫婦的愛巢。妳知道他們窩在哪裡。跟妳同一個社區，不過離妳家兩條巷子，每天晚上他們彷彿新婚夫婦，手拉手一起回家，甚至連窗簾都不拉，毫無顧忌地在客廳的地板上親熱有如無恥的麻雀。妳說，妳會不會想親身去那裡查證？」

說的時候，蘇菲亞的眼睛望向對面的二樓公寓，公寓女主人不由得也跟著看過去。果然，從這裡，對面二樓不拉窗簾的內景完全一目瞭然。主人還沒回家的客廳尚未掌燈，窗外的路燈偷偷溜進去，在黑影中照出一個空蕩蕩的空間，只擺了一套考究的沙發和一張美麗的地毯，其餘什麼傢具都沒有。

雙眼充滿同情的女主人畢竟也是個有家庭的婦女，輕易就認同了蘇菲亞的痛苦，基於一種女人家對女人家的義氣，她很快地出賣了她的鄰居：「是啊，是啊。他們剛剛搬來。那間公寓空了很久，都租不出去，也不曉得為什麼。這附近環境很好，又有公園，又近市場，又靠學校，沒有理由會租不了。我還在跟我老公說呢，我說，奇怪，怎麼可能……」

蘇菲亞很快打斷她，眼睛仍盯著對面仍然黝暗不明的客廳：「對不起，妳說，他們剛剛搬來？」

「喔，對，上個禮拜才搬過來。」

「妳見過他們嗎？」

「我倒沒什麼注意。不過我小孩有次看到一個老外。」

「可是我的消息來源跟我說，他們常常不關窗子就在客廳做愛，街坊鄰居都看得到。瞧，從下面公園那棵樹就能看見。」她手指著剛剛她試著爬上去的那棵樹。

聽了她說到對面公寓人家親熱不掩門戶的說法，老實的台灣女主人臉紅了。她瞄了一眼娟娟這個翻譯者，娟娟也感覺耳根特熱，慌忙把眼神轉開。

「這我沒親眼見過。」

「妳孩子呢？妳說他看過那個老外。」

「我孩子才小學三年級！」台灣女主人臉上的紅潮轉為憤怒，義正詞嚴地回應蘇菲亞的問題。

蘇菲亞懶得理解台灣好女人的含蓄美德，她又粗魯地推推娟娟，「說，告訴她，我要進駐她的公寓！讓她租我一個房間。我付錢。不管多少錢，我付。我要日日夜夜監視那扇門窗，直到我拍到他們偷情的畫面為止。」

「不行，不行。怎麼可能。她在說什麼。我們家庭要生活哪，多一個外人多奇怪。」女主人連忙揮手。

「妳跟她說了沒有？錢不是問題。」蘇菲亞氣勢洶湧。

「這不是錢的問題。這，這，這是人家的家務事，不太好，我們，我們不好涉入。」

女主人那張善良家庭主婦的臉重新布滿了害怕，她拼命搖手，改口台語：「這款歹事，不好啦。」

「妳跟她說了沒？錢不是問題。」

「妳跟她說好嗎？這種事，我們不好管。」

「妳跟她說。」蘇菲亞的棕色眼珠看著娟娟。

「妳跟她說。」女主人的黑色眼珠看著娟娟。

娟娟轉了一下她的眼珠子，對著蘇菲亞說：「台灣人不喜歡管人家的閒事。我們如果堅持，有點不太禮貌。」

「妳在說笑話吧？！」蘇菲亞激烈地尖聲高叫，把娟娟跟女主人都嚇了一跳，「你們台灣人最愛管人家閒事！我們剛搬來台灣時，多少人來出主意，住這裡不好，吃那個不好，最好去這裡，最好做那個。管東管西。管得才多呢！說什麼人情味，就是管閒事！美琦最熱心，管最多閒事，現在好了吧，連我的丈夫都管了去！」

她說得如此激動，剛剛說到哄孩子爸爸想他們時都沒有滴下來的眼淚現在嘩啦啦地奔流。一個四十幾歲的外國女人，擦著鑽藍眼影，踩著紅色高跟鞋，挺著豐滿的胸部，站在台北市郊區的夕陽餘暉裡哭得如此傷心，女主人跟娟娟看了都有點不忍心。

女主人還是望著娟娟說，說起台語：「這樣吧，人家一個外國婆子在我們台灣流落異鄉，遭遇這種人間不幸，也實在怪可憐的。好啦。妳跟她說，我幫她忙。」

這句話，娟娟還沒有翻譯過去，蘇菲亞已經轉淚為笑，捏緊了娟娟的臂膀，「跟她說謝謝！」她乾脆轉頭對著女主人，說了一句生硬的中文：「謝謝！」

女主人趕緊搖起她的小手像搖扇似地，緊張兮兮，趕忙解釋：「不不，別誤會，我不是要把房子租給她。我們倒底還是有一家子人要在這間屋子裡生活。我只是說，我們都是女人，我會幫她。」

蘇菲亞又不等翻譯，鐵青了臉，眼見著又要叫起來，「這個女人到底怎麼回事？剛剛不才答應了嗎？你們台灣女人都是神經病啊？」

女主人為了安撫她，顧不上禮節，直接抓起蘇菲亞的雙手，對著她說中文：「我意思是說，妳別急，把妳的電話留給我，人先回去。我呢，既然住這裡，我一天二十四小時幫妳看著這個窗戶，一有動靜，我馬上通知妳。」

「等妳看見了，叫我過來，怎麼來得及？」蘇菲亞用英文直接問她。

「妳擔心來不及，是嗎？妳家不就隔兩條巷子嗎？怎麼來不及？我馬上通知妳，妳馬上過來。可以的。」說中文的女主人好聲好氣地說話，像在哄騙一個躁鬱症病患，一隻手握著蘇菲亞的手腕，另一隻手輕拍她的背。

「真的來得及嗎？」蘇菲亞半信半疑地問。

「ＯＫ，ＯＫ，沒問題的啦。」女主人用手比出ＯＫ的手勢。

「還是我留台照相機給妳拍照？」娟娟照蘇菲亞的話翻譯過去。

女主人臉露驚恐，又感到好笑，「怎麼可能？這麼夭壽的歹事我們怎麼會做？不可能啦，我頂多通知妳，妳自己該做什麼，妳自己做。妳是太太嘛，妳有權利。」

當女主人半推半送地請她們出門，蘇菲亞仍不放心地一再回頭，要她保證她會實現她的諾言。女主人一直重複ＯＫ，ＯＫ，ＯＫ。到了樓下，蘇菲亞立刻回到那棵樹下，看著那個陽台，下顎咬得緊緊的。娟娟回頭瞧她們剛剛出來的那間公寓，蘇菲亞跟著轉頭，那位太太沒有開燈，站在她家陽台的陰影裡跟她們又一次比了ＯＫ的手勢。

太陽已落，城市的夜空看不見星光，蘇菲亞像尊固執的石像，監看高處的窗口，期待她的羅密歐出現，以滿足她那顆渴愛的心。

娟娟說她該回家吃晚飯了。

「別走。我們再待一下。他們一定很快就回來了。到時，我們叫警察來。」蘇菲亞拿出她的手機，快指轉出警察局的號碼，拿到娟娟面前，「看，我有號碼。我都準備好了。一定要抓他們抓個措手不及。」

娟娟回答她的父母會期待她準時到家，不然他們會擔心。

「你們亞洲小孩是怎麼回事？妳幾歲了？妳不都單身出國念碩士回來了嗎？妳的父母要擔心什麼？妳在路上被老虎吃了嗎？拜託，這是台北噎，只有已婚男人被野女人拐跑，沒有老虎吃人這檔子事。如果真有老虎，我倒真心希望牠一口把她吃了。不，不，沒那麼痛快了事，最好先咬爛她那張醜臉，扯斷她的四肢，嚼碎她的全身骨頭，卻還留她不死不活地躺在地上哀號。這就是搶人丈夫的下場！」她說得咬牙切齒，恨不能變身那隻有能力折磨她情敵的母老虎。

娟娟不能理解她的激情。她只感覺，蘇菲亞令她害怕。那些中年人的外遇情節，對她來說，有點像是拍壞了的三流電影。她以為這些外國人未免把感情搞得太轟轟烈烈了，都年紀半百的人了，處理感情還這麼不冷靜。娟娟還不能領會的是，男女愛慾的糾纏不但無關年紀性別，還跨國界文化朝代，無論生在大陸小島還是半島，說韓文梵文還是德文，活在明朝美國大革命還是波旁王朝，人面對自己的愛情就跟娟娟面對自己的人生一樣無所適從。每個人類出生，就是一個小宇宙的誕生。這個專屬的小宇宙就存在每一個人的體內，每一次心臟的跳動，都在傳輸能量讓這個小宇宙活著。一個人就靠這個小宇宙跟外面的大宇宙互動。常常，小宇宙跟大宇宙一個溝通沒聊好，小宇宙就失去平衡，來個倒栽蔥。垮了。毀了。大宇宙卻兀自運行，變得一點道理都沒有。

蘇菲亞的小宇宙就是這麼垮了，毀了。周遭世界對她來說已經難以理解。她飄洋過海來到一個亞洲的小島，站在一個施工勉強的公園裡，對著她才見第二次面的台灣女孩聲嘶力竭地哭訴。而這個女孩截至二十八歲前的人生歷練都不過來自學校教育和電影書籍，根本沒有能力理解她的痛苦。對她來說，蘇菲亞只是個情緒失控的外國女人，說起話來總是那麼歇斯底里，讓人討厭。如果她現在正在看電視，她早就轉台了。

突然，啪地一聲，二樓窗口亮了，把蘇菲亞臉上沒能用手術割除的心碎表情照得一清二楚。

「啊。」蘇菲亞和娟娟都同時喊了出來。她們忙著互相拉扯，忘了看顧公寓門口有誰出入。

一個人影很快地晃動了燈光，一雙圓潤白皙的女人的手開了二樓的窗，迎入清涼的夜風，跟著，另一個身影靠近陽台，用一副厚重的男人嗓音，低沉地說起話來。清風越飄越高，把他的聲音送入深黑穹蒼，地面上的人聽不見他的話，也不知道他說英文還是中文，但是男聲如同一首老掉牙情歌，雖然播過無數次，一放上唱盤，唱針一跑，歌聲一從音箱流瀉出來，只消幾個音符，就教蘇菲亞這個天涯失意人立刻五臟俱絞，早已寸斷的柔腸又斷了幾節，當場淚流成海。

蘇菲亞抓住娟娟，整個人像顆沒有重力的衛星倚向娟娟這顆恆星，防止自己倒下去。她眼神淒涼，嘴唇扭曲，身體潰不成形，每吋肌肉都在顫抖，彷彿受到一股巨寒襲擊，打從心底冷出來。娟娟終於意識到對方真的需要自己的幫助。她好好扶住蘇菲亞，不讓她倒下去。

蘇菲亞雖然肉體發軟，精神卻還算鎮定地拿出手機，撥電話給她事先約好的警察，語帶哽咽地通知他們過來。人都快昏了，她的動作卻有條不紊，讓娟娟印象深刻。

等警察過來的這段時間，蘇菲亞覺得太長，娟娟覺得太短。兩人一動也不動地像一對情侶鳥互相依偎著，四隻眼睛一直盯著二樓窗口，彷彿那是梵諦岡聖彼得大教堂的窗台，而教宗隨時都會從那裡出現，回應她們這對虔誠姐妹花的祈禱。

警察真是太有效率了，娟娟想。兩名警察不到五分鐘就從附近派出所趕來，平時街角發生謀殺案大概也不會得到這種待遇。蘇菲亞卻仍略帶怨恨地瞪了他們一眼，雖然他們態度專業，禮貌良好，制服也很漂亮，還說一點英文，她卻依然那麼不爽。

可是她一反常態，沒卯起勁來發怒，大概全副身心都記掛著正在二樓窗後發生的情事。警察走在前頭，她們跟著上樓。可憐兮兮的蘇菲亞兩隻鷹爪緊緊攫住娟娟的前臂，捏得她極痛，但因為過度緊張而忘了抗議。他們一行人各自聽著自己沉重的呼吸聲，小心翼翼踩著腳步。樓梯間過小，兩名警察到了門口之後，只容得下蘇菲亞擠在他們身後，蘇菲亞不得不鬆手放了娟娟，讓她站在低一點的樓階。一名警察伸出手指放在門鈴上，回頭看了蘇菲亞一眼，她情緒悲戚得幾乎要哭出來，那顆小小的按鈕不會發出呼喚情人的信號，招回她的愛情，卻將射出百萬束電流，通過死刑犯的電椅，而她就是那名坐在電椅上等死的犯人。蘇菲亞雙手暫時抓不到娟娟，便環抱於胸，似乎藉此自我保護。

她點點頭，警察便按下門鈴。

裡面，很快有人來應門，警察還來不及說明來意，蘇菲亞卻一眼看出來者的身分，怒吼一聲，像一列雷霆風馳的子彈列車衝過兩名警察，幾乎把他們撞倒，她迅速鑽進那條還沒有完全打開的門縫，發出跟對方激烈扭打起來的響聲，敦厚有禮的兩名警察連忙跟了進去。

娟娟眼冒金星，冷汗涔涔，覺得胃裡的東西全要攪吐了出來。她返身就往樓下跑，一下到了大街，她瞧見了自家公寓，撒腿沒命奔跑，她小時候體育課從來也沒跑出過這樣亮麗的成績，沒兩三下工夫，她已經回到自己家的客廳，氣喘吁吁，手腳卻仍冰冷，連額頭也涼颼颼地，她癱在沙發上，打開電視，呆呆看了一會兒畫面。一直到她媽媽從浴室出來，問她吃飯了沒，她才回過神來，看見電視又在重播那齣她起碼看過幾百萬遍的美國電視劇。

幾個禮拜後，娟娟還是找不到工作。

她有個朋友在電視台工作，問她要不要接外國電視劇的翻譯活兒，價格低廉，但是量很大，總是個收入。她想一想，就說好。反正她本來就天天在看電視，不過是多了翻譯對白的動作。需要翻譯的節目恰好是那齣關於都市單身女郎的電視劇，製作了新一季，重出江湖。五年前節目在美國結束時，幾個主要女演員都宣稱大鬆一口氣，發誓再也不要回頭演同樣的角色，紛紛飛往大銀幕發展。誰知人算不如天算，她們之後的演藝生涯皆乏善可陳。當觀眾都快將她們遺忘之際，她們卻突然重聚，拍了新的橋段，捲土重來。故事裡的角色不變，生活不變，變的是那些女演員，她們都明顯老了許多，身材走樣，卻還是那麼愛打扮，還是那麼喜歡露肩裸腿，坐在咖啡店或是吧台前，露出既聰明又愚蠢的可愛表情，著迷地分析自己的性生活。五年的時間顯然還是不夠改變她們的人生。

蘇菲亞再也沒有打電話來，娟娟也不關心。她想，管她是蘇菲亞溫蒂莉絲還是瑪麗，大概都不會追問那個叫娟娟的年輕女人去了哪裡。每一場人生都有專屬的舞台，自己總是永恆的主角，周圍免不了幾個跑龍套的串場，負責銜接幾段無關緊要的對白，換了場後，誰會去追問那幾個擦邊而過的傢伙下場如何。尤其剛好那個角色的牙齒長得不太好，還是笑起來有點淫賤讓人不舒服什麼的，都巴不得他永遠不要再上台。在銀幕上處理人生更容易，哪個角色礙眼，哪個角色無趣，哪個角色不識抬舉，哪個角色長相抱歉，編劇馬上神筆一揮，就把他寫掉。娟娟翻譯的那齣電視劇裡，很多男人跟女主角約一次會，甚至上了床，到了下一集就已經不知道滾到哪一格膠卷裡去了。

她連茱莉阿姨也很少想起。

如果她肯誠實面對自己，她很明白她不敢想起茱莉阿姨，是因為她心底蘊藏著一股羞愧的暗流。她知道她沒把茱莉阿姨交代的事情作好，因為她是個徹頭徹尾的窩囊廢。她快三十歲了，高學歷，近視深，會幾句英文，在現實生活中卻什麼事也做不了。

她只能坐在客廳，吹著冷氣，專注地翻譯那些她不曾活過的人生。而那些人生過了地球上的五年，仍在原地踏步，比她的真實人生高明不到哪裡去。

「我需要一個男人。」其中一個角色說。每當她的人生出現困境時，她總是這麼說。五年前如此，現在還是如此。

「蜜糖親親，誰不需要？」她的女伴就會這麼回答。

「我就不需要一個男人。」另一個風格最大膽開放的女伴此時就該語出驚人地說，然後頓個兩秒，讓她那些穿著迷你裙和名牌鞋的女伴一臉迷惑地望著她，才面帶得意地宣布，「因為我需要不只一個男人。」

哈哈大笑。

娟娟遲疑了一下，笑聲需要寫下來嗎。痛苦會產生偉大的對白，笑聲卻總是在筆下顯得愚鈍。

她的母親正在出門，經過客廳，看見她像孩童一樣席地而坐，趴在客廳茶几上寫功課，於是停下來，站著陪她看了一會兒帶子。因為演員說的是英文，母親聽不懂，一下子失去了興趣，繼續走去玄關穿鞋。娟娟見她母親難得穿了一身黑，問她要去哪裡。

「去殯儀館。茉莉阿姨今天下午火化。」她母親淡淡地說。

「啊？」娟娟以為自己沒聽清楚。

「茉莉阿姨啊，我上禮拜告訴過妳。」

「什麼時候？我怎麼不記得？」娟娟還是不肯相信。

「就上個禮拜，妳當時也在搞這些帶子。妳這個孩子怎麼回事，什麼事都不經心也不用腦。虧茉莉阿姨那麼疼妳。」

「她生了病嗎？還是出意外？」娟娟開始意識到事情的真實性，逐漸恐懼。

「她臨時腦出血，住進醫院。不然妳以為我這段時間幹嘛一直上醫院？就是為了照顧她。」

娟娟靜默了下來。她有個印象，她的母親的確這陣子頻去醫院。但她活得懶散，沒去關心大人的事情。她總是以為她自己的煩惱就已經夠多了。她帶著慚愧的心情，從地上爬起來，盤腿而坐，端正身子，好看著她的母親，低聲地詢問茉莉阿姨到底發生了什麼事情。

「就三個禮拜前，妳茉莉阿姨早上起床，身上穿著睡衣，還沒梳妝打扮，突然中了風，整個人赤腳摔在光滑的瓷磚地上。順叔前個晚上剛好沒回去睡覺，近中午時，他回家才發現已經昏迷許久的茉莉。他緊急把她抱進醫院，醫生護士全都盡力搶救，她卻醒不過來。」娟娟的母親難過地說。

整整一個禮拜，除了心跳脈搏，其他什麼醫學讀數都沒有。醫生要找人簽死亡切結書，準備放棄治療，順叔說他不能簽。不是因為他不忍心她走，而是因為他不是她的法定配偶。他也不認識她的其他近親。雖然他們維持情人關係這麼多年，他始終是個外人。她的肉體正逐漸衰敗，但他只能站在一旁看著，束手無策。

因為法律規定，那具肉體其實不屬於他的，不管他們這輩子上床了幾萬次。

他打電話給娟娟的媽媽，她這才去連絡了一堆姐妹淘，約定去輪班照顧茉莉。她們進了病房，都嚇了一跳。茉莉原來瑩澤結實的肉體全鬆垮了下來，肥肉像一床塞滿了棉花的棉被平攤在病床上，軟趴趴地蓋滿整張床。茉莉沒有了她慣常的胭脂粉氣，失去了她的風情萬種，幾個姐妹淘見了床上那個她們不認識的又老又醜的女人，全哭了出來。

「茉莉阿姨完全沒醒過？」娟娟問。

「她去世的前一天，她忽然睜開眼睛，身體不能動，但是可以說話。她一開口就要找阿順，可是阿順早就不見人影。男人都沒良心。見她快死了，乾脆連醫院都不來了。我們騙她，阿順就在來醫院的路上了，要她先睡一下。她不肯。她知道，我們也知道，這是迴光返照，她要是再閉上眼，就不會回來了。可是這個可惡的阿順，整天關機。我們叫他叫不來，茉莉就一直瞪著眼睛等。等了一天，他都沒出現。她只好走了。走的時候，還不瞑目。我們幾個朋友看了都不忍心，邊替她擦身邊掉淚。」娟娟的母親開始抹淚。

「順叔怎麼這樣？他們感情不好嗎？他不愛茉莉阿姨嗎？」

「他愛她？愛她的錢吧。趁著她人躺在醫院，他早就拿著她的存摺印章去銀行領錢，連那間日本料理店都已經拍賣掉了。妳說他動作多快？人還沒有死，禿鷹就已經來啄肉了。」

「那間店賣掉了？」娟娟大驚失色。

「哪算只賣掉了一間店？那是茉莉全部的生活。」她的母親淚掉不止，「一個人才剛走，她在這個世間活過的所有痕跡就已經抹得乾乾淨淨，好像她不曾活過。什麼都沒留下。」

「這麼說，順叔今天應該不會去葬禮？」

「怎麼會？錢都拿到手了，他早就回他那個家去了。」

「那個家？」

「這個阿順一直都有另一個家。茉莉死了，他拿了她這輩子開店的血汗錢，回去他的元配和孩子身邊。」

娟娟不知道為何她不感驚訝。經過蘇菲亞事件，她現在對男女感情有點無可無不可的態度。她只是平靜地聽她母親解釋茉莉阿姨的世界。那個世界無論怎麼複雜，怎麼不為人知，都已經結束了。

我那可憐的茉莉阿姨。

她的母親看了一下牆面的掛鐘，說她得走了，不然會遲到。娟娟原本要說，等我一下，我也去。但她那萬事溫吞總是遲疑的性格還是讓她沒攔住她的母親。她母親帶上門後，娟娟發了一會兒呆，又看帶子工作。

茉莉阿姨如果活著，天塌下來，她也會繼續開門做生意。

電視上的女人還在談性和男人。大概到她們死後上天堂，她們關心的話題也還會一成不變吧。

「我想結婚。」

「俗話說，有牛奶喝又何必養一頭牛？跟男人玩玩就好了，幹嘛結婚？」

「我那天去一個葬禮，我看見隔壁有個女人下葬。那名鰥夫在他愛妻的棺木前哭得不成人形，他的悲慟如此真實動人，我幾乎可以感覺到他們的愛情。我也想要有個人在我的葬禮上這麼為我流淚。」

「蜜糖親親，」那個風格最膽大妄為的女伴鼻孔朝天，神氣地說，「妳確定那個男人會出現在妳的葬禮上嗎？還是趁著妳的屍骨未寒時就領走妳的全部積蓄，賣掉妳的房子和車子，跟另一個更年輕更漂亮而且更活生生的女人跑了？因為依我對男人的理解，這恐怕是在現實生活中更可能發生的情況。」

被質問的那個角色瞠目結舌，完全不知怎麼回答。而電視機前的娟娟也停下筆來，啞口無言。

她看太多電視了。真的看太多了。

事實上，大家都看太多電視了，所有人對愛情的想像力都讓電視演光了。到後來都不知道是電視搬演真實人生還是真實人生搬演電視。

不能再看下去了。真的。

故事捌

富貴浮雲

在這座新加坡的深宅大院裡，老人就是太陽，其他人是繞著他轉個不停的小行星。行星自身既不發光也不發熱，少了太陽，行星不過是漂浮在無垠宇宙裡的幾塊普通石頭而已。

五點整，藍色晨光剛像海洋淹沒了整片天空，把樹木澆得又青又溼，還漫過草地，從花園方向湧進了客廳，前一秒還在酣睡中的宅院突然醒轉了過來。

因為太陽起床了。

廚房傳出飯香茶味陣陣撲鼻，年長女傭拉開窗簾讓沉悶了一夜的客廳透透氣，年輕女傭在洗衣房，園丁澆花除草，司機在車庫準備車輛。每個人都匆忙走動，卻不弄出任何聲響。

管家阿蕭親手布置餐桌，每日早晨都是一樣的菜單，一碗摻了地瓜蒸出來的白飯，一條鹽量減半的清蒸魚，一盤水煮青菜澆上少許蠔油，一壺泡得極濃的熱茶，另加兩份當日報紙，一份中文、一份英文，數十年不變。

他剛剛擺好，老人立刻走了進來。一分不差。老人已經八十三歲，身材瘦小如一棵發皺的灌木，但精神矍鑠，活動俐落，髮色全白卻依然濃密，一雙黑白眼眸清亮有如少年郎。每日一條魚，外加定量的足部按摩，是他保持耳聰目明的訣竅。他向半彎著腰佇在桌旁的阿蕭點頭道早安，坐進阿蕭為他拉開的椅子，阿蕭手腳輕巧地從茶壺倒出熱茶，便退出餐廳，趕去車房提醒司機暖車。

阿蕭的父親也是老人的管家，他的父親過世後，阿蕭繼承了他父親在這個華人家族的地位與功能，繼續服務。在這座花木扶疏的南洋庭院裡，不只阿蕭一人，很多僕人都與這個家族保持如此幾近世襲的主僕關係，像是老人以前的女祕書曾經是老人父親的女祕書，老人的父親過世後，她就變成老人的祕書，直到她退休後，她的兒子便接替她的工作，成為老人的祕書。這些雇傭關係不僅垂直也水平發展，譬如幫老人開車的老陳，他的幾個兒子同時在幫老人的兒女們開車。這間老宅子如同一棵濃蔭蔽天的熱帶古樹，表面上只有一支華人家族落在南洋紮根發展，仔細一看，卻是好幾株樹幹相擁一起矗立於藍天之下，樹與樹的糾纏從地底下便已盤根錯節，相依為命。

老人通常獨自用早餐。他有七個兒女，分屬兩位母親，已過世的大太太鳳儀生了一雙兒子、一雙女兒，除了三女兒文和嫁給了香港大亨，終年往返於加州和香港，大兒子元和、二兒子順和都住在同一處院子裡，一輩子幫父親工作，沒去外界上過班。

他們各自成家後，老人指示在花園另一頭蓋了兩座獨立小洋房，元和與順和帶著自己的家人各據一幢屋。四女兒雲和的先生光德也為老人工作，他們住在市中心的摩登公寓，離公司只有十分鐘路程。

大太太過世八年後，二太太淑惠才帶著孩子搬進來，那時候她生的第一個孩子賢明都已是亭亭玉立的青少女。淑惠的年紀還比元和年輕個幾歲，總共替老人生了三個孩子，大女兒賢明剛從美國讀書回來，進了總公司，在元和手下工作，二少爺光明說是在倫敦唸書，其實是在鬼混，不知何時畢業。最小的么子兆明不過十歲，還是個孩童。

這麼一大家子人，在早餐桌上都是見不著人影的。賢明還沒去美國讀書前，只有她天天早起，陪老人吃早飯。等到她回國加入家族企業之後，她也不再出現在這張餐桌上。

老人的一天，只有工作、工作、工作，以及工作。

他五點起床，用畢早餐，即刻坐上車，讓司機老陳載他去高爾夫球場，他天天邀來不同的生意夥伴、政府官員、銀行家一起打球，邊在新鮮的晨間草地上揮桿，邊敲生意。八點整，他就會進到辦公室。此時，提早一個小時到達辦公室的女婿光德已經在等他。接下來的一小時內，光德跟他報告業務進度與成果，給他看報表，呈送新的商業計畫書。九點整，他們倆一同進大會議室與公司的高級主管們開會，這時候他就會見到他另外三個為他工作的兒女。老人個性嚴厲，脾氣暴躁，當下屬達不到他的期望時，他往往發飆如山洪爆發，撼天動地。若這個無能的下屬剛好是他的親生子女時，他尤其不能忍受，當眾破口辱罵，絕不留絲毫口德。這些溫室生長的花朵，平生不識什麼挫折，他們人生唯一碰上的驚濤駭浪就是他們自己的父親。

能夠讓他們父親滿意的是光德這個女婿。他從早上七點進公司，準備工作，八點開始跟著老人開會辦公，十二點與老人一起去午餐約會，下午三點老人做足部按摩，他繼續處理公務，跟進老人的決策，傍晚五點，老人會再進辦公室一次，他就必須匯報當日工作的進度，七點老人通常會有另一次商務晚餐，有時候他要求光德一起去，若光德不用參加，他就會留在辦公室把老人交辦的事情做完，因為老人總會在晚餐後再撥一次電話給他，確認他的命令已經被執行下去。等到老人回到家時，通常已是晚上十點半左右，這時他會再做一次全身按摩，喝點養生茶，然後上床就寢。而光德仍留守辦公室，召開全球電話會議，與其他時區的辦公室越洋通話，交代老人的意見，等會議結束，差不多已是午夜十二點，光德這位灰姑娘才回家。光德勤奮可靠，精明幹練，忠誠度毫無問題，讓老人將他視為自己的右手，信賴有加。有事，老人會找光德商量，而不是自己的兒女。謠言說，光德雖是女婿，卻遲早會接大位。元和、順和雖然吃味，卻莫可奈何，畢竟光德的確把大小事務都打點妥當，家族事業蓬勃發展，老人心情平靜，他們的日子因此好過很多，可以天天上俱樂部跟朋友吃飯打網球，沒事飛到普吉島的家庭別墅散心或去歐洲旅行，不用耗費一點腦力去思考生意，真是沒得抱怨的。再則，他們也不相信老人會真的傳位給光德。光德再怎麼能幹，說到底，還只是個女婿。元和順和就跟天底下所有的皇太子一樣，視王位為囊中物，從出生的第一天起就在準備接位。除了等待接位，他們沒有其他大事可忙。

這個薄霧瀰漫的早晨平淡無奇，跟其他普通日子的早晨沒什麼不同，管家阿蕭去了車庫監督司機備車，把高爾夫球袋放進後車廂，將老人在車上即將閱讀的文件資料擱在後座，然後經過廚房，捧壺熱水，返回灑滿晨光的餐室，他看見老人不是獨自一人待在廳裡。

他的第二任妻子淑惠一反人前總是儀態萬千的常態，蓬髮素顏，身披繡花晨褸，光著腳站在老人進食的桌旁，手上拎著一只男錶。她兩頰緊繃，目光犀利，好像一個警察在審視犯人般緊盯著老人。老人聽見阿蕭的腳步，便望向門口，他的視線落在阿蕭身上，卻似沒認出來者的身分，顯得迷茫而疑惑。

老人那張長年算計的精明臉孔，突然成了一張白紙，所有記事都被橡皮擦抹掉了，什麼資料全沒了。阿蕭閃念，眼前這個人不是老闆，而只是一個長得很像老闆的陌生人。

淑惠抬頭，迅速看了阿蕭一眼。那一瞥，雖然短暫，主僕卻交換了千言萬語。

「老爺今天不去上班。」淑惠果決地說。

「我去通知光德先生。」

淑惠遲疑，「避不開嗎？」

「太太，光德先生天天跟著老爺做事。」

「那好吧，就通知他。其餘人，都先不需要知道。」淑惠囑咐，「你去大小姐房間，請她盡快來見我。」

阿蕭打了電話給光德，老先生不來上班。天要塌下來了。電話另一端，光德感到胸口一陣躁鬱，他承受不起這麼大的壓力，尤其最近幾個月老先生對他的表現特別不滿意。好幾次他以為老先生已做了決定，著手執行計畫，老先生知道之後，卻大發雷霆，怒斥他擅作主張，嚴批他胡攪蠻幹。發生了幾次溝通的意外，他現在特別小心，做任何事情都要跟老先生再三確認，力求沒有相互理解的誤差。說真的，老先生不來，他不知道該怎麼辦。

他焦慮地問，「怎麼啦？老先生生病了？很嚴重嗎？」

「一點微恙，不打緊，應該休息幾天都沒事了。」

「要幾天呢？」

「太太要求老爺多休息。」

「我不是故意無禮，但是，阿蕭，我們公司最近很多事，譬如北京國貿商圈的一塊地皮，今天就要給人答覆，要投資還是不要，很多決定都需要老先生拍板。我需要知道他何時能回來上班。醫生怎麼說呢？」

「光德先生，很抱歉，我只是一個傳話的下人。我不知道老爺夫人他們怎麼安排。」

這些有錢人家的僕役早已練就一身推託的本事。你從他們身上永遠問不出個明確答案來的。阿蕭怎麼會不知道屋子裡發生了什麼事情。這些所謂的「下人」對主人家裡的事情全都清清楚楚，從老闆在外有幾個情婦到他一天上幾次廁所，各種大事小事都逃不過他們敏銳的觀察。他們私底下或許對自己老闆家頗有微辭，甚至鄙夷，但，他們不會轉頭告訴一個外人。因為那就是他們的職責所在，他們專門替主人掩蓋各種不欲外人知的行事。光德雖是女婿，但他不住在那間屋子裡，因此他就不算真正屬於值得信任的圈子裡。

光德仍不死心地爭取機會跟老先生說上話，幾句也好，至少把逼在眉睫的業務先問個方向，他才能做事，「我能跟老先生講電話嗎？」

「這……太太吩咐，老爺需要完全的休息。」阿蕭秉持一貫的矜持口氣。

「那，老先生是否交代，這兩天公司決策要等他回來，還是我們自己判斷？」

「太太交代，公司方面，要拜託您多擔待一點。」

「太太有說，這是老先生的意思嗎？」光德苦逼，渴望多點明確的指令。他不想再重蹈覆轍，冒犯了老先生。

「太太只說，老爺要靜養，一切先靠您做主了。」

太太不是老爺。她的說法不算數。他不明瞭為何淑惠會忽然擋在他跟老先生之間，不讓他跟老先生直接對話。光德還想再問，卻越發明白事頭不對勁。但，他更了然於心的是，窮追不捨地問並不能帶給他解答。這個家族有太多的祕密，都不適合探究，因為就算真相浮現，也無助於事，大部分時候，一個人最好先把事情擱著，然後靜觀其變。

憂心忡忡的光德謝謝阿蕭，掛了電話，胸口有股鬱悶感老是不散，他禁不住握拳輕搥左胸所在，彷彿這麼做就能趕走那股燥熱如爐的疼痛。等到九點的例行主管會議，一進會議室，他看見賢明坐在元和、順和中間等著開會，他頓時明白了一個母親的動機。賢明只是淑惠的第一個孩子，後面還有兩個弟弟，他們書都還沒有讀完，都還沒有進到家族企業裡，還沒有坐上一個位置，還沒有被分派一個企業歸他們管理。他們母子現在跟老人住在主屋裡，問題是還能住多久。

元和沒看見自己的父親進來，立刻問，「老先生出國了嗎？昨晚還沒聽說。」

「他臨時有事，不能來開會。」光德回答。他臨念一動，看了看賢明。她跟老人住在同一間屋子裡，老人究竟發生了什麼事，她是否知情。

賢明一如往常，不發一語。賢明繼承了母親的美貌，是個標準的美人胚子。她十四歲時才跟母親搬進父親的家裡，裡面早已住滿了她同父異母的兄弟姐妹，他們均已成年，且結婚生子，對她來說，他們是一群城府深沉的成年人，複雜而難以捉摸。雖然他們跟她都是同一個父親所生，卻彷彿是來自另一個國度的外鄉人，日常生活的舉止判斷都與她大不相同。她學會了察言觀色，不輕易表露感情，站在她的母親身後，冷淡觀察這個她由血統所繼承的世界。

此刻，賢明那張俊臉光潔沉靜，光德甚至猜不出賢明出門前是否從母親口中得知父親的狀況。如果她知道，恐怕她也決意保密。

「反正光德就等於是爸爸的分身，他來了，老爸就算來了。」順和酸溜溜地嘲諷。他從來不贊成他的父親給予一個女婿這麼大的權力。人家說女婿是半子不是沒有道理，因為他究竟不是百分之百的兒子，而只是一個想要取代真兒子地位的偽兒子。

光德慌張避嫌，「別開玩笑了。老先生沒來，還有元和在這裡。」

元和領情了光德的恭維，決定打圓場，「順和說得沒錯，我們家少不了你，光德。」

光德提議，「元和，您是總裁，您主持會議吧。」

好日子過慣了的元和其實有著與世無爭的性情，他溫和地說：「無所謂，光德，你最熟悉業務，由你來主持。」

「你是總裁，你主持較妥。」光德堅持。

「不講究這些職稱。平常這些業務都是你在主導，還是由你來帶大家討論。」

順和很不耐煩地插嘴，「哥，光德是對的。集團總裁是你，光德只是執行長，還是由你來主持會議吧。」

元和只好點頭，光德帶頭開始報告。他們家族在南洋以農產品起家，隨著耕地改建地，搞起房地產，累積了可觀的財富，進而跨足船運、茶葉、食用油、手機甚至電廠，樣樣賺錢。元和受過西洋企業管理訓練，但如今家族企業早已五花八門，每門行業的性質都大為迥異，他毫無概念，對各項交易的細節更是不清楚。光德提了幾個需要當機立斷的商業決策，元和實在說不上來他的意見，他茫然無助地望了望光德，光德立即會意地提供建議，元和邊聽邊點頭。

關於北京國貿商圈那塊地皮，光德提議要立刻競標。元和表示同意。但，二太子順和皺眉，「且慢，光德，我記得我爸不是很喜歡那個地段。而且他跟另一個參加競標的家族是朋友關係，他應該不想為了一個小案子得罪朋友。」

光德回話，「嗯，我無法揣測老先生的想法。我只是著眼於公司利益。」

「你跟著我爸工作那麼久，應該知道我們家之所以能縱橫商場多年，首重信義，賺錢不是我們的首要目標。」順和跟他的哥哥一樣身材壯碩，下巴飽滿，渾身無不標注了一個豐盈無虞的童年。

光德不動聲色，「是，那我們現在該如何行動？」

「我看，等明天爸爸回來再說吧。」順和口吻篤定，看著元和說。元和不由自主地跟著頷首，想要表示同意。

「但是，北京方面不能等了，今天一定要給個答覆。我們事實上已經拖了對方一個禮拜。過了今天，怕是沒有機會了。」光德催促。

順和的性子躁，劈頭就叱：「就讓他們等吧。催什麼催。這個世上，誰不想跟我們家作生意。他們要是不想等，那是他們的損失。做生意要長遠，殺雞取卵最要不得，這點道理他們都不懂，那他們也不會是很好的合作對象。」

光德不講話了。元和若有所思，但誰知道他在想什麼。順和自以為發表了一番大道理，滿臉得意之色。會議室裡，其他企業主管都縮在自己的座位，假裝專心望著桌面，像一群膽怯的雞鴨，等著農場主人的追趕。

突然間，一個年輕清脆的女聲響起。賢明冷靜自持地說，「今天早上，老先生跟我提過，他要拿下北京那塊地。他希望拿來蓋住商兩用的大樓，不賣只租。因為他看準了北京的房地產潛力。」

她的話如同在湖心投下一塊尖銳的石頭，立刻打亂平靜，漣漪波蕩，震得所有人大驚失色。不僅因為賢明所說的話，還因為聽見她說話了。

賢明這個二太太生的孩子居然在會議室裡開口，企圖指揮起業務來了。

元和愣了一下，「妳今早見過父親了？」

賢明嗯了一聲，「我們吃早飯時，他跟我說了。」

「你們一起吃早飯？哼。」順和一時不知如何反應，胡亂接口問，「妳什麼時候開始也五點起床了？」

賢明輕描淡寫，「父親前陣子要求我。他要我早起，在上班前抽時間鍛鍊身體，所以我們總是一道吃早飯。」

元和、順和面面相覷。會議室裡，空氣因沉默而凍結，不再流動，還令人難以呼吸。光德整張臉如打磨光亮的地板，表情乾淨，不留一絲思想的殘渣。

元和乾笑兩聲，「妳跟父親天天一起吃早飯嗎？」

「沒錯。」

順和焦急地追問，「這種情形已經多久了？怎麼我們都不知道？」

「滿久了。你們不知道嗎？」賢明朝光德方向看了一眼，「光德有時候清早會來家裡，在父親出門打球前跟父親報告公務，他知道我天天跟父親一道吃早飯。」

元和跟順和自然都把目光聚焦於光德。順和的眼神似乎在請求光德否認賢明在說的這件事。

光德動也不動一根臉部肌肉，語氣淡然，他不帶任何感情暗示地問賢明：「所以，老人家贊成這項投資案？」

賢明落落大方，對著光德說，「是的。」

「那我就著手去推動了。還請妳今晚見到老人家時跟他打聲招呼。」

「好，我會跟老人家報告我們今天的決議。」賢明若無其事地應答，光德看見一抹光亮閃過她那雙靈活的美眸，像魚兒躍出湖面般倏忽，一眨眼便不見，「謝謝你，光德。費心了。」

會議結束，賢明很快起身離開了會議桌，元和與順和想要來拉光德說話，光德藉故還有約，快步閃回自己的辦公室。

一天過去。

隔天早晨，老人仍舊沒有現身。光德照常報告了業務進度，請求決策，元和仍是那麼猶疑不決，順和還是那麼跋扈驕縱，賢明意外地再度發言。她的父親又在早餐時間給了她意見，要求她帶到會議桌上來，供大家參考。老人的話就是聖旨，光德不置一語，全盤接受。元和、順和一臉驚愕，但他們無力推翻老人的指示。如果跟老人同居一屋的賢明一口咬定那是老人的意思，其餘人就只能領旨照作。

第二天，第三天，一個禮拜過去了，一向勉力親為的老人依然不見蹤影，順和在賢明頒布聖旨之後發難了。他先叫非家族成員的主管們全部出去，會議室只留下元和、光德、賢明和順和自己。

「賢明，妳天天進來辦公室，說這是老爸的意思，那是老爸的命令，跟頒聖旨一樣。我們如何判斷真假？怎麼知道這真是老爸在下指導棋，還是妳這個小女孩在狐假虎威？」

賢明不慌不忙，「我只是轉達老先生的意見。大家可以自己作判斷。」

「老爸為什麼不來上班了？」

「我不知道。」

「妳跟他住同一間屋子，天天跟他吃早飯，他跟妳談生意，妳知道他對業務的意見，妳不知道他為何不來上班？」

「父親不會告訴我全部的事情。」

「但，他告訴妳全部的生意？」

「二哥，」賢明罕見地公開喊順和二哥，「你是父親的兒子，我想你有更多機會與父親互動，也擁有父親更多的信任。我只是跟父親生活在同一屋簷下，早晚比較容易遇見他，如此而已。」

順和不能承認自己其實很少見到父親，但他不會因為賢明喊他二哥就輕易放過她，更何況他才不是她的二哥，他怒氣沖沖地吼叫，「別跟我套親情。要不是妳媽跟妳們三個綁架了老爸，那間屋子還是我們的，我媽也還會活著。」

個性不愛衝突的元和介入，「夠了。賢明也是我們的小妹。」

賢明並沒有顯露軟弱的跡象，她神情頑強地說，「如果你們不想從我這裡聽見父親的意見，我無所謂。我以後不說就是了。」

「對，我們不想。這像話嗎？突然，我們在辦公室就見不到父親了，突然，妳像是個與死者溝通的靈媒，天天通靈，帶來父親的消息。」順和說了一半，覺得自己的話不祥，改口，「更何況，父親還沒死呢。需要妳這麼多事嗎？」

賢明終於有點招架不住順和的兇惡態度，她略帶哽咽，「我也只是一番好意。不希望業務耽擱了。」

元和溫和地拍拍坐在他旁邊的賢明的肩膀，「我們懂。我們懂。大家都是為了這個家。」

順和卻仍咄咄不休，「妳為什麼不直接告訴我們，那間屋子究竟出了什麼事？」

賢明一臉無辜，狀似小女孩，「什麼出了什麼事？沒事啊。」

「別裝了。昨晚，我跟元和兩人過去你們屋子敲門，要求見父親，阿蕭居然跟我們說老人在休息，不方便。」

「是嗎？」

「阿蕭只是下人，他怎麼敢擋我們？」

「阿蕭的確不會無故這麼做。」賢明冷靜地說。

「除非是上面有人交代。」

「也許就是父親本人。他的確需要休養。」賢明的話彷彿一道刀光，劃過之處立刻見血。

順和這隻肥貓咪果然被惹火了，他的眼珠子快激凸出來，擺在桌上的雙手緊握成拳，全身弓緊，已然備戰，隨時都可能跳過桌子伸出爪子抓傷賢明，元和緊張兮兮地盯著自己的弟弟卻束手無策，光德覺得自己再不說點話，順和就會失控。

「賢明，老先生數十年從來不曾缺席，無論刮風打雨，他永遠是第一個進辦公室、最後一個離開辦公室的人。他比我們任何一位員工都勤奮。他是我們宇宙的中心，我們全體人都倚賴他，他是我們的神。見不到老先生，我們大家都失魂落魄，宛如喪家之犬。我們都很關心老先生，想知道他身體可好。妳能理解這份心情嗎？」

賢明也開始不耐了，他們一家子其實都是火爆脾氣，跟父親同一模子出來的。她轉了轉黑色眼珠，「我知道，可是父親就是這樣，他決定的事情，誰都不能干涉。就算我問他一些事，他也不見得會告訴我。你們比我更了解父親是怎樣的一個人。」

幾個中年男人都安靜了下來。小女孩說的是實話，無人可左右他們的父親。他們無可反駁。賢明見自己占了上風，趁機站了起來，收拾文件往外走。

那天之後，元和就宣稱神經衰弱，告了長假，飛往馬來西亞一處家庭別墅，說是要打坐冥想，清靜心緒。

順和只好回去花天酒地，繼續過著他最擅長的紈褲子弟生活。

瞬間，光德發現只剩下自己和一堆業務主管坐在會議室裡，跟賢明開會。

而賢明儼然以老人家的代言人自居，開口閉口都是我父親說，她的語氣越來越高傲，越來越權威，剛開始她還會細心聆聽之後才發表意見，後來她打斷別人發言的次數越來越頻繁，甚至像她的父親一樣高聲斥責員工，怒罵他們懶惰，不用心思。她唯一客氣的對象是光德，因為如同她的父親，她還是需要光德這種人去為她徹底執行所有決策，參加她不會去參加的各種會議，飛去她不能飛去的商務旅行，應酬她不想接觸的合作夥伴。

工作照常忙碌，忙到沒時間細想，恍惚之間，光德真以為老人還是天天來上班，只不過以一個年輕女孩子的姿態出現。

光德的妻子雲和是個好女人，從不過問他工作上的事情，也不給他任何家庭的壓力。她從大學畢業後也跟她的兄弟一樣加入家族企業，認識了負責房地產業務的光德。當時光德剛幫公司在中國上海市拿了好幾塊黃金地皮，蓋了世界級的購物中心和旅館，功績彪炳，意氣風發，人人都說他在這間企業的前途不可限量。老人信賴這名愛將，幾乎到了可稱作寵信的地步，只要是光德提的案子，老人一律點頭，而沒有光德認可的案子通常會無疾而終。有人說雲和嫁給光德其實是老人的安排，因為他無法想像這個家族有一天會失去這麼優秀的人才，簡直就像把一根重要支柱從屋子拆掉，因而決定把自己女兒的幸福跟企業的前途綁在一起。那時候，外貌出眾的文和已經許配給了一位從事海運業的香港大亨，老人就把相貌比較普通的雲和與光德湊對。對出身貧寒的光德來說，老人這項聯姻的決定好似古代皇帝把自己妹妹或女兒許配給功臣，不僅是獎賞，更是榮耀。雲和雖然沒有姐姐漂亮，但性格務實，隨和可親，其實更適合當光德的妻子。她一嫁給光德，就從家族事業退下來，專心持家，幫光德生了兩個孩子，二十年來總是以夫家為主，除非陪光德過去，很少單獨回娘家走動，她不搬弄家庭是非，也不爭權奪產。老人提到這個女兒時只有喜愛，從無批評。

隨著業務擔子加重，光德總是過了夜半才能回家，雲和看在眼裡，疼在心裡，卻極少微辭，只默默為他燉湯，塞多種維生素片給他，早晚提醒他氣溫，別穿錯衣服。他們夫妻倆就算一開始沒有激情，但作為肩並肩一起活在這個家族陰影之下的兩個人，竟讓他們培養了深厚的感情。親情，在這個家族裡，向來重於愛情，卻也成為他們婚姻的磐石。

這晚，光德照例過了午夜到家。進門後，雲和端來一碗熬了中藥的肉湯，夫妻兩人坐在飯廳燈下，光德喝湯，雲和陪著他，孩子傭人都已入睡，屋裡悄然無聲。

雲和突然說，「我今天接到爸爸的電話。」

光德嚇了一跳，湯灑了出來，燙著他的手。雲和一面順手抽了幾張紙巾，替光德擦手，一面說，「他要我回去一趟。我就回去了。」

光德放下湯碗，小心翼翼地問，「是老人家親自打電話給妳？」

「是。」

「妳確定？」

雲和瞥了光德一眼，「我會不認得自己爸爸的聲音？」

光德默然，「那，他說什麼？」

「他先是要我找你一起回家，後來我說你在工作，等你回來，明天一起去找他，他說不能等，讓我自己一個人先過去。」

「然後呢？」

「我就去了啊。」

光德原本累了一天，身心疲軟，聽了妻子的話，像注射了不知名的藥劑，立即精神亢奮，「妳，見著了老人家了嗎？」

「這就是我要跟你說的事。我去的時候，阿蕭把我帶到小客廳裡，我一人坐在那裡，等了很久，不見父親下來。後來，阿蕭又出現了，說父親身體虛弱，不適合見客，他手上拿著幾份文件，說是父親要我交給你的，我就拿回來了。」

「文件在哪裡？」

雲和進了書房，返身回來飯廳時帶著一大包文件，「我怕傭人翻到了，先前藏著。」

光德馬上著手翻閱那疊厚厚的文件。翻沒幾頁，光德臉色暗沉了下來，雲和從沒看過自己丈夫如此沉鬱凝重，即便工作壓力再大，他的臉色也不會這麼難看，她擔憂地問，「一切都好嗎？」

「不好。」

面對丈夫直接了當的回答，雲和反倒平靜，「我料想到了。我今天進那間屋子，就覺得氣氛不尋常。你打算怎麼做？」

光德沉默了一會兒，「我得去見淑惠。」

聽見淑惠的名字，雲和默不作聲。他們家的孩子都不愛聽見這個名字。對他們來說，這個女人就算不是直接也是間接謀殺了他們母親的兇手。他們相信自己的母親受了父親的冷落，傷心欲絕，才不吃不喝，逐漸凋零，在盛年之際撒手人寰。雲和雖然性情溫柔，從不評論父親另組家庭的事情，但這不表示她不同情她母親作為一個女人的立場。他們母親死後，老人替元配砌了一座宏偉的墓地，周圍栽滿她生前喜愛的茶花、鈴蘭和玫瑰花。他且讓淑惠母子足足多等了八年，等到亡妻的幾個孩子都建立了各自的家庭，也都在家族企業擔當了重要職位，才迎娶淑惠進門。婚禮也省了，只請了六桌酒席，來的客人不是至親好友，都是生意來往的對象，彷彿只不過老人慣常擺場的另一次商務宴席。已經幫老人生了三個孩子的新娘子沒披白紗，穿了一襲綴滿亮片的深紅色旗袍，胸前繡有大片帶葉的玫瑰，雖然來客很想貶低新娘子的來歷，卻不得不承認這位曾在酒吧上班的女人其實氣質出眾，身材標緻且溫婉動人，讓人目不轉睛，以為仙女下凡。亡妻的四個孩子通通沒有出席婚禮。

淑惠母子搬進宅院之後，順和、元和雖然同住一處庭院，卻很少主動過去請安，文和、雲和更是只有過年過節才會回娘家。兩個女人的戰爭在一個女人死了之後，仍由她們的孩子繼續。當淑惠的孩子還小時，無人討論他們的情形，這幾年孩子突然一夜之間長大，也成了有權利的家庭成員，就讓人很難忽略他們的存在。光德想起白天的賢明，不過一個二十四歲的年輕女孩，談吐舉止與五十歲的元和相差不到哪裡去，對世界充滿無知，卻自信滿滿。

這是一群從來沒聽過「不」字的孩子。當他們要求無理時，他們其實不知道自己哪裡過分，因為在他們的世界裡，從來沒有不可能這件事。

他們要，他們就會有。

而他們卻以為這一切都是自己努力掙來的，因為他們也工作，也坐在辦公室，也參與會議，他們就以為自己也跟他們父親一樣白手起家。他們沒有意識到自己的網球課、頭等艙機票、考究時裝，和隨時想走就能實現的周末假期以及私人別墅，都不是靠他們那幾份所謂的工作給予的。甚至，他們的工作也不是他們自己面試得來的。

他們的一切成就，都來自他們身上的血液。

而你以為他們真不知道這套血統學的意義，光德想，他們當然懂。整個人類史都是圍繞著那股帶有腥味、黏黏的紅色液體，鬥爭、謀殺、戰爭，人類彼此殘殺哪一次不是為了爭奪某支血統的傳承。

他們說他們不在乎，但，他們卻天天都不讓我忘記我只是一個入贅的女婿。

「你去的時候，順道看看爸爸吧。我很擔心他。」雲和側過臉，她的表情隨即藏在燈影裡，看不清楚。

雲和，雲和，妳這個善良的女兒。妳難道不知道，在所有流傳的故事中，好女兒通常只能落個悲劇下場。光德嘆了口氣，「我試試。」

隔天光德打電話到大宅裡，留話要見淑惠。過了五分鐘，阿蕭打來，太太請他晚上九點過去。

光德依約前往。阿蕭親自來開門，領他進屋，他們穿過昏暗的入門大廳，沿著長長的甬道往屋後走。宅院裡靜悄悄，只有幾盞壁燈亮著，在四周落下大片陰影。

光德跟在阿蕭後頭，看著阿蕭略顯佝僂的背影，禁不住想，他終於也老了。於是他開口想跟阿蕭聊兩句：「最近忙嗎？」

「還好，謝謝關心。」阿蕭回答時腳步並沒有慢下來，但把頭稍微偏後，以示禮貌。

「最近照顧老爺應該很累吧？」光德試探地問。

「照顧老爺夫人一直都是我們的職責，沒什麼累不累的。」

「老爺有沒有說何時會回來上班？」

面對光德突如其來的問句，阿蕭保持慣常的拘謹審慎，「您得自己問老爺跟夫人，我只是個下人。」

問老爺，你明知道沒人見得到老爺。但是，阿蕭，你提了夫人。光德想，不由得佩服管家阿蕭說話高明。

他們來到一間深入屋內的起居間。這處起居間因為地點過度隱密，很少使用，但面對花園假山的流瀑淙淙，花木繁茂，卻最令人心曠神怡。阿蕭問他要喝點什麼，他要了烏龍茶，阿蕭隨即消失在一扇門後，不到幾分鐘，阿蕭再度出現時，端來一大盤西式銀器，擺滿茶壺、熱水壺、濾茶器、瓷杯和瓷盤。英國人或許走了，卻在亞洲這一帶留下他們的喝茶儀式，烏龍茶還是錫蘭茶，都用相同的方式準備。

阿蕭倒了茶，人便告退了，留光德一人。然而，光德知道，在這種大宅院裡，眼線無所不在。表面上，所有的門都關上，四周空無一人，但是，就在每扇門後、每道牆後、每張窗後，一雙雙眼睛、一個個耳朵都在聆聽、打探、窺視。他相信，只要他稍微張望，阿蕭就會立即不知從何處現身，問他有什麼吩咐。

進來的人卻是淑惠。雖然在自己家裡，而且已經晚上九點多，她還是打扮隆重，一身義大利名牌，套上高跟鞋，耳垂綴著鑲鑽的珍珠耳環，一張精緻的臉掃了淡妝。這個女人怎麼也不顯老，時光似乎拿她莫可奈何，她生了三個孩子，看盡幾十年的春花秋月，卻還像個未出閣的大姑娘。她可以謊稱是自己女兒的姐妹，大概也不會有人識破。在黑夜的掩護下，淑惠驚人的容貌很快地就讓人忘記她女兒的青春。光德每次見到她，都不曉得怎麼跟她正面相對。

的確，她是一個太美的女人。

光德不習慣這麼光芒畢露的美色。現在，他依舊把視線移開，嘴裡問好，卻不看淑惠。他聞到一股幽香傳來，那是窗外正在盛開的曇花，還是淑惠身上的香氣。他不想深入探究。他怕自己思路會亂。

淑惠先開了口，問雲和跟孩子好不好，再問光德的健康，又問他茶夠不夠熱，要不要來份點心。

她正要喊阿蕭過來，光德單刀直入地問，「老先生，他還好嗎？」

淑惠收了身子，方才家庭主婦的熱絡不見了，代之以起的是冷漠的正經，「他，就是身子弱了點。其他都好。」

「他是生了什麼病？」

「不要緊，就是太累了，需要休養。」

「需要休養很久，是嗎？」

「不會，怎麼會？」

「那為什麼送這些文件來？」光德把那包文件攤到桌上。

「只是做點適當的安排。老爺需要靜養，醫生不希望他還掛心業務。這樣他安心一點。」

「可是，他如果需要代理人，元和已是公司總裁，由他接管，順理成章。賢明雖然聰穎好學，悟性高，畢竟她剛進公司不久，讓她代理老先生的角色，於情於理都說不過去，下面的人恐怕會反彈。」

「這是老爺的意思。」

「妳要我相信這是老先生的意思？」

光德頭一次直逼著淑惠的臉看，她卻也不閃躲，她的笑容依然恬靜可人，聲音柔細地說，「他跟賢明同住一間屋子，傳話方便。說實在的，公司平日的運營不都是你們幾個兄弟在負責嗎？賢明只是代老爺轉達他的意思，跑跑腿而已，稱不上代裡人。」

「這些文件上面可不是這麼說。如果我今天拿去呈給董事會，他們要是通過了，以後公司各種決策都要經過賢明點頭才能執行。」

「你把事情說得太嚴重了。賢明又不是老爺，她只是老爺的眼跟耳。」

「根據這些文件，賢明就是老先生。因為老先生迄今仍是公司最大的股東，而他決定把他的權益都轉給賢明。」

淑惠不講話。

「這是很重大的決定。我需要聽見老先生親自跟我說，這是他希望的安排。」光德說。

「這不都是他簽了字的東西嗎？還需要問？」淑惠冷冷地反問。

「只要他沒當面跟我交代這件事的一天，我就不會把這些文件呈交董事會。」光德斬釘截鐵地說。

淑惠終於明瞭，面前這個男人比想像中更固執。但她需要這個男人。她這輩子都靠男人幫她拿來她想要的東西，她會找出法子使喚這個男人。可是，她一時想不到。光德不是她習慣對付的男人類型。她認識的男人都好大喜功，愛自我吹噓，性好漁色，連老人也脫不了這點特性。但光德個性低調，虛榮心不高，對女色興趣缺缺，除了工作，一點額外的嗜好都沒有。光德其實是一個乏味的男人。這是老人喜愛他的原因，因為他沒有其他人那種充滿色彩的人性。他像台機器，插了電就開始隆隆運轉，馬不停歇，直到機器報銷的那一天為止。

淑惠沉吟了一會兒。她那張完美無缺的臉猶如大理石塑像，閃著沉著的風采，她的腦子裡的思緒卻像跑馬燈一樣快速地轉著。當淑惠重新說話時，她的風情萬種都消散了，光德見到了一個真正的生意人在跟他交涉，「我帶你去見老爺，可是，你要保證，為了這個家族，為了公司，你什麼也不說出去。你還要保證，你見了老爺之後，你一定會把老爺的意思傳達給董事會。」

「如果真是老爺的意思，我當然會。」

淑惠抿抿嘴，她平滑的前額難得出現一條細紋。她站起來，暗示光德尾隨她，推開櫃子旁邊一道門，露出另一間內室，阿蕭正在裡面，站在一把靠窗的沙發旁，老人像個孩子窩在沙發，眺望著窗外魚池的錦鯉。阿蕭見到他們進來有點驚慌，淑惠朝他點點頭，他便離開了房間。

老人抬頭看著光德走進來的身影，他神情呆滯，眼眸仍很明亮卻空無一物。他什麼話都沒說，又將視線轉回外面黑夜的魚池。

光德一下子就看懂了眼前的景象。

淑惠走過去，把手搭在老人的肩膀，已然痴呆的老人順勢依偎到她身上去。他曾經是她的丈夫，也是她的父親，現在則是她的兒子。光德說不出有多難過。

「他去年斷斷續續出現異狀。剛好都只有我在場，沒其他人知道。剛開始，他只是忘東忘西，我、阿蕭跟秦祕書三個人還能幫他掩護，紙條、錄音機、電話，都很好用。阿蕭在家裡跟著他，秦祕書在公司跟著他，我呢，陪他去大小應酬。後來，他忘的不只是東西、約會，而是時間。他以為賢明才八歲，而大太太還沒有去世。二十年歲月，他忘得一乾二淨。後來，他開始不認得人了。有天早上，他下樓吃飯，忘了手錶，我拿著他的手錶追下來，一進飯廳，他居然問我是誰。」淑惠的淚水在眼眶滾了兩圈，她畢竟忍住了，「他發病越來越頻繁之後，我和阿蕭就把他移到這間房裡，只有我們兩人可以進這個房間。我們輪流照顧他。」

光德輕輕地問，「他全糊塗了嗎？」

「時好時壞。他的記憶力很像潮水，來來去去。一會兒清醒了，穿戴整齊，堅持要去上班，怎麼攔也攔不住，等走到門口，還沒上車，他就忘了自己要去哪裡。」

光德走過去，蹲在老人的面前，輕聲呼喚，「老先生，是我，光德。」

老人那對已經失去靈魂的眼睛對著光德，看了又看，半天，迸出一句，「你來了。」

光德興奮地回答，「是，我來了。我來看您。」

老人嘴角牽出一個微笑，「上海的新世界商場蓋得怎麼樣?什麼時候需要我飛上去見合作方？」

他在問一件二十年前的房地產項目。光德喉頭緊縮，勉強回答，「就快了。就快了。我會隨時跟您報告進度。」

老人滿意地笑了。他突然忘了他正在跟光德談話，又轉頭興趣盎然地觀賞池塘裡的錦鯉，錦鯉背脊的五彩鱗片反射著天上的月光，彷彿煙花綻放在黑暗的池水裡，煞是好看。

淑惠又把光德帶回隔壁的會客室，阿蕭果真如神龍出沒，在他們離開房間之際，又回來陪著老人。

他們倆坐回流瀑前的窗口，光德這才發現淑惠早已淚痕斑斑。她如同一枝沾滿晨露的玫瑰，迎風顫抖，正等著太陽的溫暖呵護。身為男人的光德不知該說什麼或做什麼才恰當。

「現在，你明白為何我必須隱瞞老爺的病情。你想，這麼一大家子都靠他，企業也靠他。為了穩定軍心，這是不得不做的權宜之計。」

光德在這個家族裡一直都是扮演收拾殘局的角色。如果今天有家族成員去外面殺了人，其他人可以哭，可以叫，可以崩潰，他還是要戴了手套，拿著布袋，去處理屍體。

他不理會淑惠的眼淚，因為他不能理會，他還是得把事理釐清，他口氣生硬地說，「可是，讓一個二十四歲的小女孩當家作主，搞個影武者的把戲，不是解決之道。家族講究輩分，公司講究年資。就因為老先生發生了這種情形，我們也不能亂了套。」

淑惠辯解，「我說過了，這是臨時的安排，等老爺能回去上班了，一切都恢復原狀。」

「妳明知老爺不可能恢復了。」光德生起氣來了，「妳以為妳能哄騙大夥人多久？妳難道真心相信順和、元和他們永遠不會發現嗎？這間屋子只要有一個僕人越過花園，跑過去通風報信，他們立刻就知道了。只要一個僕人有貳心就夠了。你們屋子裡上上下下有多少傭人？元和是順理成章的繼承人，有一天他會繼承這一切，」他張開雙臂，畫個大圈，把周圍環境都包進去，「妳現在所看見的一切的一切，都會屬於他，不不，都是屬於他的。而那些僕人憑什麼不想籠絡未來的主人？」

淑惠哇地一聲哭了出來，頃刻，她的實際年齡全在她臉上浮了出來。她看上去又老又醜，且心力交瘁。

光德的心軟了，但他以為事實就是事實，誰也不能改變。

淑惠邊抽搭，邊說，「你以為我不知道嗎？你以為我沒想過後果嗎？大太太那幾個孩子說有多恨我就有多恨我。他們只是忌憚著老爺，還不敢動手。要是他們知道老爺有個三長兩短，他還沒正式斷氣前，他們這群禿鷹就會來啄我們的肉了。你以為他們是老爺的孩子，他們的心就向著老爺，你錯了，他們是天底下最巴不得老爺趕快掛掉的一群人，因為沒有了老爺，他們才能染指這些家產，為所欲為。我跟我的孩子才是世上最支持老爺的人，因為沒有了老爺，我們什麼都不是。沒有了老爺，我們可能連這棟房子都不能住了。」她抬起溼淋淋的眼眸，環顧小客廳四周，可憐兮兮，像在依依不捨跟眼前這些美麗物品說再見，轉眼又悲憤地質疑光德，「你為什麼要幫他們這批好吃懶做的少爺呢？你明知道他們是世上最沒用的一群壞東西。你比誰都清楚，因為你也是他們欺負的對象之一。你做事最勤奮，工作量最大，老人最倚重你，可是，只因你是女婿，你所能分的家產硬生生少了一半。你以為你是接班人嗎？」

光德急急插嘴，「我從來沒想過要當接班人……」

淑惠高聲打斷他，「你也不用想了，因為你不是！你不可能是！」

淑惠朝他面激烈拋出不可能這三個字，彷彿有人拿榔頭迎面痛擊光德，不是把他打昏，卻是把他打醒。

他剎時無言，只得默默坐著。

淑惠還在情緒浪頭高點，一時下不來，她滔滔地說，「你見過老爺的遺囑嗎？我讀過。他自己拿給我看的。只因為賢明不是長子，她什麼都分不到，沒有企業、沒有房子，只有一筆現金讓她做嫁妝。你知道你跟雲和會拿到什麼嗎？因為雲和已經嫁掉了，她已經用掉了她的嫁妝，至於你這個作牛作馬的半子，你只會有你的工作。是，那是很好的工作，每年也會分給你不錯的紅利，問題是，你今天去哪間企業工作，他們不會給你這種待遇？你去了其他公司，依你的工作表現，說不定幾年前早已經升作總裁。然而，在這間企業，你一手協助打造的企業王國裡，你卻永遠會被壓在底下，你實力再堅強，表現再出色，權力再大，也永遠是萬人之上，一人之下，你頭頂上永遠會壓著一個皇帝。為什麼？因為你姓氏錯了。而雲和的姓氏雖對了，她的性別卻錯了。她應該當兒子的。她那麼孝順，老爺從來也沒把她放在心上。十個黃金女兒，抵不上一個廉價的浪蕩子。我們華人觀念就是這麼回事。」

光德問，「妳說那麼多，妳自己的角色又如何？」

淑惠悲涼地說，「我雖是老爺的妻子，也幫他生了兩個兒子。但是，因為進門時間太晚，到現在，也還是有人找我麻煩。賢明小時候曾經哭著回家，問我什麼叫姨太太，有個親戚的小孩罵她姨太太生的，小雜種一個。你看，現在的賢明再也不哭了，為什麼？她從小嚐盡人世的冷酷無情，她對世界也回報以冷酷無情。老爺沒出事前，我以為我可以慢慢跟他磨，幫我幾個孩子安排好一點的未來。他那天人一下子傻了，我也傻了。時間不多了。我得跟老天爺賽跑。」淑惠把手擱到光德的手背上，「光德，你幫我，就是幫你自己。你很清楚，在這家裡，你我的命運是一樣的。不管我們進門多久，我們永遠是外人。」

光德默然。他的耿直個性讓他對眼前發生的一切感到不安，另一方面，他世故的性情又讓他明白淑惠說的是實情。

「光德，賢明一定會聽你的話，元和跟順和卻不會。」淑惠沒有把她的手從光德的手背上移開，反倒輕輕地上下游移，「我們之間，可以更進一步形成親密的聯盟。我們絕不會背叛你的。你說什麼，我們都照著做。」

她的眼淚不知何時止住，老態一掃而空，重新恢復為一個風韻成熟的美人。光德看著淑惠摩挲著自己的手背，她的手勢輕柔，觸感甜美，在他身上產生了一股奇妙的電流。甚至女人的處心積慮也令他感覺奇特。從來沒有一個像淑惠這麼美豔的女人如此極力要取悅他，尤其她的奉承帶有一股極深的絕望，給了他一種全能的權力感，彷佛她的命運真的全繫於他的動向。

這就是人們追求的榮華富貴嗎，光德心想，成功的事業，漂亮的宅院，健康的兒女，一屋子等著你使喚的僕人，還有淑惠這種絕代美婦心甘情願要奉獻給你。這就是老人畢生追求的志業嗎，老人還沒有發傻前，他對他的榮華富貴感到滿意嗎。光德自己想過榮華富貴嗎，他老說他努力工作因為他喜歡工作，他對自己的慾望老實嗎。

光德不能否認他喜歡外面的假山流水，一個人如果想擁有一座山就能在自家院子造出一座山來，夫復何求。

見光德不怎麼抗拒，淑惠原本含蓄的撫摸逐漸大膽起來，她白蔥似的長指悄悄地摸上男人的前臂。光德心想，這一切都不是真心的。他不是老人，他只是鞏固老人地位的一粒棋子。他一直都是。

這個女人正在做的事情，只是為了在棋盤上移動他這粒棋子。

老人是神權，神權只能透過血統被賦予，不能靠其他方法得到。誰不知道神權制度很可惡，但人們不願意打破神權，因為神權藉助神話，不能由人類理性解釋，只能當作必然經驗被接受。光德突然明瞭，這間屋子裡，沒有人願意戳破老人這個神權的象徵，因為擁有神權在背後支撐，就表示你能為所欲為，卻不用對誰交代。一點都不必。因為，你可以輕易挑戰並取代一個人，你卻不可能打敗一位所向無敵的神祇，你甚至不容質疑祂。在祂面前，你只是個渺小的人類，只能謙卑地匐伏在地，等候祂的指令。

神權太好用了。尤其你的身分是一個靠神明吃飯的神棍時。

沒多久，全公司上下傳遍消息，老人決定半退休狀態，他人不來辦公室，但透過光德和賢明繼續指揮業務，元和繼續當他的總裁，順和仍是那個不務正業的二少爺。

市場上都在猜，什麼時候，老人才會正式指定接班人，交接大位。然而，最先傳來的市場消息卻是光德的猝死。自從老人不上班後，他所負責的公務更加繁重。一日中午，光德正要從新加坡飛到香港洽談生意，人在機場的貴賓候機室，突然心悸，一個呼吸不過，當場暴斃。沒兩天，再傳來老人撒手離世的消息，死因不詳。元和、順和為了誰該繼承大權，兄弟鬩牆，很快鬧分家。他們倆雖然彼此翻臉，卻很有默契地不讓老人的其他孩子加入分家產的行列。

賢明憑藉自身的出色美貌，很快挑了一個有錢的美國華僑，遠嫁紐約，把母親和弟弟都接去夫家。

雲和因為是已經嫁出去的女兒，在分家產時不能分任何恆產，但她領到了一筆豐厚的金錢，然而，那不是她兄弟好心分給她的財富，而是公司為了體恤她先生因公殉職而例行發給遺孀的一份勞保金。

又過幾年，元和把那座早已搬空的老宅子賣給一家美國創投公司。美國人將這座豪門私宅改建成一間精品旅館，房間寬敞，風格典雅，花園美不勝收，專門吸引講究奢華的有錢觀光客，生意好得不得了。

故事玖

晚餐

桌上的酒喝完了，菲利普提議他去巷口雜貨店買瓶新酒。客人嚷著不必了。他仍然堅持。門甩了關，她聽數著他下樓的腳步。

剩下她跟四個客人。客人自行用法文交談，他們談著今年歐洲的氣候如何無常。可怕，多麼可怕，七月分溫度高達三十七度，巴黎簡直成了一個印度城市，八月分又突降至十三度，所有人的暑假通通都縮短了。一個不能下海游水的夏天，根本不能算個夏天。

棕髮女孩咬著她微翹的粉色嘴唇，為了沒有機會好好展示她的比基尼而一臉遺憾，她的灰頭髮男友輕摟她的肩膀，說起他的前妻跟三個孩子花了他一大筆錢去科西嘉島渡假，弄得他們倆不得不就近去諾曼地避暑，棕髮女孩插嘴他本來答應帶她去土耳其，灰頭髮男人邊點頭邊撫弄她的肩頭，繼續說，誰知道八月底下起冰冷的雨水，害他們躲在旅館一個禮拜，什麼都不能做。

另一對夫妻同情地不斷頷首。套著粉紫洋裝的金髮妻子附和，他們帶著他們三歲孩子去布列塔尼，冷風呼呼地直吹，灌滿他們的衣領，站在海邊，他們不得不拼命吼叫，因為他們耳裡全是風聲，聽不見彼此在說些什麼。回來後大人聲音全啞了，孩子開始咳嗽，到現在都還沒有好。

沒人試圖跟她交談。雖然也沒有人把她排拒於談話之外。她想要加入，總是可以開口。

她喝了口水，遲疑著。她的法文句子還在她的腦子裡建構，灰頭髮的那個客人已經改口談起他辦公室的人事糾紛，他說得口沫橫飛，其他人興趣卻慢慢低落下去。工作的事情永遠千篇一律，不如旅行來得有趣。他自己的女伴掩不住百般聊賴，瞧往窗外，然後就驚叫起來，下雨了，下雨了。真的，下雨了。

所有人於是都起身擠往窗前。大雨正毫不留情地潑往街上走著的人們與車輛。公寓的兩扇窗戶馬上被雨水敲得劈啪作響，淹沒了室內的慵懶爵士樂。站在窗口的客人拉長脖子，仰頭向上看，彷彿想探個究竟，是誰在上頭惡意倒灌這麼多水下來。她坐在原位，看著她的客人們推開她的窗戶，伸手出去用掌心接水，任由雨水潑灑進來，弄溼了窗邊一排穿著鮮豔的泰國玩偶，那是菲利普從普吉島不辭辛勞親手帶回來的民俗工藝品。他會生氣的，她想，可是她什麼也沒做。

等她的客人們滿足了，或又感到無聊了，他們就會關好窗戶，回來桌邊繼續晚餐。

他們的法文越說越快，她已經無法跟上。反正，不會是什麼重要歷史紀錄。生命總該容許錯過一些事情。她想要偷偷溜去洗手間，金髮女人的丈夫注意到她的身子移動，他們的眼神接觸，他於是善意地拋個微笑。他說，我們應該問問林來巴黎前都在亞洲做些什麼。他們叫不出她的中文全名，只喊她的姓。

她沉默。他們又問一次。深怕她沒聽懂，有人改用英文問她。帶點戲謔的口吻，她答，我寫詩。

換他們沉默。她以為自己的法文發音錯了，又用英文說了一遍。這終於引來一陣驚呼。詩人在巴黎可是大事。妳寫中文詩，還是法文詩。有人把妳的詩翻成法文嗎。妳都寫些什麼類型的詩。其實，灰頭髮客人的性感女伴雖然在文件影印店當店員，她也很有寫詩的野心。事實上，這名女店員寫得非常之好。雖然她還沒有在法國出版，也許可以先行發行中文版，如果林願意跟中文出版社推薦，他們會發現她的詩散發一股法國古詩的典雅氣息。

這名文件影印店的女店員把她那對西方女人的渾圓胸脯往林的面前一推，抬起她的下巴，嚴肅地對著林低低吟起，喔，花神的女兒，妳既不能讀也不能寫，也阻擋不了我墜入妳深藍湖水的溫柔，妳那一身雜種的鮮血，竟然召喚一場大革命幫妳換成貴族的命。

林那張黃色臉孔流露東方人特有的平板安靜，看不出她在想什麼。女店員開始耐心解釋自己的詩。她寫的是路易十五生前最寵愛的情婦，一個出身卑微的娼婦，最後卻被當成特權貴族送上斷頭台。林覺得胃部隱隱有股脹氣，令她說不出話來。

菲利普推門進來，渾身是雨。他溼透的棕髮緊緊貼著白皙的額頭，清澈的水滴順著他高高的鼻尖滴下來，綠色眼珠子流出野性的光芒，她曾經覺得這種眼神很性感，現在看起來卻家常不過。四個客人又發出一陣驚呼，他們的注意力從她的詩轉到他的溼。

酒又上了桌。幾個法國人樂得嗓音都變大了。林收走桌上的杯盤狼藉，走進廚房，準備甜點跟咖啡。

雨繼續下著。她把頭頂在廚房窗口，看著下面溼漉漉的街道。狹窄的巷弄，陳舊的樓房，落寞的路樹，都籠罩在永遠深不可測的夜色裡。豐沛雨水落往街心，迅速往兩側溝渠流動，潛入深深的地下水道。這一切都令她厭煩極了。甚至這種厭煩，也讓她厭煩。

她的呼吸在窗玻璃上形成霧氣，她也沒那個心情去用手指畫畫。她的浪漫在搬進巴黎的那天就停止了。巴黎現在對她來說就是一個天天炒菜做飯、洗刷地板的地方。她住的地方離所有美術館都有段距離，喝杯咖啡、坐段地鐵，她得算算菜錢。她只能等菲利普不工作的時候陪她上街，她一個人去商店總是很難得到店員善意的對待。小夫妻的貧賤搬到再偉大的城市也都是一模一樣。曾經，菲利普提議他們搬回他從小生長的外省城鎮，那裡物價便宜，有樹有河，還有美麗的老教堂，生活壓力會少一點。她卻不能想像搬離巴黎。

她在巴黎已經如此貧乏，離開了巴黎，她更什麼都不是了。

菲利普在客廳大呼小叫。他發現他的泰國娃娃全成了落湯雞，客人們紛紛表示不可思議，不知道雨水怎會跑進屋內。她扭開水龍頭，洗起碗盤。水聲嘩啦啦響著。菲利普喊了幾次她的名字，見她沒有反應，也就算了。

她擦乾咖啡杯，一個個端正擺上配套的盤子，正要把檸檬派與熱咖啡送出廚房時，電話鈴響了。她匆匆穿過廚房門及一群酒酣耳熱的法國人，接起電話。

她弟弟的聲音從遙遠的亞洲傳過來。他聽上去口乾舌燥，疲憊不堪，彷彿剛剛跑完一段頗耗體力的馬拉松。他告訴她昨晚母親身體不舒服，提早上床，今天清晨就再也沒有醒過來。他們送她去醫院，醫生證實了她的死亡。他人還在醫院，待會兒就要趕去上班。他想，她最好儘早安排回家一趟。關於葬禮的細節，她的弟媳會安排，日期定了之後，會再通知她。說到這裡，她弟弟停頓下來，似乎還想再說些什麼，但一時未找到適當的辭句，只是吞著口水。她靜靜地等著。

客廳裡幾個法國人唱起歌來，她在想這支曲調好熟悉，可是她想不起來是哪首歌。

過了一會兒，她弟弟吞了吞口水，終於又開口，現在情況很混亂，他也不知道要說什麼，她訂了機票之後，再跟他打個電話。身處兩個不同洲際的姐弟都情緒木然，客客氣氣地互說再見，掛了電話。

放下話筒，她走回廚房。菲利普在她經過的時候，摸一把她的腰。她朝他笑笑，轉身繼續把甜點端出廚房。她將熱咖啡倒入一只只咖啡杯裡，來來回回，確保每個人都有杯熱騰騰的黑飲料。

菲利普鼓勵他的客人都去南亞渡假。那裡的沙灘既細又白，海水暖和得不得了，連冬天都能下水。而且海洋的顏色跟歐洲不一樣。地中海的海水是深邃的藏藍色，像一面明淨的鏡子，鑠鑠映照著蒼穹及在海面上航行的每一艘船隻。南亞的海水卻是透明的翠綠色，再深的海水也能讓人一眼看穿，裡面的海洋生物五顏六色，快樂地游來游去，絲毫不懼怕人類的窺視。

但是，菲利普笑著說，這就是亞洲，看似簡單卻不簡單。你以為你一眼看穿，其實你什麼也沒看穿。他摸了摸林的頭髮，就像亞洲女人，你以為她們都很年輕，因為她們個頭嬌小，皺紋很少，但她們心思卻刻滿百年老樹的年輪。

金髮女人問，林，真的嗎，妳國家的海水是綠色的，而不是藍色的。

客人都走了之後，他們赤腳站在浴室刷牙，她洗了臉，把毛巾掛好，正要走去臥房，菲利普打個呵欠，聲音睏頓地問她，晚上是誰打電話來。腳步沒有停下來，她頭也不回地說，是我弟弟。他要幹嘛。不幹嘛，他只是打電話來叫我回家。妳意思是回台灣。回台灣做什麼，他問。

她拉開棉被，上床，抱著枕頭，直接要睡了。菲利普追了過來，倚在臥房門邊，我問妳，他為什麼要妳回台灣。

喔，我媽媽過世了。

一頓晚餐吃下來，她覺得好累。累到精神有點恍惚，她的眼睛還沒有闔上，卻已經感覺在做夢一樣。

故事拾

招募演員

長久以來，有個傳說，巴黎有個劇團專門收留流浪的演員。想留在巴黎，想當個演員，你就去找一個座落於城東森林裡的劇團，他們準會收留你。在那裡，所有人同工同酬，也搬道具，也縫製戲服，也貢獻主意，也輪流煮飯，也打掃劇院。那是劇場的人民公社，演員的終極故鄉。

柏納說，我們都應該去。

星期五晚上，藏在拉丁區暗巷的這間小酒館，不過一條檯子加上兩、三張小桌子，裡裡外外卻擠滿了三十來人。唯恐自己的話語淹沒在聲浪之中，每個人都在拼命吼叫，他的句子蓋過我的句子，我的句子蓋過你的句子，結果誰也沒聽見誰，所有人的肺部卻都快爆了。

「聽著，我們都該去試試這個演員公社。」柏納與當晚充當他臨時女友的愛麗思對看一眼，笑了起來，互相親吻。喝酒的夜晚，總是讓人有點莫名其妙地快樂。

年紀最輕的侯諾開口問了：「我們又不是演員。事實上，我連上一次什麼時候進劇院看戲都忘了。」

「他們不介意，事實上他們專收沒有經驗的人員。」

「我對演戲又沒有興趣。」

「喜不喜歡演戲沒關係，重點是你已是過著戲子般的生活。」

侯諾不懂。

「你想想看，不上戲的時候，哪一個戲子在現實生活中不算是一個無業游民？演戲只是個藉口，好讓他們其餘時間可以偷懶不做事。」愛麗思在旁扯柏納的袖子，問她可不可以喝他剩下的啤酒。

柏納手抓著啤酒杯，沒多加理會，一本正經地繼續說，「戲子是一批有組織的無業游民，以藝術之名，行乞討之實，而我必須說那是人類史上最棒的一個點子。在中古世紀的歐洲，全部人都活在莊園貴族的腳下，作牛作馬，耕田種地，唯有戲子把所有家當裝上了馬車，流浪於城鎮之間，說是巡迴演出，還不如說是沿街討錢，只不過附帶了娛樂，讓大家掏錢出來時心甘情願一點。那個年代，戲子就是流浪漢的代稱，集合了所有的社會邊緣人，全是騙子、妓女、小偷、瘋子以及偏激文人。看看他們在台上搖頭擺臀，裝瘋賣傻，沒多大關係；但，絕不能把自己的兒女托付給他們。」他哈哈大笑，當著愛麗思的面，把杯中所剩不多的啤酒一口仰頭飲乾。

「只要有戲子在的地方，就喧鬧、混亂、爭論不斷，毫無紀律，他們不敬神又愛躲警察，卻敬畏各種他們不能解釋的力量，迷信得要命，連照鏡子、剪指甲都要算時辰。他們在有錢權貴面前卑躬屈膝，極盡諂媚能事，只為了求取一點錢財，轉身馬上在尋常百姓面前模仿上流社會的醜態，只為了博取滿堂彩。他們連什麼叫寡廉鮮恥都不知道，就愛譁眾取寵。劇團是最早的烏合之眾，而我們就是烏合之眾。」

我並不能說我完全同意他的見解，但他說話的神態語調就像一個上乘的演員把我迷住了，連愛麗思也忘了抗議她的啤酒，偏頭，隻手撐著下巴，靜靜傾聽。

侯諾激動了起來，把空的啤酒杯往桌上用力一敲，高聲大叫：「沒錯，劇團就是群眾。所有演員都是群眾分子、民粹主義者和無政府主義者，而我們就是他們！」

「聽起來，演員跟革命分子差不多。」愛麗思微笑著說。

「有一點絕對是相似的，他們都需要觀眾。」柏納轉頭去找酒保加點啤酒，酒保理所當然在跟其他客人聊天，不理會他的手勢，惹得柏納不悅地嘀咕，「我不懂，為什麼法國人就是不能服務好一點？他們以為這樣就會讓他們人格高尚一點嗎？」

「他很可能不是法國人。」侯諾說。

「我不知道演員算不算革命分子，因為演員通常不是那麼願意上戰場，但是我猜革命分子都多少要有點表演慾，所以他們才有勇氣把自己推上舞台，企圖說服眾人，讓他們相信有另一個不同於現實的理想世界存在。革命分子跟演員一樣，必須讓他們的觀眾相信。」我說。

愛麗思樂得拍手，「所以說，沒有戲子性格的人是搞不起革命的。」

「沒有流氓個性的人，是喝不到啤酒的。」柏納起身去找酒保算帳。其餘的人坐在原位，深怕酒保待會兒會在送來的啤酒裡面吐口水。

當啤酒終於送上桌時，自稱未來革命家的柏納舉杯，「各位，我們人在巴黎。巴黎這個崇拜革命的偉大城市，怎麼會不崇拜演員？明天，我們就去演戲！」

侯諾歡呼，大口灌下啤酒。愛麗思噘起她的紅唇，左顧右盼，擺出迷死人的大明星架式。我原本不喝啤酒，也跟著舉杯，在嘴唇碰到杯緣時，我實在不能不注意到櫃台酒保嘴角那一抹神祕的微笑。柏納不相信我的觀察，他還是喝得乾乾淨淨。

我們約好了隔天早上在東邊森林的湖岸碰面。我和侯諾兩人準時到了。柏納跟愛麗思遲遲沒有出現。我們倆於是坐在湖邊等，有一句沒一句地聊著柏納的八卦。柏納說到自己的過去，總是語焉不詳，好像一個作者自己都還沒想出法子破案的偵探故事，讀者只能跟著撈到幾條零星線索，而這些線索往往兜不起來。一會兒他在摩洛哥出生，一會兒他在香港長大，一會兒他在西非做生意，一會兒他在加勒比海有棟別墅。他從來沒有過正職，也沒有交過固定情人，總是穿得邋邋遢遢，抽菸抽到菸屁股還不肯丟，卻似乎又有花不盡的錢。他對自己的國籍也交代不清，初次見面的人都會以為他是英國人，因為他的英語口音，但是再深入一點聊，他似乎對德國文化也很了解，常常談到美國加州和東南亞地區。他對他的朋友來說，是一團謎。但是，從來也沒人想去深究那些細節。他們只知道柏納是個好人，雖然偶爾吹吹牛，對感情也不專一，但他不欠人錢，也不口出惡言，就算跟女人分手，也都好聚好散，每次聚會他都出手大方，請大家喝酒，所以不分男女都樂於跟他鬼混。

侯諾問我認識柏納多久。我回答，不到三個月。介紹我們認識的朋友把他當作巴黎地下生活的一號人物介紹給我。聽說他的私人生活不遜色於一本精彩的小說。

侯諾禁不住笑了出來。

「怎麼了？」

「你知道我怎麼跟柏納認識的？」

「怎麼認識的？」

「我父母跟他父母是鄰居。所以，我要搬來巴黎之前，我父母透過他的父母請求他照顧我。」

我驚訝地合不攏嘴：「你意思是，他跟你一樣，是從法國鄉下出來的小孩？」

侯諾緊抿著嘴，不讓自己笑出來：「對。他十八歲之前，都跟我住在同一個村子。我剛上小學時，他就離開了。但他其實是個孝子，每年過節他都會回家。他家的確很有錢，他爸擁有一座酒廠，所以他根本不用賺錢。」

「那，那些西非、加勒比海、印度跟香港的故事，都是……」我甚至不知道要怎麼把句子說完。

侯諾聳聳肩：「男人要在巴黎混啊。就是這麼一回事。」

我們一時沒有說話，陽光灑金粉在我倆肩上，當侯諾終於爆笑出來，我也忍不住跟著。事情的真相對當事人來說或許殘忍，但，對局外人來說，卻永遠因為事不關己而帶有觀戲的愉悅。

那真是一個美好的星期六。藍天高掛，微風清爽，湖面閃爍著陽光，穿著緊身運動服的都市人一個緊接著一個，依序繞著湖邊慢跑，好像一串正在搬運食物的螞蟻。坐在湖邊坡上看著那串蠕動相連的人蟻，令人渾身發癢。

「不知道為何大部分人的運動服看起來都那麼嶄新發亮，像是剛剛才從店裡買來的。」侯諾疑惑地說。

「可能，其實他們沒什麼時間運動吧。只能周末儀式性地拿運動服出來曬曬太陽。」我猜測。

他指著其中一個頭頂稀疏的男人，「你看，像那個男人，全身裝備那麼齊全，不但有汗巾、水壺，還有護膝、護肘，他到底是來慢跑，還是出門打獵啊？還有那個女人，天啊，她身上那件究竟是慢跑裝還是泳裝？布料那麼少，她乾脆脫光裸奔算了，反正她既然要秀她的曼妙身材，我想沒有人會反對。」

侯諾指指點點，說三道四，說得不亦樂乎，忽然，方才他嘲笑的禿頂男子一個跟頭不穩，就在我們眼前，直挺挺地撲倒在地上。他周圍的慢跑者不得不停下來，問他發生了什麼事。他不應。

更多人停下來。有那麼一兩分鐘，人人你看我我看你，遲疑著不知道該怎麼辦。終於有人動手把他翻轉過來，只見他張大了嘴，眼睛緊閉，胸口沒有起伏，彷彿一具人造模特兒般僵躺著。翻他轉身的路人問他怎麼了，他還是沒有回答。然後有一個勇敢的金髮女子蹲下去摸他的呼吸，俯身聽他胸膛的心跳。她迅速抬頭，瞪大了眼睛，想要極力保持平靜，她的聲音卻背叛了她：「這個人，他，他，他好像死了。」

這時候，一個棕髮的年輕男人推開圍觀的人群向前，說他以前去非洲當過醫療隊的志工，自告奮勇要對躺在地上的男人做心臟按摩，他建議那名金髮女子同步進行口對口呼吸，同時應該有人立即打電話叫救護車。幾個人手忙腳亂地開始打電話，棕髮男子跪在地上，雙手交疊，跟打鼓一樣照拍子推拿著男人的胸膛，金髮女子則將自己溫暖的嘴唇貼上昏迷男子逐漸冷卻的嘴唇，企圖把空氣送進他的肺部。湖邊的大部分慢跑者沒有慢下腳步，仍然像天竺鼠跑輪子般，喘著氣，流著汗，規律地繞著圈子跑，頂多經過時好奇地瞄上一眼。

侯諾一直喃喃地說，「這個男人死定了。」

救護車拖了一段時間才到。人們自動讓開，救護人員極有效率地卸下擔架，把病患抬入車裡，閃起警示燈，鳴起警笛，很快駛出森林之外。戲演完了，觀眾散開。還是美好的星期六，還是天清風和，還是綠盈盈的景色，那兩名參與急救的男女仍佇立在原地，面面相覷，似乎一時不明白劇本已經進行到了下一幕。他們的表情茫然，情緒依然緊繃，女子的眼睛泛著薄薄淚光，她不自覺舉起手指頭，輕輕撫摸著自己還在發抖的嘴唇。不久之前，她才用這兩片紅唇幾近親吻般碰觸那名瀕臨死亡的男人的嘴唇。

「笨蛋，約她去喝一杯啊。」侯諾這名觀眾搖頭。

可是，棕髮男子並沒有這麼做。他只是拍拍金髮女子的肩膀，給她一個擁抱，隨即加入那圈慢跑的人群，繼續他早先被打斷的活動。金髮女子躊躇了一下，轉身往森林外圍走。她大概決定回家了。

隨著演員離開，戲沒得演了。一切景色跟那齣小戲發生之前一模一樣，彷彿一個空蕩的劇場等待下一齣戲的開演。

柏納和愛麗思還是沒出現，我跟侯諾的肚子都餓了，於是決定先去吃午餐。藏在林子裡的那個關於流浪演員的傳說，我們早已忘得一乾二淨。就像所有的烏合之眾，我們的判斷力跟記憶力總是那麼短視而膚淺。雖然，這不妨礙我們模模糊糊感應到生命那種說不出的易逝感，但是，在如此風和日麗的周末午後，我們都想輕易打發巴黎式的憂鬱。對生命的感愁不也是一種生命本質的陳腔濫調。

我們很有默契地搭上地鐵，重新混入地底下那群散發體臭、粗魯無禮的都市人群。地鐵裡的悶熱空氣跟剛剛湖邊林子的新鮮空氣恰是天壤地別。我們一下子就恢復了生龍活虎的性格。我們不打電話找柏納，也不知道下次何時才會見到愛麗思，因為今天落日之後，她很可能已經不再是柏納的情人了。但，也說不定，從此我們見不到的人是柏納而不是愛麗思，我們開玩笑地說，難說等會兒進館子吃飯時不會見到愛麗思坐在裡面抽菸、陪伴著新情人，而柏納卻已經離開了巴黎，真的如他所說的去世界各地流浪。

人生，什麼事都說不準。

誰知道早上出門慢跑鍛鍊身體，晚上會進了棺材。

「浮生若夢啊，」侯諾裝嚴肅，「我們都只能活在當下。」

人間喜劇

The
Human
Comedy

作者｜胡晴舫
總編輯｜富察
責任編輯｜洪源鴻
企劃｜蔡慧華
封面設計｜ Rivers Yang × Aaron Nieh at 永真急制
內頁排版｜虎稿・薛偉成

社長｜郭重興
發行人兼出版總監｜曾大福
出版發行｜八旗文化／遠足文化事業股份有限公司
地址｜新北市新店區民權路 108-2 號 9 樓
客服專線｜ 0800-221029
信箱｜ gusa0601@gmail.com
傳真｜ 02-86671065
Facebook ｜ facebook.com/gusapublishing
法律顧問｜華洋法律事務所／蘇文生律師
印刷｜成陽印刷股份有限公司

出版｜ 2017 年 12 月　初版一刷
定價｜ 360 元

國家圖書館出版品
預行編目（CIP）資料

人間喜劇／胡晴舫著／初版／新北市
八旗文化出版／遠足文化發行／ 2017.12
ISBN 978-986-95418-5-5（平裝）
857.63　　106016601